沈明津，就算没有那封信，我还是会喜欢你。

沈明津就是太阳，灿阳何惧严冬。

他说，她是他的幸运星，以后她就是他的红桃A。

沈明津，我们能重新认识下吗？

章入凡，我喜欢你，你就是我心中的女侠。

不要怕会影响我，怎么热烈怎么来，我承受得住。

我相信，
会有这么一个人，
愿倾其所有，
为我觅得一株
山间珊瑚。

去遇见，去相爱。

敞开心扉，

他对我来说，是很特别的人。

恒星始终发着光告诉她，她不是一颗默淡星。

完蛋，他的青春
是翻不了篇了。

原来，光源体一直都没有限灭。
发光的恒星也需要回应。

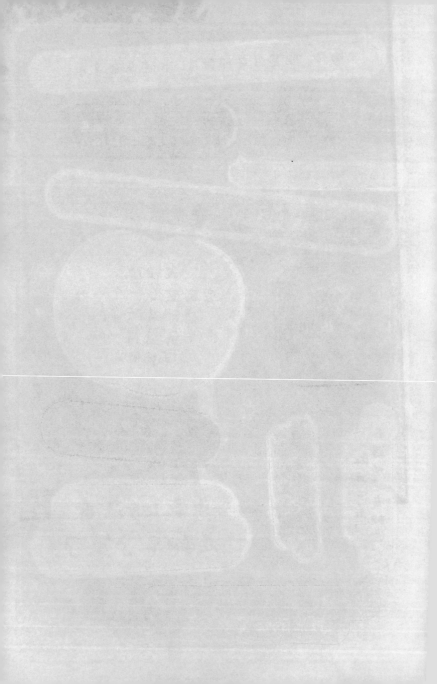

山间一册甜

·叹西茶 著

天津出版传媒集团

天津人民出版社

图书在版编目（ＣＩＰ）数据

山间珊瑚 / 叹西茶著. -- 天津：天津人民出版社，
2023.2
ISBN 978-7-201-18959-8

Ⅰ.①山… Ⅱ.①叹… Ⅲ.①长篇小说 - 中国 - 当代
Ⅳ.①I247.5

中国版本图书馆CIP数据核字(2022)第212017号

山间珊瑚

SHANJIAN SHANHU

叹西茶　著

出　　版	天津人民出版社
出版人	刘　　庆
地　　址	天津市和平区西康路35号康岳大厦
邮政编码	300051
邮购电话	（022）23332469
电子信箱	reader@tjrmcbs.com

责任编辑	玮丽斯
特约编辑	雪　人
装帧设计	刘　艳　孙欣瑞

制版印刷	长沙鸿发印务实业有限公司
经　　销	新华书店
开　　本	880毫米×1230毫米　1/32
印　　张	9
字　　数	247千字
版次印次	2023年2月第1版　2023年2月第1次印刷
定　　价	42.80元

目录
CONTENTS

目录

C O N T E N T S

Chapter 1
沈明津，我记得

　　九月底，章入凡从暑热未尽的清城回到秋高气肃的上京。

　　清城是一座南方沿海的大城市，她在那儿待了五年，大学四年、工作一年，离开时说不上特别难过，但不舍是有的，尤其是要和外婆分开。

　　章入凡是土生土长的上京人，她的母亲是清城人。当初高考填报志愿，章入凡不愿意留在上京，就听了外婆的建议，报了清大，只身去了南方。大学四年她很少回上京，甚至一年也不回一趟，毕业后她也没有归北的打算，在清城找了份工作，从学校搬出来和外婆同住。

　　清城算是章入凡的第二故乡，这座城市气候舒适、风景怡人，十分宜居，且又是她母亲成长的地方，她平时忙忙工作，闲暇时陪外婆莳花弄草，日子过得悠闲舒心。她本来计划在清城定居下来，但人生总不能事事顺心如意。

　　章入凡毕业后在清城最大的商场做策划，八月份她提了离职，用了一个月的时间完成工作交接，期间她陆陆续续地打包行李寄回上京。入职不过一年，她和同事的关系平淡如水，他们知道她要走，因着成人世界的交往礼仪送了几句祝语给她。

　　离开清城前，章入凡约了朋友吃饭。她不擅交友也不好交友，大学四年下来，真正能聊得上天的也就只有同寝的室友，一寝六人，除了她之外，只有三个还留在清城。她们知道她要走，唏嘘了一阵，说的话和毕业散伙饭那晚差不多，天长地远再难相见此类的。

章入凡对人与人之间的感情看得很淡，但想到几年情谊，分别在即也不免有些伤感。

处理完在清城的一切事宜，章入凡陪外婆过完中秋后就飞回了上京，落地时正是傍晚，她的姑姑章胜嬿等在出机口，见到她摘下墨镜挥了挥手。

章入凡走过去，微微颔首，疏离地喊了声："姑姑。"

"有阵子不见，更水灵了，到底是南方的气候养人。"章胜嬿打量了章入凡一眼，下巴一抬示意道，"车停在外面了，走吧。"

走出机场，章入凡把行李箱放进车后备厢，又绕到副驾驶座那儿开门上车，不用他人提醒，自觉地系上安全带，端正地坐好。

章胜嬿开车上路，余光瞥了眼副驾驶座上安静的侄女，问："我先送你回家，你爸、你惠姨还有你妹妹都知道你今天回京。"

章入凡转头，章胜嬿讪讪一笑："我前两天和惠淑聊天，不小心说漏嘴了，她一听你要回来，立刻就和你爸说了。"

章胜嬿口中的惠淑是章入凡父亲章胜义再娶的老婆李惠淑，她的后妈。

"你爸知道你今天回来，本来是要亲自来接你的，但他才出院没多久，开车不安全，我不让他来。"章胜嬿觑了眼章入凡，接着说，"你既然回京了，总归是要回去的。"

不知是不是坐了一下午飞机的缘故，章入凡有些疲惫，她本来是想今天去酒店住一晚，明天再回去的，此时听章胜嬿这么说，她就不能不妥协。

她闭了闭眼，片刻后才应道："嗯。"

车内安静了一阵，上了高架后，章胜嬿再次开口，这次有点说教的意味："大学读了四年，参加工作也有一年了，你怎么还是和小时候一样，不爱说话？"

"你想听我说什么？"章入凡转过头，表情还是淡淡的，语气也是四平八稳的，听不出任何情绪。

"不是我想听……唉，算了。"章胜娖摇了下头，问，"你外婆怎么样，身体还好吗？"

"挺好的。"

"你回京，她可就有点寂寞了。"

"还有小姨陪她。"

章胜娖点了点头，说："工作呢，有什么打算？你是学新闻的，我这里倒是有几个工作可以推荐。"

"已经确定了。"章入凡很快回道。

"啊？"章胜娖惊讶，"你什么时候找好的，哪家公司？"

"Oasis World，上个月提离职的时候就投了简历，线上面试已经过了，国庆后入职。"

章胜娖没想到自家侄女效率如此之高，才回上京就已经把工作定下了，完全不给她这个长辈帮扶表现的机会。意外之余，章胜娖也觉情理之中，她知道章入凡在自家亲哥的教导下，从小就早慧早熟，比一般孩子稳重，做事向来有条不紊的。

她这性格说好也坏，章胜娖轻叹口气，说："OW，还做商场策划？"

"嗯。"

"做得来吗？"

"姑姑，我已经做了一年了。"章入凡冷静地陈述一个客观事实。

章胜娖沉默了一秒，说："你这性子，往好了说是稳重，往不好了说就是不懂变通。当初让你报新闻，就是觉得你不适合做些常和人打交道的工作，你姑丈是报社的，我就想着你毕了业还能去他那儿当个编辑，写写新闻稿之类的，或者去杂志社，在其他单位做一些文书工作……没想到你最后做了策划。策划这工作不容易，要有想法，赶潮流，还要经常和人打交道，我就是担心你做着吃力。"

章入凡理解章胜娖的用心，她并不会认为章胜娖是在看轻她。

"一开始有点吃力，现在已经上手了。"她坦诚道。

章胜嫄并不是喜欢对小辈指手画脚的人，听章入凡这么说，点了下头，说："趁年轻多尝试挺好的，这个公司不错，也是个大商场，好好干。"

"嗯。"

工作的话题结束，章胜嫄又关心起了章入凡的感情，趁着红灯，她扭过头，含笑问："谈对象了吗？"

章入凡愣了下，随后摇头。

"真没有？"

"没有。"

"我以为你在清城谈了对象，所以才留在那儿的，之前还担心你回了上京，异地恋会辛苦。"

"我是一个人，姑姑的担心是多余的。"

章胜嫄意外又不意外，轻叹一声说："你啊，不能总一个人待着，要开朗点儿主动点儿，多去认识些人，别老是一板一眼的。"

章胜嫄言之谆谆，章入凡想起在清城的时候，外婆也常开导她，不过外婆是想让她尝试向人打开心扉，收起身上的毛刺，学会柔和地与人相处。

车下了高架，约莫二十分钟后就到了章入凡家的小区，章胜嫄把车停进地下车库，拔了钥匙回头见副驾驶座上的人坐着不动，笑着打趣了句："近乡情怯啊？"

章入凡是有些情怯，去年过年她没回上京，仔细想想，她已经有一年多的时间没回这个家了，今天回来，她觉得自己不像是游子归家，更像是来探亲的。

她定定地坐了会儿，抬手解开安全带，对章胜嫄说："我们上去吧。"

下了车，章胜嫄喊住章入凡："你行李箱不要啦？"

章入凡站定，她不是忘了拿行李箱，而是根本不想拿。

章胜嬿打开后备厢，章入凡问："我不能露个面就走吗？"

章胜嬿提箱子的动作一顿，心下喟叹，抬头嗔怪地看她一眼，说："哪有人回自己家只露个面的。"

章入凡抿了下嘴，到底没说什么，接过章胜嬿手中的箱子，拖着进了电梯，抬手按楼层的时候，她皱了下眉，略显犹豫。

章入凡高考结束后，章胜义卖了在槐安区的老房子，在滨湖区买了套新房，她在还没搬家时就南下去了清城，新居她拢共就住过两三次，几乎每回都住不满十天，对这个新家她很陌生，可以说是完全没有归属感。

"二十楼……你看你，这几年没回几次家，连自己住几楼都忘了。"

章入凡在章胜嬿的提醒下恍然，按下层数。电梯上行期间，她仰头盯着跳动的数字，目光稍显呆滞，直到"叮"的一声，门开了。

章胜嬿率先走出电梯，章入凡迟疑了一秒，握上行李箱拉杆，随行其后。

章入凡倒是还记得家是哪户，但一年多没回来，她早已忘了门锁的密码，就算记得，这么长时间了，这扇门可能已经改了密码。

章胜嬿抬手按铃，门铃声响起的那刻，章入凡盯着门框边上的对联，越来越有种上门做客的感觉。

没多久，门开了。章入凡看到开门的人，礼貌地问了声好："惠姨。"

李惠淑立刻露出了笑，热情道："小凡回来啦，你爸刚还念叨你呢，快进来。"

章入凡跟在章胜嬿后面进了门，到了玄关，她低头看着鞋架上的一排拖鞋稍稍迟疑了下。

她记得以前家里的拖鞋是分主客的，家里人穿的放鞋架的最上层，客人穿的放下层，且样式不一样。章入凡没在鞋架上两层看到自己以前穿的拖鞋，她忖了一瞬，敛眸弯腰，和章胜嬿一样去拿底下的拖鞋。

换鞋的时候，章入凡余光看到一个小不点抱着个布偶，屁颠屁颠地跑过来，躲在李惠淑身后怯懦懦又好奇地看着她。

"橦橦，小凡姐姐回来了，快，叫一声。"李惠淑微微弯腰摸了下那个孩子的脑袋，眼睛却是看向章入凡的。

章入凡换了鞋站起身，低头看着那个小不点——她同父异母的妹妹，章梓橦。典型出生于 α 世代（人口统计学家马克·麦克林德尔把出生于 2010 年之后的人称作 α 世代〈Generation Alpha〉）的孩子的名字，据调查，近几年新生儿中女孩名字含"梓"量颇高，基本上幼儿园里一抓一大把。

章梓橦不吱声，她看章入凡陌生，章入凡看她也不熟悉。

章梓橦出生的时候章入凡正读大一，他们岁数差了近二十岁，加上这几年她回家次数不多，章梓橦的婴儿成长期她基本上没参与过。章入凡记得上一回回家的时候，章梓橦还是个咬着奶嘴说话流口水的小奶娃，现在她看着大了点，五官也长开了些，眉眼隐隐有了模样，像她妈妈。

"这是你小凡姐姐，你忘啦？姐姐回家啦，以后又有一个人陪你玩了，你高不高兴？"李惠淑想把章梓橦从身后拉出来，小姑娘不愿意，扒拉着她的大腿不肯动。

"有段时间没见，认不出来了。小凡你在家住一段时间，过阵子她和你就熟了，指不定还会黏着你不放呢。"李惠淑见章梓橦迟迟不肯叫人，救场似的解释了句。

章入凡不至于和一个半点大的孩子计较，点了下头算是回应。

"我哥呢？"章胜嫄问了句。

"在厨房呢。知道小凡要回来，特地下的厨，拦都拦不住。"

李惠淑接过章入凡的行李箱放一边，招呼她："快进来。"

章入凡走进客厅，目光四下睃了一圈。家里大变化没有，就是多了很多小孩子的玩具，洋娃娃布偶之类的，她稍感意外。

厨房里有人走出来，章入凡转过头去，对上男人目光的那刻，她下意识地站直了身体，喊了声："爸。"

"嗯。"章胜义只是点了下头。

"哥，你都做什么好吃的了，这么香。"章胜嫔绕去餐厅那儿看了眼，"哟，真丰盛。不管你欢不欢迎，今晚这饭我是蹭定了。"

"你要吃，我还能赶你不成。"章胜义和章胜嫔说话时脸上还有一丝笑意，看向章入凡表情又敛了起来，"去洗手，吃饭。"

"小凡，累了吧，快，坐下吃饭。"李惠淑也说。

章入凡洗了手，在餐桌末尾忝坐。就餐时可能是怕冷落了她，李惠淑也不专心喂章梓橦吃饭，费心地找话题和她聊天，从生活到工作询问了一遍。

章入凡见章胜义也不阻止，几不可察地皱了下眉，看来他以前教的"食不言寝不语"原则已经不作数了。

"对了，小凡，你从清城回来就只带了一个行李箱吗？"李惠淑问。

"行李寄了。"

"这样啊，行李多吗？我把橦橦放玩具的那个小房间收拾出来给你放东西吧。"

章入凡垂眼，平淡道："行李我都寄到程怡那儿了。"

程怡是章入凡的中学好友。

"你寄程怡那儿干吗呀，到时候还得搬回来。"

章入凡闻言放下筷子，抬起头，语气很平静地说："我之后不在家住。"

餐桌上静了几秒，章胜嫔转过头低声询问道："你不是答应我要回来的吗？"

"我是答应回上京。"

"你不回家怎么照顾你——"

章胜嫔话还没说完，章胜义就沉着脸打断道："你要是想待在清城就留在那儿，不用不情不愿地回来，我还不需要你养老。"

听到他的声音，章入凡下意识地板直腰，她抿了下唇，开口的语气沉稳冷静："我没有不情不愿，您尽到了抚养我的义务，现在我有能力了，理当尽到赡养您的义务，不管您需不需要，这是法律规定的。

"我会留在上京，但是不会在家里长住，这几天我会找好房子搬出去，下次您有什么事可以和我说，包括但不限于生病，我想在一个城市里，我是可以在力所能及的范围内照顾您和——"章入凡的目光掠过李惠淑和章梓橦。

明明是和家人说话，她的言语间却听不出任何感情，公事公办似的。

桌上气氛沉凝，章入凡知道自己是原因，她看了眼用勺子不停舀着米线的章梓橦，忽然觉得自己就是一只鸠鸟。

"我吃饱了，先回房间了。"

章入凡起身离开餐厅，她把客厅的行李箱提进自己的房间，关上门后重重地叹了一口气。

一回到上京，章入凡就像是被一键恢复了出厂设置，不由自主地露出了身上的毛刺，回到了以前的状态。

章入凡打开房间的灯，她的房间还是和以前一样，没有因为久不住人而落了灰，看来她不在家的这段时间，这间房还是有人打扫。

章入凡在书桌前坐下，拿出手机看了眼，程怡两小时前给她发了消息问她回家了没。今天一天她不是在天上就是在路上，直到现在才有时间回复。

章入凡才回了消息，没多久，程怡就发来一句："你今天回来了正好，明天谢易韦结婚，一起去吧。"

章入凡："啊？"

程怡发来语音："谢易韦，高中班长，你忘了啊？他在班级群里……哦，忘了，你没进那个群，他在群里喊所有同学都去参加他的婚礼，没在群里的谁还有联系也一起叫过来，说是毕业这么多年了，借这个机会聚一聚，我有理由怀疑他是想多收礼金。"

章入凡不喜欢发语音，仍是用文字回道："不去。"

"你就去吧，不然我一个人多尴尬啊。"

章入凡："你也别去不就好了。"

"……那我不是也想见见老同学嘛。"

"老话不是说了嘛，同学会同学会，能成一对是一对。你想想，万一以前有哪个男生暗恋你，明天一聚，触人生情，指不定就和你表白了呢。"

章入凡内心波澜不起，面无表情地打着字："你觉得可能吗？"

程怡这回没有秒回，章入凡猜程怡大概是在想怎么样回复才能既不昧着良心又不打击她的自尊。

良久，程怡才回了三个字："万一呢。"

章入凡对于青春岁月没有任何旖想，毫不犹豫地回道："没有万一，明天我不去，打算去找房子。"

程怡发了个哭泣的表情包过来："好吧，我忘了你是个冷酷的女人。"

章入凡浅淡一笑，放下手机，起身拉过行李箱。

她的行李箱里只有两套衣服和一些洗漱护肤用品，其余的都是她大学毕业不舍得卖掉的专业书。这些书其实以后都用不着，她留着也只是存个念想，和高中课本一样。

她对同过窗，有过共同经历的人没多少情感，对物品却有所寄托，恋物不恋人不知道是不是一种心理缺陷。

章入凡把那些书整理好放进书架，收手时衣袖不小心把一本书刮落在地，她低头看了眼，是《绿山墙的安妮》，这本书她高三看过之后就没再翻过了。

她弯腰拾起书，忽然瞥到书里似乎夹了东西，露出小小的一角。

章入凡把书里的东西抽出来，竟然是一封信，信封上赫然写着"章入凡亲启"，字迹不算好看，但一笔一画写得很工整。

书里怎么会夹着信？什么时候夹进去的？谁夹的？

章入凡疑惑顿生。她拿着那封莫名而来的信坐到书桌前，打开台灯，取了笔筒里的刻刀，小心翼翼地划开信封，取出里面装着的薄薄的一张信纸，信纸被折了三折。

她神色凝重，缓缓展开信纸，在看到信上的内容时表情从沉凝转为错愕，最后是长久的愣怔。

信上字迹清楚地写着简短的一句话：

　　章入凡，我喜欢你，你就是我心中的女侠。

沈明津

章入凡盯着"沈明津"三个字端看了许久，迟迟回不过神来。

她还记得沈明津这个人，高中同学，还是班上的体育委员。

章入凡之所以对他还有印象，是因为每学期运动会的时候，他总找她报名项目。

她脑海中模模糊糊能记起沈明津个子挺高的，但具体样貌却是雾里看花，隔着毛边玻璃似的，怎么也记不真切了。

没有经过深度加工和复述的记忆难以形成长时记忆，章入凡想了想，拉开书桌的抽屉，在里面翻了翻，找出了一本相册。这本相册保存着她从小到大拍的为数不多的照片，包括小学、初中、高中的毕业照。

她从相册后头翻起，不消多时就找到了高中的毕业照。

章入凡高中学的理科，班上的男同学少说也有二十来个，她本以为找沈明津这个人要费一番功夫，毕竟她都不记得他长什么样了，但只看了眼照片，脑海中那人的形象蓦地就清晰了。

她怕认错，还特意翻过照片去看背后嵌着的名字，对上了。

照片上，章入凡站在第三排，面无表情，双眼无神，而沈明津就站在她身后，右手比了个"耶"，笑得一脸阳光灿烂。

即使以现在的眼光去看，十八岁的沈明津都是好看的，单从照片上看，那时的他就是个开朗乐观的少年。

章入凡竭力回想了下，高中时的沈明津就是班上的活跃因子，是每个班都会有的后排男孩，是"不许把篮球带进教室"这句话的接收对象，是每每进教室都要跳起来摸一下门框的好动少年，是备受女同学欢迎的运动天才。

这样的人会喜欢她？

一直以来，章入凡都觉得自己就如同母亲给她取的名字，是个顶平凡的姑娘，从小到大方方面面都不出色，撇开不讨喜的性格不说，就是相貌也不是出挑的。

她五岁时母亲因车祸去世后，一直是章胜义一个人照顾她的。他一个男人，根本不会捯饬小姑娘的头发，索性就带她去剪了短发，那之后她就没再留过长发。上京一中高中部要求全体女生剪短发，每回操行评定检查，其他女生都战战兢兢怕头发长度不合格被扣分，她却从不担心这个问题，她那时的头发远比学校规定的长度还要短，连耳朵都没超过。

小时候她常生病，章胜义为了提高她的身体素质，天天带着她跑操，每年暑假还会把她丢进他当兵时的老部队里进行"军训"。她年幼时还是个瓷白瓷白的女娃娃，及至青春期，因为长时间的户外活动，皮肤硬生生被晒成了巧克力色。

总而言之，她高中时就是个其貌不扬的女孩，这一点从毕业照上就可窥见一斑。

所以，沈明津怎么会注意她？

章入凡盯着手中的毕业照看了良久，她不知道沈明津站在她身后是有意的还是无意的，更不知道他为什么会给她写这么一封信。

高中除了程怡，她和其他同学没有过多的交集，连女同学她打交道的都少，遑论男同学。她确信自己和沈明津并没怎么接触过，他总不至于因为她答应参加几个比赛项目就对她有好感。

在她看来，这封信就是个没有及时发现的乌龙，甚至可能是个恶作剧，那个"女侠"是高级的反讽。

以前的章入凡连她自己都不喜，又怎么会有人喜欢？

章入凡重新拿过那封信，再次读了一遍。

经年日久，是少年的好感还是恶意已经无从考究了，她和沈明津中学时代就无甚交集，毕业后更是毫无联系，她连高中的班群都没进，这几年也从未听说过关于他的事，他们已经泯为陌生人了。

这么想着，章入凡又想起了刚才程怡说的参加谢易韦婚礼的事，她记得当初班上男生的关系都挺好的，或许沈明津明天会出席班长的婚礼。

但是……有必要吗？

章入凡问自己，不管当初沈明津是出于什么目的写下这封信，五年过去了，她还有必要去深究吗？

毕业照和信纸摆在一起，信上寥寥几字写得十分板正，写信者显然挺用心的，章入凡看着沈明津阳光的笑脸，直觉他不是个会做无聊恶作剧的人。

她忖了忖，想起外婆要她做事不要顾虑太多，遂拿过手机，给程怡发条消息。

章入凡第二天起了个大早，她没在家里吃饭，而是换了运动服去晨跑。

小时候自律性差，章胜义每天都会督促她早起跑步，后来大了，也养成习惯了，一直到大学毕业，只要天气不那么坏，她都会早起去户外跑一跑。室友对她这个十年如一日的运动习惯倍感惊诧，直说她是个狠人，四年间她这个"狠人"也就担起了给她们带早餐的任务。

毕业工作后，因为时间关系，章入凡没办法坚持每天晨跑，但运动锻炼的习惯她没丢掉，平时只要下班早，她都会抽空去健身房练练。

她这样倒不是有多热爱运动，只是章胜义自小是这么教导她的，要多运动锻炼才能强身健魄，否则她总生病，既耽误她学习也耽误他工作。他把她当成他的兵来训，现在坚持运动的习惯只是她"退伍"后的后遗症，所幸这个习惯并没什么不好的地方，她也就没改掉。

章入凡在小区附近的公园里跑了两圈才回去，到了家门口，她才想起自己不知道门锁密码，只好按了门铃。

开门的是李惠淑。

她看到章入凡站在门外，立刻就说："小凡跑步去了啊？"

章入凡点头。

"我还以为你没起，刚才还寻思着要不要喊你起来吃早饭呢，还是你爸说的，你出门运动了。"

章入凡抿了下嘴，走进屋内，换了鞋。

到了客厅，章胜义正坐在沙发上看报纸，章入凡喊了他一声，他只是点了下头，她不在意，径自走到饮水机前，拿了一次性的纸杯给自己装了杯水。

"家里门锁换了，等下去录个指纹。"章胜义说话时眼睛还盯着报纸。

章入凡愣了下，很快应了好。

"小凡，来吃早饭。"李惠淑在餐厅里喊她，"我煮了水饺。"

章入凡面色稍有为难，章胜义抬头看她一眼，声音微沉："在外面吃过就算了。"

章入凡走到餐厅和李惠淑道了声歉，再回到客厅时看到章胜义在吃药。他有心脏病，前段时间才做了手术，现在在家休养。

她顿住脚，踟蹰片刻后有些生硬地问："医生怎么说？"

章胜义拿杯子的手停了下，倒是没抬头，直接回道："老毛病了，没什么大碍。"

老毛病，可章入凡却是最近才知道，就连章胜义做手术的事都是章胜嫔憋不住了告诉她的。

从小到大，章入凡一直认为章胜义是强硬、权威、刚折不屈的代名词，尽管他已经退伍多年，但在她心里，他的形象始终是个铁骨铮铮的军人，她没想到从小逼她运动要她强身健魄的人也会生病。

章入凡看着章胜义两鬓的花白晃了下神，忽然醒悟到时光从不放过任何一个人，哪怕他曾经是一座大山。

"医生让你什么时候去复查？"她问。

章胜义看她一眼，拧上药罐盖子，说："三个月后。"

"我知道了。"

章入凡把章胜义的复查时间记在心里，她转身要回房间，又想了想，回过头告诉他一声："中午我要去参加同学婚宴，不在家吃饭。"

章胜义点了下头表示知道，没有多问。

十月份清城还是溽热难耐，上京已经入秋了，章入凡特意在行李箱里装了两套秋装，她冲了个澡换上衣服，米白色的百褶连衣裙外搭一件暗纹小西装外套，这一套还是离开清城前她小姨帮她搭的。

章入凡上大学前很少穿裙子，小时候章胜义给她买衣服都是以方便和保暖为考量，基本上不会顾及她的爱美之心，久而久之，她自己也没了姑娘家对衣着打扮的追求，中学时更是夏冬四套校服轮换着穿。

刚上大学时，周边的女同学都开始解放被压抑了几年的天性，在着装外貌方面上下求索，章入凡却仍如往常，素面朝天，衣着朴素。后来还是她小姨看不下去了，带着她去商场买了好些衣服，手把手教她穿搭。她的第一套化妆品是外婆送的，外婆告诉她，女孩子要懂得让自己更漂亮。

换了衣服，章入凡给自己化了个淡妆。她也只会化淡妆，涂隔离上粉底描眉毛抹口红，妆毕，她看了看镜中的自己，今天的眉毛姑且还算对称。

收拾妥当，时间也差不多了，章入凡拿上包走出房间。章胜义不在，李惠淑正陪章梓橦在玩游戏，她和李惠淑知会了一声，在章梓橦防备又好奇的眼神中离开。

谢易韦的婚礼在"冬·至"酒店举办，章入凡和程怡约好在酒店楼前的广场碰面，她打了车过去，半小时后到达广场。她比约定时间还早了十分钟，就等在广场的喷泉前看人喂鸽子。

"小凡。"

章入凡听到有人喊，踅足转身，看着程怡小跑过来。

"等很久了？"

章入凡摇头。

程怡喘匀了气，拉过章入凡的手上上下下打量着她，说："你个儿高，这身真适合你。"她目光上移，"我怎么觉得你又变样儿了……头发是不是长了些？"

"嗯，有段时间没剪了。"章入凡抬手抚了下披肩散落的长发，"我小姨不让我剪短。"

"小姨明智。你这样好看，想想你高中的时候留一个超短发，硬生生地把你的美貌打了对折。"

"你确定我高中的时候有美貌？"

"呃……怎么没有？"程怡挽上章入凡的手，言之凿凿，"你以前就是黑了点，其实仔细看看还是能发现你……更深层次的美。"

章入凡知道程怡在安慰她，其实没有必要，以前她是什么样儿的她自己心里有数，也并不因此难过，她会在意起以前的样貌，不过是因为那封莫名其妙的信。

"时间快到了，我们进去吧。我保证，一会儿那些高中同学见到你一定会大吃一惊的。"程怡挽着章入凡往酒店走，边走边说，"谢易韦到底是班长，面子大，而且今天国庆，好多同学都说会来，很多人已经到婚宴现场了。我看群里有人发了合照，我们班还有男生当伴郎呢，就体育委员，跑贼快的那个，你是不是已经忘了是谁了？"

章入凡微微失神，轻轻摇了下头，回道："沈明津，我记得。"

Chapter 2
她是他的红桃 A

程怡拉着章入凡进了酒店，出示了电子邀请函，在酒店侍者的指引下搭乘电梯上了楼。酒店宴会大厅有专门的电梯，和章入凡、程怡一个电梯厢的人都是来参加谢易韦婚宴的，男女老少都有。由小窥大，看来这场婚宴应该邀请了很多人，办得很隆重。

到了楼层，走出电梯就能看到宴会厅的拱形花门，迎宾区立着新人的婚纱照，门两边站着男女傧相，他们见到赴宴的客人就热情地把人迎进厅里。

章入凡没有看到沈明津。

婚礼现场整体以白色调为主，布置得十分唯美梦幻，章入凡跟着程怡进了宴会厅，送了礼金后又被她拉着往长台右边的宴会桌去。

"群里有人说了，高中同学都在右手边正数前三桌。"程怡解释道。

前两桌已经坐满人了，章入凡和程怡就在第三桌落座，先来的同学已经聊开了，有新来的人加入，他们自然就把目光投了过来。

有人认出了程怡，和她攀谈了几句后看向章入凡，颇为疑惑地问："程怡，你边上这位……也是我们班的？"

"对啊，入凡。"

"啊，章入凡？"那人惊讶。

"你好……刘子玥。"

"对对，你还记得我啊。"

章入凡的目光在桌上几人的脸上掠过。高中时她和其他同学交往不多，很多人的脸她还眼熟，名字却对不上了，昨晚决定来参加谢易韦的婚礼后，她特地对着毕业照认了认脸和名字。

几年过去，大家都成熟了些，但还没到改头换面的程度，她依着昨晚的记忆，还是能认出来人，避免尴尬。

章入凡对刘子玥印象更深些，因为刘子玥曾经有一学期是她的前桌。

桌上除了程怡，其他人此时都在看着章入凡，表情出奇地一致——讶异。

"入凡你……变化好大啊。"刘子玥说完，几个同学纷纷附和。

"是吧。"程怡下巴微挑，颇有些得意地说，"是不是漂亮了很多？"

"嗯。"刘子玥端详着章入凡，咂舌道，"简直跟换了个人似的。我记得你以前头发是全班女生里最短的，操行检查的老师有一回都看错了，说你的头发太长，没达到男生标准呢。"

"还有，你白了好多啊。"刘子玥凑过来，压低声问，"是去做医美了吗？哪家医院，可以推荐吗？"

章入凡觉得刘子玥已经说得很委婉了，她猜刘子玥可能想问她是不是整容了。

"哎呀，你看看小凡的手，跟她的脸一样白，什么医美技术能全身美白啊。"程怡拉过章入凡的手让刘子玥瞧，同时说，"她就是天生底子好，高中黑那是晒的，这几年她都待在清城，南方养人，就养白了。"

程怡继续说："她现在就是头发留长了，人变白了，所以你们才会觉得她换了个人似的，其实她变化不大，你们回去看看高中的照片就知道了。她的脸和以前没两样……可能是比以前圆润了些。"

章入凡听程怡费心替她解释，嘴角微微上扬，露出了一个很浅的笑来。

她一笑，五官就生动了，眼底也有了别样的光彩，整个人一下子就柔和了。

刘子玥一怔，低声说："倒也不全是头发长了和变白的原因……气质也变了。我以前就没见你笑过，你给人的感觉，怎么说呢，也不是高冷，就是……"

"孤僻？"章入凡试探地接道。

"对！"刘子玥恍然地点点头，"原来你自己也知道啊。"

"……"章入凡倒不是有自知之明，只是从小听多了这样的评价。

"说实话，高中的时候你给人的感觉挺不好相处的，对人不冷不热的，好像不太愿意搭理人。我高二坐你前桌的时候找你搭过话，回回都是我问你答，聊不了两句。你也不爱玩，不怎么参加班上的活动，就喜欢自己待着。读书那会儿女生上个厕所都要结伴，你从来都是独来独往的，在学校，好像也就程怡和你关系好点。"刘子玥转过头问程怡，"你们初中一个学校的，还是高一同班？"

"都不是。"程怡笑嘻嘻地说，"小凡可是我的守护神。高中的时候十中有几个男生总爱来骚扰我，还是她帮我摆平了他们。"

"其实你只要和她做了朋友就会发现……她的确挺无聊的。"程怡瞄了眼章入凡，摸了摸鼻子，"不过小凡她不难相处啦，了解她的性格之后就知道她这个人很单纯的。"

章入凡听她们聊自己，并不插话打断，也无不悦。她其实也很想知道别人眼中，以前的她到底是怎么样的。

小姨曾这样评价过她——木讷得古板，无趣得刻薄。

现在看来，这个定论下得很准确，至少在高中同学的眼里，她的确是个不怎么讨喜的女同学。

所以，沈明津为什么会写那封信给她？

章入凡抬头四下张望了下，并没有看到他——或者他现在大变样了，她没认出来。

婚礼尚未开始，现场陆陆续续来了很多宾客，很快章入凡这桌就坐满了，三桌的高中同学相互串桌，不消多时就聊成了一片。

很多同学惊讶于章入凡的变化，会主动和她说上几句话，但因为以前就不熟，几年过去更是形同陌路，所以话题只浮于表面，草草就结束了。

章入凡不惯应对这种社交场面，总觉得不自在。她趁其他人热聊的时候离开宴会厅去了趟洗手间，再回来时拱形花门前的傧相换了人。

猝不及防见到沈明津，章入凡一时怔忪，步伐不由自主地放缓了。

他没怎么变，个儿还是那么高，同样的伴郎服穿在他身上显得格外挺括修身；他的五官还是那么明朗，褪去了年少的青涩却没有褪去少年的底色；他和人说话时仍是笑得很灿烂，笑声爽朗，好像有天大的喜事似的，让人看一眼就会被感染。

傧相迎接的都是从电梯口走过来的人，章入凡从另一个方向走近，沈明津暂时还没看到她。

"一会儿要陪新郎敬酒的，你小子这几年光喝咖啡了，酒量行不行啊？"有人拍了拍沈明津的肩。

"行不行一会儿见真章。"沈明津笑着说。

"你就装吧你，别三杯倒，到时候还要我们给你抬回去。"

"等着瞧。"

沈明津和几个男傧相胡侃着，余光看到一个身影，笑着回过头正要把人往里边请，手都要抬起来了，定睛看清人时，怔住了。

片刻后，他回过神，做了个"请"的姿势，语气寻常道："里边儿请。"

章入凡对上沈明津的目光，心里不由得一紧，莫名忐忑。她慌忙低下头，与他错身而过，匆匆进了宴会厅。

沈明津侧过身，目光追随着那道身影，直到她落座。

"嘿，看刚才进去那姑娘呢？"边上人杵了下沈明津。

沈明津乜他："不行？"

"唷，真是啊。"那人往厅里张望，"那几桌不都是你们高中同学吗？"

"嗯。"

"那她怎么不和你打个招呼啊？"

"可能已经忘记我是谁了。"沈明津自嘲地笑笑。

"她忘了，你不是没忘嘛。啧，有古怪……我说你，之前来的几个同学，不管人有没有认出你，你都主动上前打招呼了，怎么一到这个美女，你就跟哑了炮似的？老实交代，你们是不是有故事？"

沈明津不置可否，沉默了一瞬说："都是过去的事了。"

章入凡落座后仍没回过神来，她攥着手机深吸了两口气，转过头往宴会厅大门口看去。沈明津背对着她，不知道在和边上的人聊什么，可能还是说的等下敬酒的事。

他认出她了吗？

章入凡判断不出来，从他刚才的反应来看，大概率是没有的。今天到场的这么多同学，没有一个人认出她来，有些甚至忘了班上有她这一号人，他不会是例外。

退一万步讲，就算他写那封信真是在表白，少年人的喜欢又能有多深刻，这么多年过去了，那点感情他该早忘了。

章入凡倒并不失落，只是有点茫然，突然想不通自己为什么要来参加这个婚宴，又为什么想见沈明津一面，现在见到了，然后呢？

她是想求证什么，还是要刻舟求剑，拿着过期的信去给他一个迟来的回答？她心里是有期待吗？期待他那时是真的关注她，期待他还记得她？

章入凡陷在自己的思绪里，没注意到周遭的变化，直到程怡碰了她一下。

"想什么呢，婚礼开始了，看。"

章入凡回神，往宴会厅中间的长台看去。

厅里灯光暗下，只有长台上还有一束追光，新娘挽着她父亲的手缓缓走向主台，新郎伸手接过新娘的手，新郎父亲言辞深切地叮嘱了新郎几句话。

"谢易韦看着比高中那会儿胖了点。"程怡说。

章入凡没去注意谢易韦的身材，她的关注点不在全场的焦点上，而是落在仪式台角落，沈明津就站在那儿。

日光底下每天都有那么多场结婚仪式，婚礼流程大同小异，但对每一对新人来说，幸福是独一无二的。

仪式台上，新郎新娘在主持人的授意下交换戒指，而后相拥亲吻，全场掌声雷动。

程怡示意章入凡："看前面那桌，孙筱筱……粉衣服那个，哭了。"

章入凡顺着程怡的指示看过去，果然借着台上的灯光，看到一姑娘在抹眼睛。

"她和谢易韦高中的时候挺好呢。"

"啊？"

"我就知道你不知道。"程怡轻轻叹口气，颇有些感慨道，"那时候他们还考到一座城市去读大学。我以为他们感情那么好，一定会走到最后呢，谁能想到现在一个成了别人的新郎，一个在角落里暗自神伤。"

程怡啧啧摇头："果然学生时代的感情都不牢靠。"

章入凡愣了下神，下意识地又往仪式台角落看去，沈明津不在了。

交换戒指仪式结束，接下来是表演环节。新郎新娘又是唱歌又是跳舞，几个伴郎伴娘也被推了上去，全场起哄不表演节目不让他们下来。

众目睽睽之下，几个伴娘都显得很拘束，你挤我挤你地往后缩，最后还是沈明津走出来救场，他拿过主持人的话筒说："几个伴娘忙了一早上了，大家行行好，让她们下去吃点东西，我给大家表演个精彩的，行不行？"

"沈明津还是和以前一样帅啊，性子也没怎么变，大大咧咧的，什么场合都活络得开，用现在的话说就是'社牛症'。"程怡扑哧笑了，说了句，"以前老师就说他，除了学习，样样精通。"

章入凡轻轻一笑。

几个伴娘被沈明津解救了下去，他自己一个人留在台上，似是早有准备，从西装兜里摸出一副扑克牌。

沈明津扯起袖子，朝底下的来宾说："我给大家表演个魔术助助兴。"

"沈明津，怎么又是扑克牌魔术啊，高中的时候看过了，来点新鲜的。"

第一桌有人喊。

章入凡听到这话，蓦地就记起了一件事。

高二那年班级举办了一个跨年晚会，班主任要班上同学自行组织节目，沈明津就准备了一个魔术。在晚会那天，他拿着一副扑克牌就上了讲台，就像别的魔术师需要观众的配合一样，他也说需要一个搭档。

扑克牌四种花色，红桃、黑桃、方块、梅花各代表一组，沈明津随机抽了一张牌，梅花 10，章入凡正好是第四组正数第十个人。

章入凡记得自己当时怄得要死，她本来就不喜欢受人瞩目，晚会也没参加任何节目，偏偏倒霉被沈明津抽中，要上台配合他。

其实他的魔术很简单，也不需要她当托儿，他只是要她抽出一张牌，给全班同学看一看，然后放进那副扑克里，他重新洗牌，故弄玄虚一番，最后准确地找出了她抽中的牌。

红桃 A，章入凡还记得这是她当时抽出的牌。

她之所以还有印象，是因为沈明津下台后告诉她，这个魔术是他才学的，失败了很多次，第一回当众表演就大获成功，她功不可没。

他说，她是他的幸运星。

以后她就是他的红桃 A。

沈明津拿着一副扑克牌和底下的来宾互动。几年过去，他的魔术难度升级了，表演时也更加从容，在这样的场合，他如鱼得水，没有一丝不自在。

章入凡一直往仪式台上看，席上的菜品也没动几筷子，程怡抬头看她，不由得问："你什么时候对魔术感兴趣了？"

"……刚刚。"

程怡只当章入凡是觉得婚宴太无聊了，并没有往别的方面去想，更不会认为她对沈明津有意思——她们认识这么多年，程怡就没见过章入凡对哪个异性感兴趣。

宴会厅里时不时响起一阵惊叹声，沈明津的魔术成功地活跃了气氛，在场大部分人的注意力都在他身上，还有人特地跑到前排去录像，多是姑娘。

"沈明津还和读书时一样招人啊。我以为他出了意外不能再搞体育了，人会消沉些呢，现在看来，他心大着呢。"刘子玥凑过来搭话。

程怡闻言看她，语气讶然道："他出什么意外啦？"

章入凡也把目光投向刘子玥，认真听着。

"沈明津高中不是体特生，练跑步的嘛，后来去了体大，我听人说他前两年意外受了伤，还挺严重的，都出国治疗了。"刘子玥撇了撇嘴说，"具体情况我也不太清楚，反正他现在不练跑步了。"

程怡问："他不搞体育搞什么？"

刘子玥耸了下肩，说："我也不知道，毕业后就没联系了，他在班级群里也没提过自己的事，他受伤这事还是我偶然间听说的。"

章入凡回头看向仪式台，沈明津表演完毕，笑着朝底下的来宾行了个绅士礼。她看他神色明朗，丝毫不见郁色，完全没有受挫的颓唐模样，不由得怀疑刘子玥听说来的消息的真假。

沈明津下去后，有乐队上台演唱婚礼祝歌，现场气氛越来越热闹，像是Live现场，还有年轻来宾自告奋勇上台献唱。许是被气氛感染，第一桌的几个高中同学提议上台给谢易韦唱首校歌。

程怡跃跃欲试，她看向章入凡，问："小凡，去吗？"

章入凡摇头，她向来不参与这种活动，而且高中的校歌她连调调都哼不出来了。

"那你坐着，我上去凑个热闹。"

"好。"

一中校友差不多都登台了，前三桌零星剩下几个人。章入凡看见孙筱筱趁机离开了宴会厅，她这桌就剩她自己和一个男同学，如果没记错的话，他叫杜升。

程怡和刘子玥上台后，杜升坐到了章入凡身边，和她打了个招呼："嗨。"

章入凡下意识地坐直，拘谨地回应他："你好。"

"入凡，你还记得我吗？"杜升说，"我们以前还一起参加过同一个补习班呢。"

章入凡不大适应不熟悉的人直接去掉姓氏喊她名字，她抿了下唇，点头。

"你变化太大了，我刚才差点没认出来。"

章入凡不知道接什么话，只好沉默。但杜升并没有让对话就此结束，他径自往下说："我刚听程怡说，你大学在清城读的？"

"嗯。"

"清城是个好地方啊，我经常去那儿出差，要知道你在那儿，我还能找你叙叙旧。"

章入凡和杜升就是普通的同学关系，连泛泛之交都谈不上，她不知道他们有什么旧好叙的。

"你国庆后就回清城？"

"不回去了。"

"要留在上京？"

"嗯。"

杜升笑道："到底还是家乡好是吧？"

章入凡没应话。

"你回京工作确定了吗？"

"确定了。"

"在哪家公司啊？"

章入凡其实不喜欢和别人透露自己的事，但是杜升问了，她也不能不答："OW。"

"在商场啊。做什么？"

"企划。"

"商场企划挺好的。"杜升拿出手机，看着章入凡热情道，"我们加个微信吧。我现在在一家广告公司工作，兴许以后有能合作的项目。你现在回京了，有机会我们还能约出来，一起吃个饭。"

章入凡犹豫了下，她今天没有带工作手机，杜升要加她，她只能用私人号添加。

虽然她没有感情经历，但这两年稍微有了点异性缘，也有男性追求过她。她不傻，看得出来杜升的醉翁之意，说实话，她并不怎么愿意和他进一步接触。

但到底是同学，章入凡不好直接拒绝杜升，她低下头正想从包里拿出手机时，忽听有人喊："'方块5'……杜升，你也上来，一起唱。"

章入凡闻声回头，就看到沈明津朝他们这桌走来。

杜升说："都毕业了，你怎么还叫我这个，校歌我不会啊。"

"你少装，高中校歌比赛你还领过唱，这歌谁都没你熟。"

"我真忘了。"

"这才多少年，等下音乐一起你就记得了。走吧，一起上去，别躲懒，不然待会儿让你单独唱一首……周杰伦的《算什么男人》怎么样？"

杜升见躲不过，只得收起手机，无奈地起身，啐了沈明津一句："你真是我祖宗，毕了业还得遭你迫害。"

沈明津挑眉一笑，戏谑道："我就是你命中注定逃不开的男人。"

"滚！"

沈明津轻描淡写地看了章入凡一眼，搭上杜升的肩，揽着他一起上了台。

章入凡轻轻呼出一口气，看着沈明津的背影微微失神。

台上的同学站成几排，伴着音乐声声吟唱，一首校歌直接把婚礼现场变成了高中文艺会演。章入凡打从毕业后就没再听过校歌，本以为自己早已将这首歌遗忘，却在前奏响起的那刻生出了一股熟悉感。

一首歌毕，台上的人下台回归原位，同学之间的气氛比之前更加融洽了。过了会儿，谢易韦领着他的新婚妻子过来敬酒，沈明津也跟着来了，他们从第一桌敬起，每一桌都聊了好久，敬到第三桌已是二十分钟后的事了。

谢易韦端着杯子走到杜升边上，一手搭上他的肩拍了拍，笑着说："杜升，你果然是领唱，刚才就你唱得最起劲。"

他又看向刘子玥，"啧"了一声说："刘子玥，你的脸是不是比高中还圆了？"

刘子玥白了他一眼，怼道："班长，咱俩大哥莫说二哥，半斤八两好吧。"

"我这是幸福肥。"谢易韦哈哈一笑，又朝刘子玥边上的程怡看去，举杯示意了下说，"程怡更漂亮了。"

"谢谢班长。"程怡莞尔，站起身举起杯子说，"祝你新婚快乐、百年好合、早生贵子，以后和班嫂小日子蒸蒸日上啊。"

"靠谱。"谢易韦仰头闷了酒，侧过身示意沈明津给他倒酒，目光转而投向程怡边上的人，神情忽有些疑惑。

章入凡今天也不是第一回被人用这样的眼光打量了，虽如此，此情此景她还是觉得些微尴尬。她硬着头皮站起来，正打算举起杯子说句祝福语将这一窘况揭过去，却听沈明津叫了声她的名字。

"章入凡。"沈明津提醒谢易韦。

章入凡怔住，抬起头正好与沈明津的目光对上。

她没想到他还记得她，并且认出她来了，他是除了程怡外，这些高中同学里唯一一个认出她的人。

谢易韦回想了下，忽然惊讶道："你是章入凡？"

章入凡回过神，拘谨地点了下头。

"哎哟，我还真认不出来了，你大变样了啊。"

饶是今天听得最多的就是这句话，章入凡也还是不知道要怎么回应，只能抿唇干巴巴地一笑。

"我对你印象可深刻了。"

"啊？"

"有回你上学迟到，班主任要你表演一个节目，你当场就给我们打了套

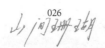

军体拳。"谢易韦说着挥了下拳头，"打得可标准了，是不是？明津，你当时还说她傻乎乎的呢。"

章入凡看向沈明津，他握拳抵着唇，咳了声说："有吗？我忘了。"

谢易韦和刘子玥、程怡都只是简短地打了个招呼，到了章入凡这儿不知道为什么就打开了话匣子，话题始终围绕在她身上，明明读书的时候她并不起眼。

"你现在还晨跑吗？"

章入凡没料到谢易韦会问这个问题，愣了下，点头："休息的时候会。"

"你可真有毅力。高中的时候就经常见你大早上的去学校操场跑步，比明津这些体特生还积极。"谢易韦回头看着沈明津，"这个你总记得了吧？以前你们早上训练就能见着。"

沈明津不得不看向章入凡，点了下头："嗯。"

章入凡对此却没有什么印象，她知道体特生都要早起训练，也曾经看过他们在操场热身，但她跑步的时候从来都很专注，没去注意过旁人，也不知道沈明津就在其列。

"明津，我记得你曾经邀请她参加过田径社啊。"谢易韦的目光从沈明津身上移到章入凡那儿，问，"你答应了吗？"

章入凡经他这么一问，倒是想起来有这么一回事。

高二分班后不久就是秋季运动会，是新班级第一个集体活动，沈明津是体育委员，自然要动员全班同学积极参加比赛项目。章入凡以前不知道他为什么会找上她，现在好像有点明白了，大概是他看她每天早上都跑步，所以才想让她报名长跑。

一开始沈明津拿着报名表找上来时，章入凡第一时间拒绝了，但他并不放弃，三番几次地找她，软磨硬泡，她回绝了好几次他也不气馁，甚至愈战愈勇，逮着机会就和她说这件事，她被缠得不行了，最后只好无奈答应。

她报了两个项目，800米和1500米，最后都拿了名次，沈明津很高兴，看见她就跟伯乐看见千里马一样。运动会结束后，他邀请她加入学校田径社，那时她对参加社团并不感兴趣，没有犹豫就拒绝了。

"她没答应。"沈明津替章入凡回答了，他神色平平，语气也稀松平常。

谢易韦还要说什么，沈明津低声提醒他："要去给长辈敬酒了。"

"行，知道了。"谢易韦谈兴未尽，遗憾地摇了下头，最后举起杯子，向所有的同学示意，"同窗一场，感谢你们来参加我的婚礼，之后我们再找个时间专门聚一场。"

敬酒环节过后，婚礼就差不多进入尾声了，一些同学约着婚宴散后再找个地方聚聚。程怡问章入凡的意见，她想了下还是拒绝了，毕竟她今天来参加婚宴并不是为了和老同学叙旧。

婚礼结束后，宾客散场，谢易韦喝多了被扶去休息，伴郎伴娘在宴会厅门口送宾客离场，沈明津也在其中。

约莫是喝了酒，他脸色微微见红，却并不失态，有姑娘上前和他搭话，他也大大方方地回应。

章入凡走到门口时顿了下脚，她有话想问沈明津，却也明白现在不是个好时机。她做不到像那些姑娘一样在这样的场合主动上前搭话，更不能当众问他那封信的事。

沈明津抬起头，目光和章入凡的相触，他朝她颔首示意，客套地道了声："路上小心。"

章入凡抿了抿唇，朝他点了点头。

从酒店出来，章入凡和程怡与一些老同学道别，正要离开时，杜升追了过来，章入凡这回没有办法，只好加了他的微信。

程怡等杜升走后，朝章入凡挤了挤眼睛，揶揄道："看，我说了吧，真有老同学对你示好……这个杜升，会不会读书的时候就对你有好感啊？"

章入凡听程怡说杜升，脑子里想的却是沈明津，她攥着手机思索片刻，忽而对程怡说："你把我拉进班级群里吧。"

Chapter 3
是她误解了他

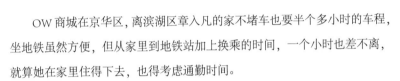

OW 商城在京华区，离滨湖区章入凡的家不堵车也要半个多小时的车程，坐地铁虽然方便，但从家里到地铁站加上换乘的时间，一个小时也差不离，就算她在家里住得下去，也得考虑通勤时间。

无论是客观因素还是主观感情，章入凡都觉得自己搬出来住比较合适。

谢易韦办婚礼的"冬·至"酒店就在京华区，章入凡从酒店离开后去找房子，她约了个房屋中介，先从公司附近的租屋看起。

京华区是上京最为繁华的地区，写字楼、办公大厦林立，打工人多，租屋自然紧俏，租金也是水涨船高。章入凡跟着中介看了一下午，没有看到特别合适的房子。事难两全，地段好、房屋配置高的租屋租金也高，租金低的租屋地段差不说，有的甚至连安全性都没法儿保证。

章入凡国庆后入职，时间虽然紧迫，但也还有几天假期可以缓冲，她不是急性子，找房子这种事还是稳妥慎重些比较好，一下午的时间匆匆决定，搬进去住了不满意再换房子反而更麻烦。

五点钟左右，她看完最后一个房子，和中介要了下午看的几个勉强满意的租屋的详细信息，包括租金、押金、水电费之类的，又和他商量了下，约好第二天再接着看房。

看完房，章入凡就回了滨湖区。她本来想在外面吃了晚饭再回去，略一犹豫便又作罢。

　　上午出门前，章入凡录了门锁指纹，晚上回去她自己开门进屋，在玄关要换鞋时才发现鞋架上多了双粉色的新拖鞋。

　　李惠淑听到动静从厨房里出来，看到章入凡先说了句："小凡回来了啊。"

　　"惠姨。"

　　李惠淑走过来，指着鞋架上那双粉色的拖鞋说："你以前那双旧拖鞋鞋底磨薄了，我重新给你买了一双。瞧我，昨天都忘拿出来了，还是你爸提醒，我才记起来。不好意思啊，阿姨疏忽了。"

　　章入凡见李惠淑语气小心翼翼的，有点讨好的意味，心里轻叹一声，弯腰换上那双粉色拖鞋，同时说："没关系……谢谢。"

　　李惠淑像是松了口气，笑着问："没吃饭吧？"

　　章入凡点头。

　　"你歇一会儿，我再炒个菜，差不多可以吃饭了。"

　　"好。"

　　章入凡打算换套休闲服。她走回房间，经过章梓橦的玩具房时听到里面传出小孩子银铃般干净清脆的笑声，不由得顿住脚步，扭头往里看去。

　　章胜义正坐在地垫上，陪章梓橦搭建积木。他才把一个房子搭好，章梓橦就使坏地伸手抽去底下的积木条，房子霎时倒塌。章胜义横眉故作恼怒，章梓橦却一点都不惧怕他，抱着她的小兔布偶，咯咯笑个不停。

　　章入凡站在门口，既诧异又疑惑。

　　章胜义若有所察，抬头看到章入凡，愣了下，表情稍稍不自在。他咳了下，敛起笑，生硬道："回来了。"

　　"嗯。"

　　章梓橦看到章入凡，立刻起身扑进章胜义的怀里，探出脑袋警惕防备地看着她，好像她是个不速之客。

　　"我先回房间了。"章入凡说了声。

她走向对门，开门进去后在门后站着，不一会儿又听到了小孩子无忧无虑的笑声。

章入凡想起刚才看到的场景。记忆中她从未见过章胜义这么亲切可亲的模样，他在她面前素来板着脸，神色严肃不苟言笑，随时在审度她的行为举止，一有错误立刻就会批评指出。在她和章梓橦这般大时，他也从没陪她玩过游戏，甚至连玩具都没给她买过。

章入凡一直觉得章胜义像个教官而不像父亲，可刚刚他俨然就是一个慈父，他横眉竖目时章梓橦一点也不怕他，如果是她，在看到他露出那样的表情后，便会立刻正襟危坐，反省自己做错了什么。

章入凡觉得章胜义变了，但又好像没变，至少在对待她时他的态度始终如一。

她倒不觉得他偏心，章梓橦太小，而她早已过了寻求父母关注的年纪，老来得女自然是要疼惜些的。再者说，他也从未给过她父亲的宠爱，所以她也无从去感受父爱的重量轻了多少，更没法去计较。

章入凡换了套衣服，拿过手机坐到书桌前。她让程怡把她拉进了高中班级群，今天群里很热闹，很多人在里面聊天叙旧。她下午看房子的时候嫌消息吵闹，就设了群消息免打扰，此时再去看，群消息已有上百条，且还在刷屏中。

有人在群里发了今天的合照，基本上都是和新郎新娘拍的，有几张伴郎伴娘也露了面。章入凡划拉着照片随意翻看，手指最后停在一张沈明津的单人照上。

照片是他上台表演魔术时拍的，一束追光正好打在他身上。他脱下西装外套，仅着白色衬衫，袖口往上卷起，一手拿着一副扑克牌，一手手指夹着一张牌向底下的来宾示意。她放大照片去看，牌面是红桃 A。

章入凡盯着这张照片看了良久，放下手机后又从抽屉里拿出那封信反复端详。

虽然她今天是见到了沈明津，但他们没说上话，她也没能探听到关于这封信的丝毫信息。而且，不知是不是她的错觉，沈明津对她似乎比对别的同学更加疏离。

所以，是少年的恶意？

章入凡低头，看着照片上沈明津干净明朗的笑脸，无端觉得愧怍，很快，她就把这个想法摒弃了。

除却恶意，那就是好感？

章入凡光是这样猜测就羞愧难安，觉得自己没有自知之明。她认为这个可能性极低，可信度最高的解释是第三种可能——这封信压根儿不是沈明津写的。

有人以他的名义写了封信给她，开了个恶劣的玩笑，目的是为了整他还是她？

章入凡觉得自己有点钻牛角尖了，一封过期五年的信，其实已无必要去追究，她一边这么通达地想着，一边又耿耿于怀。

她眉间微锁，看看沈明津的照片，又看看那封信，思索片刻后拿起手机，点进班级群的详细信息。班级群里的人都备注了名字，她仔细地逐一查找，在群成员中找到了沈明津。

他的头像是一个映着夕阳的篮筐，微信名仅一个"津"字，章入凡点击添加好友，在发送好友申请时犹豫了下，最后在申请框内打上简单的自我介绍——你好，我是章入凡。

点击，发送。

章入凡的假期基本上都用来找房子了，OW商圈附近的房子实在难找，而她又不是个为了省事会选择将就的人。

她姑姑章胜嫉知道她节后就要搬出去，数落了她好一阵子，最后见她铁了心要到外面住，拿她没辙又放心不下，只好帮她一把。

章胜嫔是开美容院的，她有个老客户，在邻近 OW 商圈的京桦花园有一套单身公寓，前阵子老客户结了婚，搬去和丈夫同住，老客户为了抵御婚姻风险并没有变卖这套公寓。章胜嫔询问了下，正好老客户有意出租，又担心租给一些没分寸的人把房子搞得又脏又乱，恰好熟人来问，正中她下怀，她就在房租上打了个折扣。

京桦花园地理位置好，小区出门不远就是地铁站，到公司也就五个站的距离，很方便。最主要的是，小区安保设施完善，安全性高，适合独居女性。

章入凡并非清高不接地气的人，在现实窘迫的境况面前，她不会拒绝亲人善意的帮扶。

房子定下了，章入凡约了搬家公司的人到程怡那儿把她寄回来的行李统统搬到了京桦花园。国庆假期的最后两天，她一直在新居里收拾整理东西。其实她的行李并不多，除去两箱衣物，其余的都是些零零散散琐碎的小物件。

公寓里的家具还算齐全，就是缺少厨房的用具。章入凡毕业后和外婆同住，吃惯了家常菜后就不爱点外卖了，虽然她厨艺不精，但偶尔也会下厨。

打扫完屋子，归置好东西，章入凡挑了个时间去采购生活用品。她特地搭乘地铁去了公司，一是商城大，店铺齐全，能一次性买齐她想要的东西，二者她也是想踩踩点，提前熟悉下以后工作的环境。

她逛了一圈，按照自己事先写好的采购清单把东西买齐。提着大包小包不好过地铁安检，离开商城后她就打了辆车回京桦花园。

外车不得开入小区，章入凡住的五号楼离小区门口还有段距离，她左右手拎得满满当当的，似乎挪一步就会在地上留一个脚印。

进了楼，章入凡眼见一号电梯缓缓关上门，她没出声也没着急忙慌地赶过去，而是从容地打算等下一班电梯。

就在这时，一号梯的门重新开了，章入凡正好走到电梯门口，她下意识地转头往电梯内看去，蓦地撞上了一个人的目光。

沈明津只是听到了脚步声，出于好心按开了电梯，他刚要出声让外面的人进来，抬眼就看到了一脸诧异的章入凡。

他也没料到会在这儿遇上她，一时亦是吃惊，但勉强还算冷静。

"不进来吗？"沈明津问。

章入凡回神，稍显窘迫地低头走进电梯内。

她放下右手提着的电饭煲包装箱，抬手去按电梯楼层，电梯钮上"20"那个键是亮着的，而她住在二十一楼。

电梯门关上，狭小的电梯厢内显得异常沉默，微妙的气氛在蔓延。

章入凡看到沈明津就想起了自己石沉大海的好友申请。谢易韦婚礼那晚他没有通过她的申请，她以为他在忙或是喝醉了，可是第二天第三天直到现在，他都没有通过。

她明白了，他是不愿意加她为好友，就像她对杜升那样。

章入凡把那封信锁进了抽屉里，就当从来没看到它，也不打算再去深究。可此时此刻，看到沈明津，她心底未消退的执念又在蠢蠢欲动。

电梯在五楼停下，门打开，外面没人，过了会儿电梯门又缓缓阖上。

一开一阖间，章入凡像是在水中憋久了气的人冒出水面短暂地吸了口新鲜空气，人醒过了神，她站得笔直，转过头主动搭话。

"那个……你还记得我吗？"

章入凡心里没底，她今天没有化妆，但她想她素颜和淡妆其实差别不是很大，谢易韦的婚礼才过去没几天，沈明津应该还能认出她的。

沈明津神色古怪地低头看了眼章入凡，迟疑了一秒回道："记得。"

章入凡松口气，捏了捏手心，不尴不尬地说了句："好巧。"

"嗯。"

沈明津反应平淡，半点没有以前高中时的开朗，也没有上回在婚礼上对待老同学的热情。

章入凡低头抿了抿唇，被他刻意疏离的感觉又拢上心头，她想放弃和他打交道，心里又有道声音催着她开口。

那封信像是一颗沙砾，落在她心瓣的夹层里磨着，不痛不痒，但存在感极强。

章入凡缄默片刻，下定决心般抬起头，再次开口说："沈明津，我有话想——"

"道歉免了。"沈明津头也不转地打断她。

章入凡怔住。

她没明白沈明津的话，道歉，她为什么要道歉？因为她拒绝加入田径社，这是需要道歉的事吗？

"我以前……得罪过你？"

沈明津勉强维持的冷淡表情有了一丝裂痕，他抬手抚了下额头，失语几秒，又低头去看章入凡，不可思议道："红桃A，你跟我在这儿装傻呢？"

章入凡觉得沈明津的指责很莫名，不禁微蹙了下眉，说："我没有。"

"你不记得了？"

"记得什么？"

沈明津低头盯着章入凡的脸，她眼神疑惑，不像是装的。

他扯了下嘴角，表情不可思议又带了些自嘲的意味，随后恼道："就算你不愿意和我在一起，但是我给你写信的事你怎么能忘了呢？这是随便能忘记的事吗？"

十八岁那年章入凡让沈明津尊严扫地，他没想到五年后她再次让他成了个笑话！

"你不是想道歉，那加我微信干吗？"他愤愤地问。

"我是想问你……"章入凡此刻着实有点摸不着头脑了，事情的走向越来越扑朔迷离，那么——"我书里的那封信真是你写的？"

沈明津自然还记得自己人生中第一回写的信，他皱起眉，不满道："红桃A，你要我呢？你都看过信了，刚才又说……"

他对上章入凡张皇惊慌的眼神，心头一刺，要说的话便消弭在了嘴边。

他沉默了片刻，再开口时语气就有些无所谓了。

"算了，反正你都拒绝了，记不记得也不重要。"

章入凡极度错愕，喃喃："我什么时候……"

她本想问她什么时候拒绝过他，但话才说到一半，脑子里倏地闪过一些碎片。

沈明津见她失神地愣住了，本不想再去计较以前的事，缄默了几秒，又气不过似的开了口："高考动员大会那天，你说你不喜欢四肢发达、不学无术的人，忘了？"

零星的记忆涌进脑内，章入凡还没来得及拼凑出完整的一段回忆就被沈明津这句话吓住了。她吃惊并不是因为沈明津的指控是莫须有的，而是在她回想起来的记忆碎片里，她真的对他说过这样轻鄙的话。

"我……对不起。"章入凡思绪混乱，一时间没能完整地回忆起事情的前因后果，只能先道一声歉。

沈明津听她致歉，心口更堵了，好像今天是他揪着过去这点事不忘，五年过去了还要讨个说法似的，小气得很。

"我说了，道歉免了，本来你就有拒绝的权利。"沈明津叹一声，语气恢复平常，甚至显得宽容大度，似乎丝毫不介意章入凡那时带了人身攻击的拒绝话语。

章入凡短时间内接收到了太多信息，脑子一下子转不过来，也没处理这类事情的经验，她抬头看着沈明津，也不知道接下来要说什么才好。

二十楼很快到了，电梯门一开，沈明津再看了眼章入凡，见她没话要说，抬脚径自往外走，背着她挥了下手，洒脱道："走了。"

他头也不回走得极其果断，章入凡怔在电梯里，没反应过来要喊住他。直到电梯门再次打开，她才回过神来，机械地提起放在地上的箱子，凭着本能回到了自己的租屋。

进了屋，章入凡把买回来的东西随手一放，腾不出心思去归置整理，脑

子里反复想的都是沈明津刚才说的话。

她往沙发上一坐，抿着唇蹙着眉开始捋头绪。

沈明津说是在高考动员大会上，章入凡认真地回想了下，确实是有这么一回事，但是从她的角度看，她和沈明津在这件事的记忆上存有偏差。

动员大会那天早上，她无意中听到她父亲和惠姨的对话，从而得知了惠姨怀孕的事。她父亲主张把这件事告知家里所有人，但惠姨拒绝了。临近高考，惠姨怕这事影响她学习。

因为这件事，章入凡那一天的心情都很沉闷，傍晚动员大会结束，她抱了本书去了教学楼后的草坪。程怡找到她，直夸她勤奋，家都不回就待在学校看书，不像班上的男生，动员大会才结束，离高考不到一个月了，他们还有心情凑一起玩真心话大冒险。

章入凡不愿意太早回家，找了个理由让程怡先走，她一个人在教学楼后看书，直到沈明津找上她。

章入凡当下愣住了，第一反应就觉得沈明津在开玩笑，接着她想到了程怡说的话，就以为他是玩游戏输了，肯定是个惩罚或者说是大冒险。

若是往常，章入凡只会觉得男生们很无聊，并不会过多地去理睬对方，但那天她情绪不佳，极度敏感，她敏锐地察觉到了沈明津这个行为背后的恶意。

为什么大冒险的对象不是别的女生而是她，自然是因为她又黑又丑又不起眼，男生们想看看丑小鸭被王子示好后的反应，最好她惊慌失措，最好她信以为真，最好她欣喜若狂，最好她点头答应——这样在捉弄人的游戏被揭露后，她才能成为一个笑料供他们取乐。

章入凡当时不惮以最大的恶意去揣测班上的男生，包括沈明津，在她看来，即使这个大冒险不是他提出来的，但他作为实践者更是可恶至极。

她的坏心情经过一天的压抑发酵，在沈明津出现时遏制不住地爆发了。

章入凡没有戳破他恶劣的把戏，而是假作浑然不知，带着报复意味地、认真地、正式地、毫不犹豫地拒绝了他。

她说他四肢发达、头脑简单、成绩落后、不学无术。

章入凡极少回忆往事，她以往的生活大多是枯燥无味的，不值得追忆怀念。动员大会那天意外得知惠姨怀孕的事让她消沉了一整天，等她接受了这个事实后就再也没有回想过那天发生的事，沈明津的事掩映在了她家庭变故的阴霾之下，被压在了她的记忆深处。

直到五年后，他们再次遇见。

从回忆中抽身，章入凡尚且还有点恍惚，脱离了彼时的情境再去看，她的心境全然不同。

她想到了那封信，想到了沈明津刚才说的话，原来他们之间不是记忆存有偏差，从头到尾都是她误解了他，他那时候是真心的。

这个认知让她更错愕了。

章入凡失神良久，直到程怡一通视频电话打来才回了神。

"你房子都收拾好了？"程怡上来就问。

"差不多了。"

"本来还想过去帮帮你的，实在是脱不开身。你知道我国庆参加了几场婚礼吗？八场！有一天同时参加了两场，简直是在抢钱，我这个月还没开始干，工资就已经花出去了。"

章入凡朋友少，刚回上京也没同事，因此没有程怡的这个烦恼，不能感同身受。

程怡见她心不在焉的，忍不住问："小凡，你怎么了？搬家太累了？"

章入凡摇了摇头，踟蹰了下才说："我刚才……碰到沈明津了。"

"沈明津？"程怡凑近镜头，"在哪儿啊？"

"电梯里。"

"电梯？你租的房子的电梯？"

"嗯。"

程怡微讶道："他不会跟你住一栋楼吧？"

"不清楚。"

"你怎么不问问？"程怡又问，"他还记得你吧？"

"嗯。"

"说上话了？"

章入凡点头。

"他主动的吧？沈明津是不是还挺热情的？"

章入凡回想起沈明津对她的态度，和程怡说的恰恰相反。

程怡没留心章入凡的沉默，又说："要是你们真住一栋楼里也挺好的，以后你有什么事就能找他帮忙了。他高中那会儿就热心肠，估计现在也这样，你不用有心理负担。"

章入凡犹豫了下，最终还是没把沈明津的事说出来。

沈明津关注她是高中时候的事了，虽然她今天才知晓他的心意。当年她拒绝他的时候抱着让他颜面扫地的心理，说了侮辱他的话，即使这些话并非她本意，但看他现在对她疏离的态度，那些话应该伤害到了他。

章入凡搞清楚了那封信的来源和意图，却陷入了更大、更迷茫的难题中。

七天的工作日度日如年，七天的小长假倏然而逝，时间的流逝速度是相对的。

国庆假期一过，章入凡就去公司正式报到了。

八号上午，她到人事处报到。因为早先人事部经理已经和她在线上聊过了，所以并没有再对她进行过多的询问，客套地寒暄了几句后就领着她去见了企划部的经理——刘品媛。

章入凡之前线上面试的时候见过刘品媛，线下见面，她发现刘品媛比视频电话中要亲切许多，许是因为她刚入职，所以尚不想给她太多压力。

"之前你说辞职回上京是因为家里的原因，我没记错吧？"

章入凡颔首道："没有。"

她不说具体原因，刘品媛也没多问，笑着问："你简历上写你大学读的新闻，怎么毕业后做了商场策划？"

这个问题，但凡心思活络些的人都会答些因为热爱、感兴趣此类的套话，但章入凡并不会讲场面话，她沉吟片刻，如实回道："想试试。"

"嗯？"

"很多人都觉得我不适合做和人打交道的工作，所以我想试试。"

闻言，刘品媛哂笑道："年轻人有冲劲，挺好的。"

她接着说："我经常去清城考察，你之前的顶头上司，我和她是老相识了，她和我说你能力不错，好学，做事很沉稳，要不是你执意要走，她还不想放人呢。"

章入凡抿了下唇，只当这是客套说辞，并不当真。

"我看过你之前写的策划案，挺好的，你参与策划的几个活动也都很成功，在我看来，工作没有适不适合，只有想不想做好，你想做好，这就够了。

"你在商场工作过，应该了解策划的工作强度。OW虽然规模不及一些品牌连锁商场，但在上京知名度不会比别的商场低，公司不压榨员工，但也不清闲，你要有个心理准备。"

章入凡微微点头。

刘品媛在办公室里和章入凡聊了几句，说了些工作相关的事，之后就打了内线电话，叫了一个员工进来。

"这个是接下来带你的主管，孙璐，有什么不懂的你可以问她。"

章入凡站起身，朝孙璐点了下头，说："孙主管你好。"

孙璐大方一笑，说："别这么客气。我比你大，以后啊，你就叫我'璐姐'就好。"

章入凡迟疑了下，从善如流道："璐姐。"

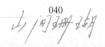

孙璐笑着应了声："走，我带你熟悉下公司。"

"好。"

孙璐和刘品媛打了声招呼，带着章入凡离开办公室，到企划部向所有员工介绍她："大家手上工作停一停，欢迎下新人。"

工位上所有人都抬起了脑袋，章入凡不太自在地做了个自我介绍："你们好，我是章入凡，请多指教。"

"立早'章'还是弓长'张'啊？"有个姑娘问。

章入凡只好详细说道："立早'章'，出入的'入'，平凡的'凡'。"

"这名字好听，你长得也好好看。"那姑娘自来熟，站起身笑嘻嘻地说，"我叫袁霜，以后我们就是同事啦。"

企划部人不算多，包括孙璐也就十来个，设计和策划对半，章入凡花了点时间认了认人，粗粗地打过招呼。

"入凡，你的工位就在袁霜旁边。你先坐着，等下我让人事部的人带你去办下入职手续，再带你逛逛商场，熟悉下公司环境。"孙璐拍拍章入凡的肩膀，眼眸带笑，"你别太拘谨，我们部门没太多规矩，你有事可以找我，问其他同事也行。"

章入凡点头："好的。"

孙璐还有事要忙，和几个同事交代了几句后就走了。章入凡走到自己的工位上，从包里拿出纸巾，把桌子、椅子擦了擦。

边上袁霜挪着椅子凑近，说："这个位置空了有一个多月了，总算是有人坐了……你是应届毕业生？"

"不是。"章入凡低头看了看，没看到纸篓，就把脏了的纸巾叠好，放在桌角处，坐下说，"我去年就毕业了。"

"那你是跳槽还是过了 Gap year（间隔年。通常是指在升学前或者毕业工作前的一次长期旅行，一般为一年）来工作的？"

"我之前在清城的商场做策划。"

"清城啊，好远。那你怎么会来上京，本地人？"

"嗯。"

"听你口音也不像南方人。"袁霜咧嘴一笑，"我也是上京人。"

章入凡察觉到袁霜一直盯着她的脸看，表情些微不自在。

"你好白啊。"袁霜感叹一声。

章入凡上大学前从未在意过肤色这个问题，直到去了清城，她小姨看不过去，买了一堆防晒霜和美白的护肤品给她，勒令她必须用完，还要求她出门一定要打遮阳伞。就这么养了几年，她早年因为紫外线而沉淀下来的黑色素消退，她天生白皙的肤色得以还原。

这两年夸她白的人比以前说她黑的人还多，章入凡听袁霜这么说，只是礼貌地笑笑。

"我是今年毕业的，也就比你早半年进公司，论工作经验，你比我丰富，我帮不了你什么，但是别的嘛，我可以跟你分享。"袁霜朝章入凡俏皮地眨了下眼睛，压低声音说，"比如附近哪些餐厅好吃，哪里好玩，哪里有帅哥可看，我一清二楚。"

袁霜性格外向，为人热情，章入凡很感激她主动和自己搭话，但隐隐也感到人际交往的压力。

"你喝咖啡吗？我刚点的，才送来不久，我这杯还没喝呢，给你吧。"袁霜从自己桌上拿过一杯咖啡放到章入凡的桌上。

章入凡摇头推拒："我不喝咖啡……谢谢。"

"啊——"袁霜拖长音，"你不爱喝咖啡啊，怕苦？"

"不是不爱喝，是不喝。"章入凡语调缓慢，平静地说。

袁霜愣了愣。

章入凡看到她发怔，这才后知后觉地反应过来，自己好像又说了让人下不来台的话，心里一时懊恼，忙开口解释："你别误会，我不是针对你。"

"没事，没事。"袁霜见章入凡一脸紧张反而扑哧笑了，"你看着怪高冷的，没想到人笨笨的。"

章入凡哑然失语，反应了几秒，觉得"笨笨的"大概是"木讷"的委婉说法，她也不是第一回被说木讷了，所以并不介意。

"好吧，既然你不喝，那我就不勉强你了。"袁霜拿回那杯咖啡捧在手上，又凑近章入凡，遗憾道，"这家咖啡馆就在商场后面，老板可帅了，本来中午想请你去店里坐一坐的，可惜，你失去了一个看帅哥的机会。"

袁霜说着玩笑话，打开盖子抿了一口咖啡。

醇厚的咖啡香立刻飘散在空气里。

章入凡没被袁霜的话吸引，注意力反而落在了她手中的咖啡杯上，她刚才没仔细看，现在才发现杯子的隔热套上写着"津渡"两个字。

"津渡"，这家咖啡馆的名字还挺有特色的，她想。

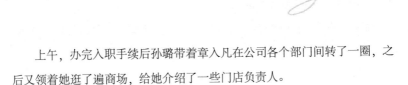

Chapter 4
"津渡"咖啡馆

　　上午，办完入职手续后孙璐带着章入凡在公司各个部门间转了一圈，之后又领着她逛了遍商场，给她介绍了一些门店负责人。

　　OW 是上京本地企业，在国内的知名度虽然没有一些连锁商城高，但依靠优质的服务，在上京本土还是很有名气的。而且近两年它发展很快，二期已经在建了，预计明年就能开放。

　　商城包括外围的广场占地面积近两万平方米，地下一层是大型超市，地上四层分割销售。一楼的店铺面积大，多是一些品牌体验店，汽车、电子产品类的，中庭区还摆了许多玻璃柜台卖金银饰品，二楼以服饰店为主，三楼餐饮，四楼是影院和电玩城。

　　章入凡跟着孙璐巡店的时候，正好碰上运营部的两位同事，他们正陪着两个网红主播在二楼的服装店里直播探店。现在是大直播时代，流量大的主播很有号召力，往往能带动消费，章入凡在清城商场工作的时候也做过这样的策划。

　　孙璐和两位同事介绍章入凡，彼此客套问好后，章入凡就站在一旁看主播试衣服。两位主播表现得很专业，也很卖力，每试穿一件衣服都会在镜头前进行多方位的展示，还会附加详细的说明。

　　章入凡在上家公司做过主播的工作，深知在镜头前要做到从容不迫已是不易，而随机应变更是难上加难。

清城商场的领导一直想培养一个自己公司的网红，章入凡刚被招进去时，领导看中了她的外貌，有意栽培她做主播，就让她去直播间试播，除却一开始几天还有些人冲着看美女的心理去商场直播间围观，后面几天除了工作人员，就只有一个固定观众会定时进入直播间看她直播。

同事开玩笑说这个观众可能是她的爱慕者。章入凡看过自己的直播回放，她的表现用"糟糕"来形容都属于谬赞，她觉得那名观众更有可能是专门来看她出丑的。

章入凡试播了一周，领导发现她实在口拙，不会表演，也不会互动，不适合幕前工作，只好打消了培养她当主播的想法，让她安心当个策划。

OW 企划部有吃迎新饭的传统，中午，孙璐叫上部里的人一起去商场的餐厅，给章入凡办了个简单的欢迎仪式。章入凡对这种以她为中心的活动下意识有点抵触，但同事一番好心她也不好拒绝，就配合着吃了顿饭。

章入凡是新人，同事对她都很好奇，席间话题都围绕着她展开，她疲于应对，常常冷场，所幸有袁霜帮她缓解尴尬，一顿饭吃得还算融洽。

章入凡第一天上班，孙璐只让她熟悉环境和工作流程，没分配给她具体的任务。她看所有人都在忙，自己也不好闲着，就找袁霜要了企划部以往写过的策划案来看。

OW 作为上京的本土商场，以服务闻名，每个月举办的活动不少。章入凡以前在清城商场策划的活动，受众主要以年轻人为主，她发现 OW 的受众是全年龄向的，商场最近策划的几个活动有亲民接地气的，也有亚文化小众的，主题风格十分广泛。

除了重要的节日，OW 每个月都会策划一个大型的主题活动。十月有国庆，此前企划部紧锣密鼓地忙了一阵，国庆一过，企划部工作的重点就是策划十一月的主题活动及商场门店的日常推广活动。

临下班前，刘品媛开了个会，章入凡也参与了，会议的目的是为了确定下个月的活动主题。会上几个策划分别提了方案，刘品媛都不太满意，讨论了几番无果，她就让员工散会后再想想新提案。

章入凡既已入职，这任务自然也落到了她头上。

"刚来就要想策划案，你有压力吗？"从会议室出来，袁霜问章入凡。

"还好。"章入凡回道。

"我压力老大了。"袁霜叹口气，"璐姐带了我半年，到现在我写个策划案还费劲。"

章入凡不知道要怎么宽慰她，所幸袁霜的情绪很快又高涨了起来，她笑着问："一会儿下了班，我带你去商场附近逛逛？这个点帅哥都下班了。"

"不了。"章入凡先拒绝，停顿了两三秒才想起要解释，"我才搬家，下班后要去买些东西。"

"啊，你不住家里，自己租房子？"

章入凡点头。

"住哪儿？"

"京桦花园。"

"那儿离我们公司还是有点距离的，你买东西，一个人搞得定吗？需要我帮忙吗？"

"不用了，谢谢，我自己可以。"

袁霜听她这么说，很爽快地应道："那我们明天见。"

"明天见。"

下了班，章入凡就去了地下的超市，昨天她买了日常生活的必需品，今天她打算再添置些日用品，顺便买点食材。

章入凡不闲逛，她目的性很强，到了超市，她照着已经列好的清单，迅速找到相应的货架，果断地选定商品。前后不到半小时，她就把清单上的东西买齐了。

回到租屋，她把买来的东西归置妥当，见时间还不算太晚，就打算洗了澡后再给自己弄点吃的。

一个澡洗完，浴室水雾弥漫，章入凡穿好衣服，用干发巾裹着湿发，把脏衣服丢进洗衣篓里，出了浴室就往厨房走，想给自己煮碗面。

才至厨房门口，门铃响了，章入凡蹙了下眉，十分警惕，出声询问道："是谁？"

"住你楼下的。"

章入凡听这声音耳熟，走到门后，透过猫眼一看，果然是沈明津。

她一时诧异，低头看了看自己，忙说："稍等。"

说完，她转身回到房间，随便找了一件外套披上，头发没办法快速吹干，她摘下干发巾擦了擦湿发，拿手随意捋了捋，让发丝温顺地垂落下来。

收拾好自己，她走到门后，深吸一口气，开了门。

沈明津见到章入凡时微微皱起了眉。

刚刚他就听声音耳熟，没想到真这么巧，章入凡就住他楼上。

他的目光落在她肩上的湿发上，眸光微微一闪，别开眼不大自在地说："你家浴室好像漏水了。"

章入凡不明就里："嗯？"

"滴到楼下了。"

章入凡还未能来得及消化掉沈明津住她楼下这个事实，很快就明白了他上门的意图，蹙紧眉头，立刻问："严重吗？"

"我浴室的天花板有点渗水。"

听着似乎挺严重，章入凡诚恳地道了声歉："我才住进来，不知道房子有这个问题。"

她忖了下说："我马上找人来看看。"

"今天时间太迟了。"沈明津抬手看了眼腕表，又低下头看章入凡，面色略有迟疑，"……我方便进去看看吗？"

章入凡觉得自己是过错方，也顾不上男女大防，让开了身。

沈明津走进屋子，扫了眼室内，楼上的户型和楼下是一样的，一室一厅一厨一卫。她的公寓很整洁，不大的空间却显得空旷，可能因为刚搬来，还没来得及布置，暂时还没什么生活气息。

沈明津没有多瞧，径自走向浴室，章入凡跟在他身后，看着他打量浴室的地砖以及地漏。

"地漏没堵，下水挺正常的，可能是防水层或者管道坏了。"沈明津转过身，这才发现章入凡离他这么近。

他不由得退了一步，清了下嗓子说："如果真是防水层或者管道坏了，那就要找维修师傅来看看。"

章入凡眉间微紧，第一时间想的倒不是自己倒霉刚搬进来就摊上了麻烦事，而是给沈明津添麻烦了。

"不好意思，我一定尽快处理好漏水的问题。"

"没事，也不是你的错。"他顿了下才叮嘱似的说，"你才搬进来，房子有问题记得找房东，房东应该负责的。"

章入凡点头："好。"

一时无话。

浴室空间狭小，两个成年人站在里面更显拥挤，章入凡才洗了澡，浴室里还有未散去的水汽，雾蒙蒙的，芳香萦鼻。

沈明津率先挪开了眼，目光一转却又落在了浴室角落的洗衣篓上，篓子里装着她换下来的衣物，最顶上那件是白色胸衣。

他的目光像是被灼烫到，匆匆把视线抬高，不得已只好再次看向章入凡的脸，咳了声说："今天晚了，你让房东明天找人来看吧。"

"好。"

沈明津上楼就是为了说漏水的事，他没料到住楼上的是章入凡，但这没什么妨碍，他们也不是熟人，事情协商完毕，他没理由再留下。

章入凡没再说话，沈明津把她的沉默当作送客的信号，他最后看她一眼，举步错身往外走。

"我走了。"

沈明津匆匆说道，细听之下有点落荒而逃的意味，但章入凡没辨听出来，只当他和她无话可说，急着要走。

"沈明津。"章入凡跟出浴室。

"嗯？"沈明津站定回头。

章入凡喊住了他，却不知道要说什么。

沈明津从敲门到现在一直都很客套，章入凡对他疏离的态度并不愠怒，她曾经对他说了那样轻视刻薄的话，他没对她恶语相向已是极有涵养，她只觉微微苦恼。

她已经回想起了事情的始末，自始至终都是她错怪了他，她在犹豫要不要和他解释一番。

说出去的话覆水难收，不管当初她是因为什么原因拒绝了他，伤害已经造成了。她现在无论是道歉还是解释都显得轻描淡写、无足轻重，还有为自己辩解之嫌，且看他现在对她冷淡的态度，应该也不会愿意再提过去的事。

"……给你添麻烦了。"章入凡缄默片刻，最后只说出这句话。

沈明津看着她，点了下头算是示意："走了。"

短短几句对话，公事公办，毫不熟络，他们明明曾经是同窗，却比陌生人还要生分。

沈明津走后，章入凡就给房东打去电话，说了浴室漏水的事。房东听完连连道歉，说公寓有段日子没住人了，她不知道浴室有问题，又保证明天一定会找人上门检查修理。

发生这种事也不是房东的错，章入凡没有为难人，和房东协商好后就礼貌地挂断电话。她重新走进浴室，拿了干拖把将湿漉漉的地面拖干，希望能减少楼下天花板的渗漏。

直到这会儿，她才有时间去消化沈明津住她楼下的事实。

好巧，但这样的巧合应该是他不想要的。

章入凡回想沈明津刚才疏离客气的态度，猜他现在应该不太想和她再有瓜葛，毕竟她曾给过他难堪。

对于沈明津曾经关注她这件事，章入凡昨晚想了很久，到现在都还没能完全接受这个事实，她思来想去，也没能想出当时的自己到底有什么地方能够吸引到他。

刚才她喊住他，除了想道歉外，其实也是打算借此机会问问他当初为什么会关注她，可看着他的眼睛，她一个字都问不出口。

动员大会那天她严词厉色地拒绝了他，现在她再去追问他原因，显得像是不怀好意，刻意在嘲讽羞辱他似的，也太过没脸没皮不知所谓了。

章入凡轻叹一声，微微苦恼。

晚上吃完饭，章入凡给外婆打去视频电话，说了搬家和入职的事，老太太叮嘱她一个人生活要注意安全，工作别太累，又问了她父亲的身体情况。

章胜义的病情章入凡都是从章胜嫔那儿了解到的，他自己总缄口不提，要么就说没大碍，所以她并不是很清楚他身体的真实情况。

“他做完手术，现在在家调养。”章入凡只能回答自己知道的。

老太太说：“心脏不好平时就要静养，你爸是个闲不下来的人，你要多劝劝他，休息的时间就回家看看他。”

“我会的。”

“对了，你小姨今天还让我记得和你说，别回了上京就活回去了，她让你一定不能再晒黑，要记得给自己买新衣服，否则她一定立刻飞过去把你带回清城。”

章入凡笑了，只有在外婆面前她才会笑得这么灿烂，说：“离这么远她都要‘监视’我，她手底下那么多模特，还不够她指导的啊？”

老太太也笑了，说："她说了，指导模特是工作，指导你是义务，她义不容辞。"

祖孙俩对着镜头笑，老太太末了还说："外婆知道你不爱和人打交道，但是一个人待久了容易生病的。之前你在清城，好歹我还能给你做个伴，现在你自己住，千万别宅着，有时间多出去走动走动，多交几个朋友。"

章入凡听外婆的劝嘱，又想起了在清城的日子。一到周末，老太太总要赶她出门，要她去年轻人多的地方走走，感染点朝气，别总暮气沉沉的。

"小凡啊。"

章入凡回过神："嗯？"

"你现在年纪还小，不急着结婚，但是谈恋爱是可以的。"老太太语气温和，带着笑意，"好的恋爱会让人身心愉悦。"

"万一谈了不好的恋爱呢？"

"人啊，不能为了避免坏的结果就什么都不去尝试，那样人生多无趣啊。你现在还年轻，碰几个坎儿又有什么打紧的，要学会敞开心扉，去遇见，去相爱。"

章入凡听到这里，蓦地想起了沈明津，心里打了个突。

"外婆，我问你一件事。"

"你说。"

章入凡沉吟片刻才开口说："如果你以前对一个人说了伤害他的话，现在知道是误会，你会怎么做？"

"道歉呀。"老太太答得毫不犹豫，还有些惊奇地问，"这是什么难题吗？"

"他说不需要道歉。"

"谁呀？"

章入凡惊觉自己说漏了嘴，心里暗恼，犹豫了下也没再遮掩，轻声说："一个高中同学。"

"你们之间有误会，你和他解释了吗？"

"还没有。"章入凡说，"我怕他会觉得我在辩解。"

"做错了事就要道歉，有误会就要澄清，不要逃避。"

章入凡怔了怔。

"你在害怕？"老太太扶了下金丝眼镜，历经沧桑的双眼能看进人的心底，她噙着笑看向章入凡，说，"看来你很在意那个同学。"

"我没有。"章入凡下意识地反驳。

"是吗？"

章入凡缄口不语，她反问自己，如果不在意沈明津，那她只管澄清就是，何必这么苦恼？

次日章入凡起床，洗漱完毕后从衣柜里拿出一套搭配好的衣服换上。时间尚早，她给自己弄了早饭，吃饭的时候看了会儿早间新闻，估摸着时间差不多了才拎起包出门上班。

搭乘地铁时，房东给她发来消息，问她今天什么时候方便，维修师傅会上门检查浴室。

浴室渗漏检查还需要楼下住户的配合，章入凡昨晚忘了问沈明津今天什么时候有空，她也没有他的联系方式可以询问，一时有点为难。思忖片刻，她最后回复房东，让维修师傅傍晚的时候上门，她想沈明津大概率晚上会回公寓。

章入凡习惯提早出门，地铁五站的路程也不远，从地铁站出来时离上班时间还有半小时。她没打算在外面逗留，径自往商场去，才至办公楼入口，就听到袁霜喊她的声音。

袁霜奔至章入凡身边，抬手捋了捋被吹飞的刘海，笑着说："你这么早就来了啊。"

章入凡点头。

"我昨晚熬夜了，现在要去买杯咖啡续命，你要不要一起？"

"我不喝——"

"不喝咖啡也可以去咖啡馆啊。"袁霜挽上章入凡的胳膊，冲她挤挤眼睛，"提前到公司不加工资的。走吧，我带你看帅哥去。"

章入凡犹豫了下，昨天入职，袁霜帮了她许多，她并不想扫袁霜的兴，且现在时间尚充裕，陪袁霜去趟咖啡馆也并无不可。

"好。"

OW背后是一条文化街，这条街上大多是经营文化产品的商铺，上京最大的书店就落地于此。因为文化氛围浓厚，平日里不乏爱好文艺的人来文化街消磨时间，OW和文化街算得上是共生关系，商场和街道的客源是相互流通的。

袁霜拉着章入凡绕过商场去了文化街，指着街口处就说："这就是我跟你说的，老板很帅的咖啡馆。"

章入凡抬头，顺着她手指的方向就看到了"津渡"的招牌。

"这家咖啡馆才开一年，生意特好，我们公司很多同事中午休息的时候都会来喝一杯，醒醒神。"袁霜伸长脖子，透过玻璃门往店里瞅了瞅，嘀咕了句，"不知道老板在不在。"

"走，我们进去。"

进了店，章入凡打量了下店内的布局，有些意外于里面的装修。她印象中的咖啡馆都是文艺温馨的，但"津渡"显然不是这个风格。

咖啡馆内的墙壁是由灰砖垒成的，仰头还能看到银色的钢管，店内桌椅的颜色也是冷色调的，唯一让人感到暖意的只有天花板坠下的几盏吊灯，像是雪地里的一簇簇火光。

章入凡被袁霜拉着往前走，她的目光扫过靠墙架子上存放着的各个产区的咖啡豆，正分神时忽然听袁霜兴奋地说了声："老板在呢。"

章入凡闻声回神，抬眼就看到了站在吧台后的熟悉面孔。

一时间，她想起了刘子玥说沈明津发生意外不再搞体育的事，那时候她对这个消息还存疑，但现在事实摆在眼前，她不得不信。

章入凡怎么也不会想到，曾经是运动员的沈明津会当起咖啡师，一个动一个静，完全是性质截然相反的两个职业。

章入凡还处于惊讶之中，袁霜已经拉着她走向了吧台，抬手打了个招呼："沈老板，早啊。"

沈明津一边打包着咖啡，一边和吧台前的顾客聊天，他闻声转过头，看到章入凡时眼里瞬间闪过诧异，脸上的笑意也微微凝滞。

他很快回过神，敛起不合时宜外露的情绪，把打包好的咖啡递给等着的顾客，开朗地笑着说："今天可别和老板吵架了，年底了，被开了拿不到年终奖，不划算。"

"有道理，我再忍忍，不能和钱过不去。"女顾客接过咖啡后没有马上离开，仍站在吧台前，脉脉地看着沈明津，直白地问，"老板，和你聊天太有意思了，我们加个微信啊？"

"咖啡馆公众号的二维码在这儿。"沈明津随手一指。

"公众号我早关注了，我想要你的个人微信。"

"司马昭之心啊。"沈明津打趣。

"对啊。"女顾客也很坦然，"你有女朋友吗？"

沈明津下意识地看了眼章入凡，很快应道："店里暂时还没有老板娘。"

"那我有机会？"

沈明津面对这样单刀直入的追求，丝毫没露出窘迫和为难的神色，更没有扬扬得意，他仍是笑得明朗，拒绝的话却说得干脆利落。

"没有。"

他话不委婉，态度直率，却并不让人觉得难堪。

大抵是他这个人过于明亮，也照亮了别人的胸襟，让人不由得也跟着坦荡起来。

"机会都不给一个啊？"女顾客嗔了句，面上却不恼怒，眼神里对沈明津的迷恋丝毫不减，反而愈加浓烈。

"抱歉啊，我卖咖啡不卖身。"

女顾客被逗笑，到底没再多留，最后说了一句"我还会来光顾的"就施施然离开了。

章入凡在边上目睹了他被搭讪的全过程，对他的从容和坦率感到讶异，同时又觉得情理之中，这一切行为放在沈明津身上再合理不过了。

原来不只是她一个人加不上沈明津的微信，她开了个小差。

"沈老板，刚才那个美女长得很漂亮啊，你会不会拒绝得太果断了啊？"袁霜双肘撑在吧台上，感慨了一句。

"你不喜欢长得好看的？"

沈明津咳了下，说："倒也不是。"

袁霜眨巴眨巴眼睛，盯着他说："我现在很好奇你的择偶标准。"

沈明津本能地就要去看章入凡，又克制住了这股冲动。他反常地没有接下话茬，岔开话题问："还是一杯美式？"

"对。"

沈明津沉默了两秒，这才光明正大地看向章入凡。

袁霜反应过来，立刻拉过章入凡介绍道："这位是我们公司新来的美女策划，章入凡。

"入凡，他是这家店的老板和店长，我们都喊他'沈老板'。"

章入凡看着沈明津，迟疑了下说："……好巧。"

又一个巧合，沈明津表情正正经经，点了下头。

袁霜看出猫腻，眼神走了个来回，试探地问道："你们认识？"

在章入凡还在犹豫要怎么回答时，沈明津先应了，他状若随意地说："高中同学。"

"哇，这么有缘！"袁霜叹道。

沈明津一改刚才的外向，客客气气地询问章入凡："要喝什么？"

"入凡她不——"

"白咖啡。"章入凡扫了眼吧台上的咖啡单，快速点了杯咖啡抢断了袁霜的话，在察觉到自己反应过度后，她抿了下唇，缓缓道了声，"谢谢。"

"稍等。"

沈明津转过身去做咖啡，袁霜看向章入凡，眼神里的问题明显。

章入凡做出解释："尝试一下。"

"是不是被咖啡香迷倒了？"袁霜不疑有他，还以为自己"安利"成功了，笑嘻嘻地强调说，"这家店的咖啡真的很好喝，很醇厚，喝一杯能顶一天，简直是打工人的救星。"

章入凡抿起唇浅笑了下，心底稍稍一松。

还好袁霜没有深究，否则她不知道要怎么和袁霜解释自己明明说不喝咖啡却临时变卦点了杯咖啡的动机。

在一家精品咖啡馆里，对着店长说自己不喝咖啡，怎么看都不太礼貌，尤其对方是沈明津，她担心他会误会她有意刁难，毕竟她是有"前科"的人。

章入凡觉得自己是对沈明津抱有歉意，所以在他面前才会生出小心思，显得小心翼翼的，像是突然明白了人情世故，懂得与人相处要留有余地，这可是她外婆提点了她几年都没能教会的事。

沈明津做好两杯咖啡，打包完毕后递了一杯给章入凡，同时叮嘱了句："趁热喝，久了味道就变了。"

"好。"章入凡接过咖啡捧在手心里，微烫的温度透过隔热套传递到她的掌心里。

差不多要到上班打卡的时间了，犹豫片刻，她抿抿唇，看着沈明津说："房东约了维修师傅傍晚来检查房子。"

章入凡说完，沈明津立刻就明白了她的意思，他轻微点了下头，说："知道了，我晚上会回去。"

"好……再见。"

"再见。"

沈明津目送章入凡和袁霜离开，直到她们的身影消失在门口，他才轻轻松口气，抬手揉了揉因为绷久了而僵硬的脸部肌肉。

"明津哥，你是不是看上刚才那两个美女中的一个了？"店员小牧往门口方向张望了下，"怎么依依不舍地看着她们啊？"

"短头发那个常来我们店，以前也没见你对她感兴趣，所以……"小牧扭头看向沈明津，双眼一眯，敏锐道，"你是不是对长头发的有意思？"

沈明津心里莫名一个"咯噔"，抬起手推了下小牧的脑袋，故意板起脸说："你是不是太闲了？杯子不够洗是吧？"

"我就说说嘛，你反应这么大干吗？你要不是对她有意思，就是对她有意见。"

"嗯？"

小牧揉揉脑门，解释道："往常哪个客人来你不笑得跟花儿似的，好像我们店不是卖咖啡的，是卖笑的，但是刚才别说八颗牙，你连门牙都没给人露出来。"

沈明津微怔，忽然反省自己是不是正经过了头。

那天在谢易韦的婚礼上，章入凡看他时眼神闪躲，他以为她不想见到他，所以刻意疏远她，不想给她造成不必要的负担，如果他太过热情，她肯定会尴尬不自在。

后来他才知道，是他想多了，别说尴尬别扭了，她连他高中关注她的事都不记得了，一切都是他自作多情。

事后他很后悔，但已经晚了，他只能将冷酷进行到底，否则她就该以为他余情未了，从而发愁了，毕竟那次她已经坚决地拒绝了他。

现在他们住一个小区一栋楼，还是上下楼，工作的地方还离得这么近，如果沈明津不是当事人，他真的会怀疑自己是痴汉。

上京不小，他们之间的巧合也太多了，为了避免自己在章入凡心里真成为一个痴汉，沈明津决定以后要尽可能地减少和章入凡的接触。

她记得以前的事也好，忘了也罢，反正她的意思早已表达明确，他最好立场坚定，别再去打扰她，把所有的情愫留在高中那张毕业照上。

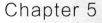

Chapter 5
做一件没做过的事

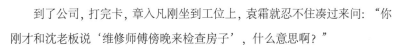

到了公司，打完卡，章入凡刚坐到工位上，袁霜就忍不住凑过来问："你刚才和沈老板说'维修师傅傍晚来检查房子'，什么意思啊？"

袁霜是好奇并非八卦，章入凡不觉反感，想了下回道："他住在我楼下，我租的公寓浴室地板漏水，影响到他了。"

"你们住上下楼啊？"袁霜抓住重点，进一步问，"约好的？"

"不是。"章入凡否认后才解释，"巧合，我搬进去前不知道他也住在京桦花园。"

"你们也太有缘了，高中同学，住上下楼……不过也不奇怪，这附近的住宅区也就集中在京桦花园那一片，很多人在那儿租房子。"袁霜说完又问，"你们熟吗？"

章入凡迟疑了下，她和沈明津的关系实在复杂，但论起熟稔程度，她轻轻摇了下头，说："不熟。"

"我看你们刚才是挺生分的，不过正常，我和我高中同学见了面也这样，客客气气的。"袁霜捧着咖啡啜了一口，眯着眼满足地喟叹一声，"啊……活过来了，你这个同学看着嘻嘻哈哈的，帅得不靠谱，但是泡咖啡可有一手了。"

章入凡看了眼放在桌上的咖啡，神色有些复杂。

沈明津开咖啡馆实在让她吃惊，他大学明明去的体大，就算不能当运动员，她以为他也会从事运动专业相关的工作，而咖啡师显然和运动沾不上半点关系。

"你同学说了，咖啡要趁热喝，你快喝一口试试。"

章入凡的神色稍有踟蹰。

她和袁霜说自己不喝咖啡，这话不是一句外交辞令。认真说起来，除了咖啡，她还不喝奶茶、气泡水以及各种口味的饮料。她最常喝的还是温开水，出门在外，她包里总有一个保温瓶。

这个习惯是自小养成的，她还在上京上学的时候，章胜义每天都会在她的书包里放一个保温瓶，提醒她多喝水。

在她更小的时候，其他的小孩儿都喜欢喝口味丰富的调制乳，她也是，但章胜义只让她喝口味寡淡的鲜牛奶。他禁止她喝那些"乱七八糟"的饮料，说那些饮品对身体不好，还会让她养成不好的习惯。

高二的时候，学校掀起了一股"奶茶热"，有一回班上有同学请全班喝奶茶，章入凡也分到了一杯。她把那杯奶茶带回了家，还没来得及喝就被章胜义发现了，随之而来的就是一顿批评和一张检讨书的惩罚，那杯奶茶最终也没喝上。

高三学习压力大，很多同学会熬夜学习，睡眠不足白日犯困，咖啡就成了风靡班级的宠儿。章入凡高三时也常晚睡早起，白天精神不佳，可即便所有同学都说喝咖啡能提神，她却从来没喝过，那时她把咖啡也列入了章胜义划定的"乱七八糟"的饮料范围之内，自觉地加以抵制。

上了大学离开上京后，虽然章胜义管不到她了，但她的人格和习惯已塑成，在周边女孩奋力追求奶茶自由的时候，她却兴致缺缺，每天不忘给自己的保温瓶装满水。

章入凡不喝饮料，也不吃零食，她是个被规训过度的人，在某种程度上，她和章胜义是相似的。

但就是这么古板、无趣的她，曾经被沈明津关注过。

章入凡晃了下神，盯着桌上那杯咖啡，眉宇间皆是肃穆，好一会儿才下定决心般抬手拿起咖啡，掀开盖，稍作犹豫，浅呷一口。

上班第二天，章入凡还是在熟悉适应新环境的阶段，孙璐只让她写了一个小商铺促销活动的策划案。这种小活动形式单一，策划起来也简单，她和商家沟通完，了解了对方的需求后，用了一个下午就把方案写出来了。

工作不多，自然也不需要加班，傍晚章入凡提前给房东发了条消息，等下班时间一到，她就收拾好自己的东西，离开公司。

乘地铁回到京桦花园，章入凡到公寓没多久门铃就响了，她从猫眼中往外看了眼，见是房东和维修师傅就开了门。

房东进门就是道歉，章入凡和他们说明了具体情况后，维修师傅去浴室做检查。排查完毕，维修师傅说应该是防水层出了问题，他要去楼下看看渗水严重程度才能确定到底是局部修补还是要重做防水层。

房东还有事要先走，章入凡和维修师傅搭乘电梯下了楼，到了沈明津公寓门口，她按了门铃。虽然早上她和沈明津说了维修师傅傍晚会来检查的事，但她不确定这会儿他回没回来。

门铃响了两声，门就被打开了，章入凡看到沈明津，脱口就说："你回来了啊。"

"嗯……才到。"明明他已经回来大半个小时了，并且把公寓打扫了一遍。

沈明津让开身，说："进来吧。"

维修师傅去浴室做检查，章入凡没跟过去，就站在客厅等着。

沈明津公寓的户型和楼上是一样的，不同的是屋子里的物件。章入凡嗅到屋子里有一股浓郁的香味，转过头就看到角落有个小吧台，吧台后的架子上放着一袋袋的咖啡豆，和今早在他店里看到的一样。此外，架子上还有各式各样她没见过的壶，她猜大概是泡咖啡用的。

来到沈明津的住处，章入凡才切实地感受到他咖啡师的身份。

她转头去看沈明津，他对上她的目光后立刻移开视线，低咳了下说："坐一会儿吧，维修师傅在找漏水点，没那么快。"

这么站着也奇怪，章入凡在就近的沙发上坐下，沈明津往吧台走去，同时间："喝咖啡吗？我刚泡的。"

章入凡面对沈明津时那种敏感又浮上了心头，她没有拒绝主人家的邀约，轻轻地点了下头。

沈明津倒了杯咖啡，又问她："加糖？"

"好。"

沈明津从她这个回答中就可以看出她不常喝咖啡，至少很少去精品咖啡馆，资深的咖啡爱好者只会回答他"不需要"或者具体到要加多少糖。

沈明津斟酌着往她的咖啡杯里加了一块方糖，端过去递给她。章入凡伸手接过，礼貌地道了声谢，在他的注视下抿了一口。

有了早上那杯白咖啡做过渡，章入凡对咖啡味道的接受度高了，也能品出些咖啡特有的风味。这杯咖啡没加奶，口感要比早上他在店里给她做的那杯浓郁，入口苦涩，后调微甘，一口下去唇齿留有余香。

"手冲咖啡，喝得习惯？"

章入凡双手捧着咖啡杯。她对咖啡了解不多，对手冲咖啡更是知之甚少，但她还是给了正向的反馈："挺好喝的。"

沈明津端详她的表情，几秒钟后才敛起视线，语气平淡道："喝得习惯就好。

章入凡的拇指无意识地抚了抚咖啡杯的杯把，静默片刻才仰头看着他，颇为小心地问："沈明津，我们能聊一聊吗？"

沈明津眸光微动，大大方方地坐下，说："可以，你想聊什么？还是上回那个话题？"

即使是以前的感情，此刻章入凡听沈明津自然而然地提起，心头还是微有触动。她想起那晚外婆说的话，抿抿唇，下定决心般张口说道："动员大会那天真的很抱歉，我不是存心要说那样的话让你难堪的。"

"我知道。"

"什么？"

"我知道你不是存心的，你那天心情不好。"

沈明津看到章入凡目露惊讶，把她的话抢先说了："我怎么知道的？"

章入凡张了张嘴又闭上，只是看着他，等他解释。

沈明津难得迟疑，片刻后才还原那天的场景，说："我看见你哭了。"

章入凡这两天反反复复地回忆起动员大会那天的事，自然也记起了自己当天因为家里的事哭了。

父亲章胜义从小教导她要坚强，所以章入凡很少流泪，受了伤吃了苦都是生忍着往肚子里咽的，但动员大会那天她鲜见地情绪失控了。她的崩溃是悄无声息的，眼泪是默默淌的，至多不过几滴泪水，尚不及打湿脸颊就被她硬生生地克制住了。

她始终以为那回的神伤无人知晓，却没料到被沈明津看到了。

"那天早上我在你书里夹了一封信，但是你一整天都没给我答复，傍晚看到你……我没忍住就冲动了。"

沈明津没好意思说动员大会那天是他十八岁生日，他自恋地觉得自己十八岁了，是男人了。前一天晚上他想了很多，但章入凡的性格不像他。

他知道她不喜欢成为焦点，所以一切兴师动众、轰轰烈烈的方式都被他排除了，左思右想后，他选择了最古老的方法——写信。他一连写了好几封信，抓耳挠腮，洋洋洒洒，却怎么都不满意。想到语文老师在课上说的要抓住中心思想，他最后只在信纸上认认真真一笔一画地写上了一句话。

动员大会那天课间，他趁班上同学都在操场做操时独自溜回了班级，把那封信夹进了章入凡桌上的一本书里。那本书的书名他还记得，《绿山墙的安妮》，那阵子他总见她捧着那本书在读，他想信夹进那本书里，她肯定看得到。

之后一整天他都魂不守舍的，上课下课眼神总不住地往章入凡那儿瞟，见她没什么特别的反应，他心里着急，却只能按兵不动。

动员大会结束后，班上几个好友玩起了真心话大冒险，他心不在焉地不想参与，最后实在按捺不住，就想去找她当面问问，结果看到她一个人坐在草坪上流泪。

他很惊讶，印象中她是个悲喜不形于色的人。

看她哭，他心里不好受，很想借她一个肩膀，但苦于名不正言不顺。彼时他也顾不上信了，脑子一热，在怜香惜玉的骑士情结促使下就上前了，一头撞上了南墙。

沈明津回过神瞄了眼章入凡，见她神色凝重，以为她还为那天的事耿耿于怀，遂耸了下肩，洒脱道："虽然你那天说的话挺气人的，但也不怪你，是我没眼力见儿，自找的，知道你心情不好还往上凑，让你更烦了吧，不然你不接受我也不会把话说得那么绝。"

他忽地哂笑道："你一生气就跟变了个人似的，我见识过的。"

章入凡想为那天自己的刻薄道歉，可沈明津已为她铺好了理由，他似乎真的不介意她拒绝他时说的那些话，甚至把她的过错全都揽在了自己身上。

她抿抿唇："我那天确实心情不好，因为——"

"你不用和我解释，就算你那天心情不错，委婉地拒绝了我，我也不会高兴。"

"啧，怎么着都是拒绝，你不如绝情点让我死了心。"沈明津耸了下肩，"早知道你忘了我就不提这茬了，反正都是过去的事了，以后我们还是校友。"

章入凡哽住，比起那些轻鄙的话语，沈明津更在意的是当时她拒绝了他。

他这一表态把章入凡准备好的陈情都给打乱了，她想解释当初是她误会了他，才会说那样的话进行报复。可诚如沈明津所说，一切都过去了，她现在澄清没什么意义，难道没有那个会，她就不会拒绝他了吗？

章入凡自诩冷静的脑袋顿时陷入了无解的茫然之中，她还没来得及捋清思绪，维修师傅就从浴室里走了出来，告诉他们漏水点已经找到了，是局部渗水，情况不是特别严重，防水层不需要重新做，只需要局部修补就好。

维修师傅还要上楼再检查一下，章入凡没理由留下，她和维修师傅一起走出沈明津的公寓，离开前忍不住回头看了眼他。

尽管得到了沈明津的谅解，但她一点都没有释然的感觉，心里反而沉甸甸的。

不甘心又无可奈何。

浴室防水层尚未修补好，章入凡怕又往楼下渗水，也没敢去洗澡。回滨湖区的家太远，明天上班不方便，她忖了忖，最后给程怡打了个电话，把事情一说。

程怡也住在京华区，听章入凡说了情况，没有犹豫就要章入凡去她那儿住。

挂了电话，章入凡回房间收拾准备带去程怡那儿的东西。她翻出前两天搬家用的小行李袋，装了套搭配好的衣服和贴身衣物，又走到床边，打算把手机充电器带上。

拉开床头柜，入眼的先是一本书——《绿山墙的安妮》。从家里搬过来的那天，她鬼使神差地就捎上了这本书，连同里边夹着的信。

章入凡迟疑了下，取出书，坐在床边拿手指沿着书沿划了划，目光和封面上有着红头发，脸上缀着雀斑的小女孩对视。

这本书是外婆送的，送书的时候她说希望小凡能够像安妮一样，热爱生活，拥有一往无前的勇气。

其实章入凡不怎么看小说的，青春期的时候，班上的女同学都爱看言情小说，但章入凡从不看。章胜义觉得小说读多了容易让人丧志，比起那些天马行空的故事，他更愿意她看些接地气的时事新闻，了解社会的动态。

《绿山墙的安妮》这本书被她带去了学校，高三临考前那段时间，阅读这本小说成了她独特的解压方式。她很喜欢书中小安妮面对生活的方式，乐观、积极、充满激情，她更中意安妮在绿山墙的家庭，收养安妮的马修和马瑞拉虽不是安妮的亲生父母，却给了安妮一个幸福温馨的家。

这本书一度让她产生憧憬，但这个幻梦在动员大会那天被打破了。对章入凡来说，忽然得知家里要添一个新成员，她即将要有一个同父异母的弟弟或妹妹，这件事给她的冲击比想象中的大。

章入凡自小就有单亲家庭的自觉，章胜义不可能一辈子当个鳏夫，她早做好了会有个后妈的心理准备。但章胜义真的再娶，年少的她并没能泰然接受，惠姨怀孕的事亦是如此，她以为的成熟并没能超脱年龄的界限。

书中的世界很美好，但现实并非小说，她也不是故事里那个会给小道、湖泊、森林取名字的小女孩，她甚至一度觉得只有像安妮这样天真活泼的女孩才配得到别人的喜爱。

动员大会那天章入凡一次也没有翻过《绿山墙的安妮》，过后更是把它束之高阁，而偏偏沈明津把信夹在了这本书中，以至于她五年后才在机缘巧合下看到。

章入凡翻开书，取出信件，幽幽地叹了口气，随后又微微蹙起眉，觉得自己的失落是很莫名的，好像很遗憾五年前没及时看到这封信似的。

就算那时候看到了，又能有什么不一样？

章入凡有点苦恼，具体为什么又说不上来。她坐了会儿，实在寻不着由头，便把信夹进书里，重新放进抽屉里。

她收好东西，提个小行李袋就出了门，打了辆车前往程怡的住所。

程怡现在在一家出版社当美术编辑，公司在京华区，她家在槐安区，离得不近，所以她也是在外租的房子。她的租屋在京南那块儿，京桦花园在京北，一南一北，说远但都在一个区，说近开车也要小二十分钟。

章入凡下车时夜幕已完全降下，她在小区门口做了登记，在公寓楼底下按了门铃，一路畅行地上了楼。

"快进来。"程怡开了门，手上还捏着一块比萨，含糊地说，"我有阵子没收拾屋子了，有点乱哈，你行李随便放。"

程怡租的一套LOFT（复式公寓），上层是卧室，下层是生活区。章入凡换了鞋，把行李放在沙发边，见程怡桌上的笔记本电脑亮着屏幕，转头问道："在加班？"

"嗯，有几张画稿要赶。"程怡把嘴里的比萨咽下去，问，"你还没吃饭吧？我知道你不吃比萨，就给你点了份意面，快坐下趁热吃了。"

章入凡道了声谢，去洗手间洗了手出来，在桌边的小圆凳上坐下，拿了桌上的锡纸盒打开。

程怡递了双筷子过去，抬眼说："刚才在电话里没问清楚，你说你楼下住的是沈明津？"

"嗯。"

"我的乖乖，你们还真不是一般地有缘分啊！住一个小区一栋楼也就算了，居然还是上下楼。"程怡下巴一抬，说，"他没为难你吧？"

"没有。"章入凡这个否定是各个意义上的。

"我猜也是，他不是不讲理的人。"程怡拿起一旁的可乐吸了一口，无心地问，"你和他相处得还行吧？"

"……算是吧。"

"你对他不用太有负担，他这人挺好的，读书的时候还帮你说过话呢。"

"嗯？"章入凡不明所以。

程怡吸了口可乐，清清嗓，道："有一回体育课，班上几个男生凑在操场洗手池那儿聊天，我正好在边上的大榕树后躲懒，就听到了。

"他们在聊那天800米跑的测试成绩，男生沈明津成绩最好，女生就是你了，成绩比一些男生还好。我记得有个嘴贱的男生说你一点都不像个女生，头发剪得那么短，还黑得很，跟假小子一样。"

程怡说到这儿受不了地翻了个白眼，接着说："我本来要出去骂他一顿的，没承想沈明津先反驳了，他一点不客气地直接怼那男的，让他一个男生别因为跑不过你一个女生就编排你。还说头发短、皮肤黑怎么就不像女生了，头发短省事，皮肤黑健康……

"他的原话我忘了，但大致就这么个意思。"

章入凡表情怔怔，忽然记起了一件事。

高中刚入学的时候，章入凡和沈明津还不是一个班的，但他经常来她班上串门。有一回班上一男生喊她"男人婆"，她还没做出什么反应，沈明津就一把搂住那男生，把他的脑袋箍在肋下，似是玩闹般地笑着让他说话注意点，别给女孩取这种外号，下作。

从那之后章入凡再也没听人喊过她"男人婆"，也没人因为她的短发和肤色给她取一些难听的外号。

章入凡那时觉得沈明津是涵养使然，这种绅士品格自然不会只属于她一人。

"说起来，高中的时候你对沈明津的观感挺不错的。"程怡忽然来了一句。

章入凡没由来心脏一空，下意识地"啊"了一声，说："怎么会，我和他没怎么接触啊。"

"是没怎么接触，但每次他找你，你都不会觉得烦或者反感。"程怡抬手轻轻点了下章入凡的额间，"你啊，自我保护力太强了，表面上看好像和谁都客客气气的，其实骨子里谁也不爱搭理，谁都防备着。"

程怡感慨一句："我当初为了和你做朋友，可是费了好大一番功夫啊！"见章入凡表情发怔，出神似的，便接着往下说，"高中的时候你都不爱和男生讲话的，但对沈明津就不怎么排斥，不然他运动会三番五次地缠着你报名，你怎么着也该生气了。毕竟对你来说，不排斥一个人，那肯定对那个人多少有点好感的。"

"好感"两个字在章入凡耳边炸开，明明这个词不带有任何性别上的狎昵色彩，却听得她心头猛地一跳，一时间开了窍，似乎寻到了自己不甘和苦恼的缘由。

她深觉不可思议，人会在自己都没发觉的情况下对一个人产生好感吗？

不知道是不是喝了咖啡的缘故，章入凡一晚上都没睡好，失眠不说，好不容易睡着了却还是睡不安稳。

她的生物钟很准时，天不大亮就醒了。即使睡眠质量不佳导致精神头不足，她也没有赖床，干脆利落地起床洗漱换衣，还趁时间尚早借程怡的厨房做了早饭。

程怡这儿离自己的公司远，尽管时间充裕，章入凡吃完饭还是尽早出了门，她打车到商城时离上班时间还有小半个小时。

章入凡往办公楼走，临到了楼下，看到其他部门的同事手上提着"津渡"的咖啡进楼，心思一转，脚不由自主地就定住了。

她想到昨晚那些碎片化的梦，每一片都和沈明津有关，以前的他，现在的他，可梦外没有答案的问题，到了梦里也一样无解。

想知道答案，只能自己去寻找。

章入凡稍作犹豫，不再瞻前顾后，定定神，趸足绕过商城，去往文化街。到了"津渡"门口，她没给自己后悔的余地，直接推门而入。

店里坐着三三两两的客人，收银台前排队点单的人较多，章入凡一个人稍微局促地排在队尾，错开前面的人往吧台里看了看，沈明津正背着她低头在忙活。

点单的人是店员小牧，排到章入凡时，她和昨天一样，点了一杯白咖啡。

沈明津正忙着打包咖啡，听到声音倏地抬头，一下就和章入凡对视上了。

"早。"沈明津笑了下。

章入凡被他的笑容晃了下，慌忙回道："早。"

"白咖啡？"

"对。"

"稍等。"

沈明津转过身去，章入凡付了账，把点单位置让出来。她等在吧台前，视线始终落在做咖啡的人身上。

不消多时，沈明津打包好咖啡，拎起袋子递给章入凡，仍是叮嘱了句："趁热喝。"

"好。"

章入凡接过咖啡并没有立刻离开，沈明津看她一脸欲言又止，便主动问道："还有事？"

章入凡踟蹰片刻说："我让维修师傅这个周末来修补防水层，到时候可能还需要麻烦你。"

"没问题。"沈明津很快应道，"有什么需要帮忙的你尽管说。"

章入凡在沈明津的注视下眼神忽闪，嚅了嚅唇低声说："我不确定什么时候需要你配合，所以……你能给我个联系方式吗？"

沈明津没想到章入凡会主动要自己的联系方式，继而又想起前阵子，因为误会，他没有通过她的好友申请。

想到这个，沈明津咳了下说："回头我加你微信。"

章入凡不确定他这话是不是外交辞令，会不会只是说说而已的，遂举起手中的手机微微晃了下，试探地问："现在加？"

沈明津愣了下，章入凡今天格外主动，他都有些受宠若惊了。

"你等下。"

沈明津低头从吧台桌下拿出手机，章入凡上回的好友申请已经失效了，他点出自己的二维码，将手机屏幕面向她。

章入凡扫码添加，没一会儿，验证通过了。她看着新添加的好友，心口一松，这才察觉到自己刚才竟那么忐忑。

拐弯抹角地找理由加一个异性的微信，章入凡以前怎么也想不到自己会干这种事，或许她是一时冲动，但她并不后悔。

她想，喝一杯没喝过的饮品，做一件没做过的事，其实并没那么难。

Chapter 6
我们能重新认识下吗？

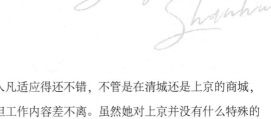

　　入职的第一周，章入凡适应得还不错，不管是在清城还是上京的商城，工作细节虽有所差异，但工作内容差不离。虽然她对上京并没有什么特殊的情感，但不可否认故乡的影响是深远且强大的，回到上京工作，她并无不适。

　　章入凡和在清城时一样，工作日每天朝九晚五，要说不同，大概是她会喝咖啡了。这阵子每天早上她都会去"津渡"买上一杯咖啡，其实她也说不上自己算不算醉翁之意，但看到沈明津，她的确会莫名欣喜。

　　周五午休，吃完饭袁霜提议去"津渡"坐坐，章入凡见离下午上班还有点时间就同意了。

　　公司附近有很多写字楼，午休时间咖啡馆的上班族只多不少。章入凡进店后下意识往吧台看去，店里不见沈明津，只有几个员工在忙活。

　　袁霜拉着章入凡找了个靠窗的位置坐下，不一会儿小牧就拿着咖啡单走过来询问。

　　"你们老板呢？"袁霜接过咖啡单后问了句。

　　"买豆子去了。"

　　章入凡犹豫了下问小牧："他一般中午不在店里？"

　　小牧自然认得章入凡，那天早上他亲眼看到自家老板老老实实地加她为好友，差点没惊掉下巴。这可是他在咖啡馆工作以来，第一次见到有女顾客成功要到老板的微信。

"也不是，我们老板来店里的时间不一定，有时候早上，有时候下午，有时候晚上。"小牧的眼骨碌碌转悠一圈，看向章入凡，嘬着笑说，"最近也不知道怎么了，他每天一大早就来店里开门，以前也没见他这么勤快。"

章入凡分了神，还是袁霜问她要喝什么她才回过神来，点了杯肯尼亚产区的单品手冲。

下午，临下班时刘品媛开了个会，会议讨论的重点还是十一月份商场的活动主题。企划部的老员工提了几个新的策划案，刘品媛觉得他们的提案和往年大同小异，一一给否了。

老员工没能推陈出新，刘品媛就问新员工的想法，章入凡作为新入职的职员，自然也逃不过。

章入凡初入这一行时其实很吃力，做策划要有想象力和创新力，这种能力是她一直以来所欠缺的。毕业刚进清城商场工作那阵子，因为做的策划都太中规中矩，她常被领导批评，公司之所以还愿意留她下来，是因为虽然她策划方案不太在行，但执行力强。

做了一年多的策划，提策划案仍是章入凡最怵的事。自从上回刘品媛下了任务，这几天章入凡都在琢磨十一月的活动策划，她心里有个想法，但不太有把握。

"我想……可以举办一个咖啡集市。"章入凡在刘品媛的注视下，说出了自己的想法。

"咖啡？"

章入凡点头，说："咖啡现在是热门饮品，城市里咖啡爱好者很多，不只是年轻人，一些年纪大的人也爱喝，这些人是一个不小的群体，而且消费力不低。"

她边说边观察刘品媛的表情，见对方在认真倾听，心里有了点底气，便接着往下说："我想，商城可以围绕'咖啡'这个主题，邀请一些比较有名气的咖啡馆来参加我们的集市。商城和咖啡馆是互利互惠的，我们的活动能为他们的店起到宣传的效果，商城也能因此吸引到一批咖啡爱好者来消费。"

章入凡难得一次性说这么多话，说完心里就在打鼓。

"咖啡主题的活动我们以前倒是没办过。"刘品媛沉吟片刻，向章入凡投去赞赏的目光，解颐一笑说，"入凡这个提案不错。这样，你回去先写个详细的策划方案给我，我看看有没有可行性。"

章入凡松口气，脸上总算露了笑意，立刻应承道："好的。"

会议结束，才从会议室里走出来，袁霜就拉着章入凡的手直夸她："你好厉害啊，办咖啡集市，你怎么想出来的？"

"就……这几天喝咖啡，突然有的想法。"

"你才喝几天咖啡就想到这个点子了，我天天喝怎么就没想到呢？"袁霜显然很喜欢章入凡的这个提案，她憧憬道，"你这个策划案要是通过了，我可就有福了，能借工作之便喝咖啡。到时候还能邀请沈老板来参加我们的集市！"

章入凡嘴角微微一扬。

下了班，章入凡没有回京桦花园，而是直接回了滨湖区。到家时正好是饭点，李惠淑招呼她吃饭，席间询问她新工作的情况，章入凡有一回一。章胜义没过问她工作上的事，倒是提了一下她公寓的事。

公寓渗水的事章入凡没和家里人说，但拦不住房东和她姑姑章胜嫉说，她猜公寓的事是她姑姑和她父亲说的。

"你在上京又不是没家，房子有问题你就回来住。"章胜义说。

章入凡抿了下唇，面无表情地回道："明天维修师傅就来修了。"

"防水层不是一天两天能修好的。"

"我再在程怡那儿住几天。"

章入凡见章胜义板着个脸，也不打算解释她不回家住的主要原因是公司离得远，通勤不便。

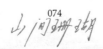

饭桌上气氛不佳，章入凡草草吃完饭就离席回了房间，没多久就听到外边传来女娃娃清脆的笑声。

周六维修师傅上门来修补防水层，虽说是局部修补，但也有的折腾。

章入凡听到浴室里敲地砖的噪音，心思不由得转到了楼下。她不知道沈明津在不在公寓，如果在，楼上这么大动静，楼下肯定听得到。

她拿过手机，打开微信，盯着沈明津的头像看了会儿。那天加了他微信后，他们到现在都没有互通过消息。

防水层修补现在还不到需要他配合的时候，章入凡没有给他发消息的由头，总不好没头没脑地问楼上修补的动静会不会吵着他。

搭讪也是门学问，章入凡从小就没修过这门课，没有理论就谈实践，实在是无从下手。她轻轻地叹一口气，放下手机，抱过笔记本电脑，打算曲线制造机会。

一整个白天章入凡都在公寓里待着，维修师傅在浴室里修补，她就在客厅写策划案，直到傍晚维修师傅收工她才跟着一起离开公寓。

电梯下行，在二十楼时停住了，门一打开，外面站着的赫然是沈明津。

章入凡没想到这么巧，神情一时拘谨，往边上让了让，讷讷道："你在公寓啊。"

"一直都在。"沈明津回得很快，片刻后像是觉得自己说得急了，咳了声缓道，"我今天没出门。"

"噢。"章入凡抿唇，"不用去咖啡馆？"

"现在去。"

"晚上？"

"嗯，过去看看。"沈明津低下头，见章入凡手上提着电脑包，不由得问，"你要去公司？"

章入凡顺着他的视线往自己手上看，知道他误会了，立刻解释道："不去公司，我回家。"

"回槐安区？"

"不是。"章入凡轻轻摇了下头，"我家搬到滨湖区了。"

沈明津恍然道："难怪。"

"嗯？"

"没什么。"沈明津说，"滨湖区也不近，你开车？"

"我坐地铁回去。"

"地铁？"沈明津眉头微皱了下，"外面现在下雨，带伞了吗？"

章入凡诧异道："下雨了？"

"可不是嘛，下午三四点开始下的，还不小。"电梯里的维修师傅接话。

章入凡下午基本上都待在客厅专心致志地写策划案，没注意到外边的动静，昨天晚上她吃完饭就回了房间，没看《新闻联播》也没看《天气预报》，不知道今天会降雨。

维修师傅和沈明津都要去负一层开车，电梯下行到一楼，章入凡和维修师傅道了别，冲沈明津颔首示意了下，才走出电梯，沈明津就喊住了她。

"没伞你怎么走？"

章入凡回头，说："没关系，我上楼取一下就好。"

沈明津按着电梯开门键，看着章入凡，眼眸微微一闪说："下雨坐地铁也不方便，你要是不介意，我送你回去。"

"不用了。"章入凡先声拒绝，又担心沈明津误以为她是介意的，马上接了句，"你不是还要去咖啡馆吗？"

"晚上喝咖啡的人少，他们忙得过来。"

"姑娘，你就坐他的车吧，搭地铁去滨湖区还要换线，怪麻烦的。"维修师傅见沈明津献殷勤，心里头明亮着呢，就顺势助攻了一把。

章入凡还在犹豫，主要是不想麻烦人。她抬眼对上沈明津的眼睛，他只是定定地看着她，也不出声催促，却有种无形的吸引力。

这又是绅士的品格吗？如程怡所说，他是个热心肠。

章入凡晃了下神，最后还是屈从于内心的偏向。

"那……麻烦你了。"她低头重新走进电梯里。

沈明津松开按键，电梯门缓缓关上。他把手垂在身侧，暗地活动了下手指，刚才一紧张，按键的时候太用力了，指头都僵硬了。

到了地下车库，维修师傅开车走了，章入凡坐上沈明津的车，把电脑包放在腿上，不用他人提醒，她自觉地系好安全带，正襟危坐。

沈明津把车开出车库，上了路打开导航，让章入凡输入地址。

京华区本就是堵车的重灾区，下了雨，道路更加拥堵，好不容易开出高峰路段，又遇交通事故。

夜幕初降，马路两旁的路灯齐齐亮起，沈明津开着车走走停停，车外喇叭声不断，车内安静无声。

沈明津余光看向章入凡，从上车到现在，她始终坐得端端正正，目不斜视，整个人看上去像是处在防备状态，好像他就是个陌生的、危险的司机，但其实章入凡只是有点局促，想打破沉默又不知道要说什么。

"抱歉啊，没想到路况这么差，坐我的车可能还没地铁来得快。"沈明津清了下嗓子率先搭话。

章入凡闻声转头看他，说："没关系，我不赶时间。"

"要不要和家里人说一声？"

"发过消息了。"

"那就好。"

话头到这儿就断了，章入凡不知道还能怎么接，车厢内再次恢复沉寂，只有雨水不停地拍打着车窗。

沈明津看着前方的汽车尾灯，手指无意识地轻敲着方向盘，他在犹豫要不要再次搭话。

如若车上坐的是旁人，就算是个未曾谋面的陌生人，他都能聊出花来，任何社交场合，有他在的场子从不会冷场。但他和章入凡关系微妙，今天他主动提出送她其实算是唐突了，如果太热情，他担心她会多想，以为他别有所图。

前几天他和她面对面交谈了一番，就是想把青春期那点事说开了，赶紧翻篇。他们现在住得近，工作的地方也离得近，以后肯定会常碰到，他不想他们每次见面都不尴不尬、别别扭扭的。再怎么说，都是校友同学，不说做到关系亲密，至少要正常往来。

沈明津那头心思活络，章入凡这头亦是百感交集。

其实她有很多事想问沈明津，比如他为什么不当运动员了，怎么开起了咖啡馆，她最想知道的还是当初他为什么会关注她。

章入凡是个很有界限感的人，这些问题都不是她现在这个身份能过问的，尤其最后一个问题，沈明津那天摆明了说不想提过去的事，她肯定不能觍着脸去追问。

两人各怀心事，一路不言不语。

过了交通事故的路段，后面的道路一路顺畅，很快就到了滨湖区章入凡家的小区。

"你靠边停就好，雨小了，我走进去就行。"章入凡说。

沈明津停稳车，拉上手刹，解开安全带说："你等等。"

他下车从后备厢里拿出一把伞，重新坐上车后递给章入凡，说："你先拿去用。"

章入凡的视线从他沾了雨珠的发顶移到他被雨水打湿的肩头，最后下落到他的手上。她神色动容，心里有块地方隐隐被触动，她接过伞，看着他真挚地道了声谢。

撑伞下了车，章入凡站在路边看着沈明津的那辆车，左转向灯亮起，他要走了。

她透过车窗看见他模糊的轮廓，心里无端低落，蓦地就涌起一股冲动，

这股突如其来的冲动促使她快步追上车，敲响了车窗。

沈明津停车降下车窗，看向窗外问："怎么了？落东西了？"

章入凡摇了下头，目光直直地与他对视着。雨水像是落进了她的眼睛里，向来平静无波的眼底有涟漪泛起，并且涟漪的圈数愈来愈多。

她问："沈明津，我们能重新认识下吗？"

沈明津怔住，看着章入凡无比认真的眼睛，他仿佛穿越时空，看到了从前的她。

他想，完蛋，他的青春是翻不了篇了。

回到家，章入凡把伞挂在玄关处的雨伞收纳架上，她盯着顺着伞面滴落而下的雨珠微微出神。

小区大门外不能长时间停车，章入凡才问出那句话，还没得到沈明津的答复，保安就催促他离开了。

章入凡心里有遗憾和不安，回想起刚才问沈明津的问题，她后知后觉地感到难为情，但要说后悔，好像并不。

这已经不是她第一次因为他而冲动了，打从看到那封信开始，她每次接近他都无不是违背她以往为人处世的风格。或者不能说是冲动，是凭本心行事。以前外婆总教导她想做什么就去做，不要瞻前顾后思虑过多，但她就是做不到。

率性而为并非章入凡的个性，但遇上沈明津，她就不再恪守谨慎的原则，变得莽莽撞撞的，时常说些、做些她以前从不曾说过与做过的话和事。这种变化让她对自己有点陌生，好像躯壳里钻进了别人的灵魂却没有排异反应。

今晚，那个灵魂再一次钻进了章入凡的身体里，她完全是不假思索地就拦下了沈明津的车，问出了那个问题，或许说是请求更为恰切。

她请求他，再给她一次机会。

这个机会他到底给不给，章入凡心里没底，因此有些忐忑。

章入凡站在玄关出神，李惠淑看到了忙招呼她进来吃饭。

　　回了家章入凡反而没那么自在，吃完饭陪章胜义看完《新闻联播》，她就先行回了房间，将自己的活动范围缩小。

　　左右无事，章入凡也不想耽溺于无用的情绪里头，索性拿出笔记本电脑，写起今天还没完成的策划案。十一月的商场主题活动是她入职以来接手的第一个大策划，"咖啡集市"这个提案最后能不能通过对她来说至关重要，不仅是事业意义上。

　　章入凡的手指在键盘上敲着活动策划内容，在拟邀请的咖啡馆名单下，她第一个就打上了"津渡"，而后盯着这两个字失神。

　　房门忽被敲响，章入凡一惊，倏地回过头，迟疑了下说："门没锁。"

　　章胜义打开门，站在门外朝里说："你惠姨的母亲摔了，我和她现在要去趟乡下，晚上你照顾下你妹妹。"

　　大晚上的要去乡下，看来老人家摔得不轻。章入凡忙站起身，点了点头，应声："好。"

　　时间紧急，章胜义没和章入凡多说，李惠淑也只是交代了她几句必要的话，幸好此前章梓橦已被哄睡，因此他们没被孩子绊住脚。

　　章梓橦一觉睡得很踏实，章入凡半夜去儿童房看了看她，见她睡得沉才放下心回房间。

　　晚上睡着的孩子好带，白天醒了的就是个棘手的麻烦。

　　章梓橦醒来没见着爸妈，立刻扯开嗓子哭号，章入凡没有带孩子的经验，只能坐在一旁干愣愣地看她哭。

　　"你姥姥摔了，你爸爸妈妈看她去了，他们会回来的。"

　　章入凡陈述事实，但小孩子听不进道理，章梓橦只知道哭着喊着找爸爸要妈妈。

　　章入凡没有哄她，也不知道怎么哄，就任她发泄情绪。小孩子体力有限，章梓橦很快就哭累了，天崩地裂的哭声最后成了若有似无的抽噎声。

章入凡趁机问她："饿了吗？我煮了小馄饨。"

"……"

"我等下要出门，你不饿的话我先去吃早饭了。"

章入凡冷静开口，她说完就要起身走人，身子刚一动，就察觉到衣角被抓住了。

她回过头，章梓橦抽抽搭搭的，撇了下嘴，奶声奶气地说："家里没有人了。"

章入凡瞧着她，问："你想跟我一起出门？"

章梓橦扭过脑袋嘟着嘴不说话，一副别别扭扭的模样。

章入凡要站起来，章梓橦紧攥着她的衣角不放，嘴上却什么都不说。

"我给你拿衣服。"

章梓橦这才松开手。章入凡站起身打开衣柜，一下子就看乱了眼。章梓橦的衣服花花绿绿的，什么色儿都有，多是公主裙。

章入凡愣了下，挑了保暖的毛衣和棉裤，但章梓橦不满意，说："我想穿裙子。"

"……"

章入凡无法，只得给她找了裙子和打底裤。章入凡把衣服放在床上，章梓橦动也不动，两人大眼瞪小眼。

"你快换衣服。"章入凡说。

"我不会。"

章入凡蹙眉，她盯着章梓橦的脸看，在判断章梓橦到底是在耍性子还是真不会换衣服。

"你平时都是怎么换的衣服？"

"爸爸妈妈帮我啊。"章梓橦说得理直气壮。

章入凡缄默。

她和章梓橦差不多大的时候母亲就意外去世了，那之后章胜义一人抚养她，他要她独立坚强，要她快快长大。在她的记忆里，她哭了他从来不哄，只会和她讲冷冰冰的道理，她学会自己穿衣服后他就再也没帮过她。

"你快五岁了，应该学会自己换衣服了。"

章入凡说这话的时候表情肃然，章梓橦见了害怕，眼眶一红，瘪着嘴像是又要哭了。

章入凡头疼地叹口气，妥协般地拿过裙子，帮章梓橦换好衣服，因为赶时间，她又给章梓橦喂了饭。

她们出门已经是半小时之后了。

昨夜下了雨，今早天气寒凉，章入凡带着章梓橦打了辆车前往京桦花园，路上维修师傅给她打了个电话，说他已经到了。她人不在公寓，只好道声歉，说自己在路上，正赶过去，请他等等。

到了京桦花园下了车，章入凡不愿维修师傅多等，奈何章梓橦人小腿短走不快，她只好抱着章梓橦往小区里走。

行至半路，迎面碰上了沈明津，章入凡的步子立刻放缓，待他走近时站定不动。人停下来了，心跳却比刚才疾步时更快，章梓橦像是察觉到了什么异常，趴在她胸口处听了听。

沈明津早上没听到楼上的动静，以为是维修师傅还没来，没想到是章入凡迟了。

他主动打了个招呼："早。"

"早。"

"这个是……"沈明津看向章入凡怀中的女娃娃。

"我……妹妹，章梓橦。"

"亲妹妹？"

章入凡迟疑了下，点头。

沈明津略感讶异，随后了然道："挺可爱的。"

他微微弯下腰逗章梓橦："叫哥哥。"

章梓橦扒拉着章入凡，一双乌溜溜的眼睛盯着沈明津看，似是好奇又好像在防备。

沈明津抬起双手，让章梓橦看他空无一物的手掌，而后迅速交叉双手，一秒的工夫，他右手双指间凭空就出现了一颗糖。

章梓橦"咦"了一声，凑过去看他的手。不只是小孩子吃惊，章入凡也微微瞠目，即使这么近的距离，她都没看清沈明津到底是如何把这颗糖变出来的。

沈明津笑着把糖递给章梓橦，说："给你。"

章梓橦看向章入凡，见她点了头才接过糖，拿在手里翻来覆去地看。

沈明津直起腰，章入凡抬头看他，视线两相接触，一时间无话。经过昨晚，两人之间的磁场隐约有些古怪，比之昨夜之前，是另一种感觉的微妙。

"昨晚……"

"昨天晚上……"

短暂的沉默过后，章入凡和沈明津同时开了口，听到对方的声音后又同时噤声。他们好像都预感到了接下来要说的话的重要性，因此都比平时更谨慎。

就在这时，章入凡的手机响了，是维修师傅打来的，问她到了没有。

章入凡挂断电话，沈明津问："师傅催你了？"

"嗯。"

沈明津看了眼章梓橦，小娃娃已经流鼻水了，今天天冷，不宜在室外长时间待着，他虽有话要说，但不急于一时。

"你快上去吧。"他抬手看腕表，"我有事要出去，有什么需要配合的给我发消息就行。"

章入凡也知此时并不是交谈的好时机，便颔首示意："……好。"

沈明津出门去和咖啡豆生产商谈合作，谈完买卖生意后他又去了咖啡馆，这一去就碰上了闹事的。

有个失恋的男人来咖啡馆砸场子，愣是说沈明津勾引他女朋友，谁劝都不听，沈明津解释了也无用，最后只好报警。

因为这出意外，沈明津一个下午都在派出所，等做完笔录协调完出来，天都黑了。他拿出手机，微信里除了几个员工发来关心的消息外，没别的人找他。

看来章入凡的公寓浴室今天还没修补好，不到检查闭水性的时候。

沈明津想到她，不免又想起昨晚送她回滨湖区时她最后说的话，他当时怕会错意，没有第一时间回答她，之后又被保安"驱逐"，没来得及给她一个答复。

昨天他回去琢磨了一晚上，章入凡那句话到底是个什么意思他到现在都拿不准。按字面上理解，她说的话没有任何暧昧，就只是单纯地想和他握手言和，重新认识下而已。但昨晚她的眼神，却让说的话变得有"歧义"。

沈明津的脑子倾向于前一种解释，心却不由自主地偏向后者。

他自己是那种有一说一的性格，也就不喜欢揣度人。本来今天他打算找个机会问问章入凡的，早上时机不对，下午这么一耽搁，又错过了。这么晚，她肯定已经回家了。

沈明津找到章入凡的微信，点进去盯着空白的界面看了会儿，最后锁了屏，把手机揣进兜里。

他高中时就冲动过一回，动员大会那天后她到毕业都对他冷冷淡淡的，在班上碰上了一个眼神都不愿给他。如果她昨晚的话就只是想和他一解前嫌，以后做个好邻居，他冒冒失失追问，自找没趣不说，往后普通校友都当不成。

有些话，需要表情语气眼神的加持，不见面聊误会空间会无限扩大。

沈明津还是决定，当面问问章入凡。

Chapter 7
追人要有追人的态度

　　沈明津一早去了咖啡馆。工作日，尤其是周一，来买咖啡的白领很多，一整个早上店里的半自动咖啡机运作起来就没停过。

　　忙活了一阵，沈明津看了眼时间，又往入口处望了望。

　　小牧凑过来，伸长脖子也往门外看，问："津哥，你看什么呢？是不是在等那个新来的策划小姐姐？"

　　沈明津乜他："外卖咖啡都打包好了？"

　　"还差几杯。"

　　"那你还站在这儿，不想干了？"

　　"别价啊哥，你被我猜中心思也不要恼羞成怒啊。"

　　沈明津龇了下牙，抬起手作势要给小牧一个"栗子"。

　　小牧躲了下，说："上周五中午你不在，那个策划小姐姐来店里了，还问你来着。"

　　沈明津收住手上动作，问："她问什么了？"

　　"问你一般什么时候在店里。"小牧冲沈明津使了个眼色，"我觉得那个小姐姐好像对你有点意思。"

　　"你这么觉得？"

　　"不然呢？她又是要你微信，又是打听你的。"

沈明津的嘴角微微上扬，小牧观察他的表情，试探地问："下次她要是再问我你的事，我是说还是不说？"

沈明津咳了声，敛起表情，瞟向小牧："还要我教你？"

小牧故意做出一副了然的模样，抬手在唇边做了个拉拉链的动作："我懂了，老规矩，守口如瓶。"

"啧。"沈明津一个"栗子"终于敲了下去，"对人不对事，懂了吗？"

小牧嘿嘿一笑，揶揄道："哥，双标啊。"

沈明津不置可否。

"我第一次见那个小姐姐的时候就觉得她眼熟，她以前来过我们店？"

"没有。"

"不能啊，我总觉得在哪儿见过她。"

"嘀咕什么呢？订单多了，还不快去打包。"沈明津睨他，"还有，人家有名字，别小姐姐小姐姐地叫，叫'凡姐'。"

"凡？"小牧朝沈明津挤挤眼睛，笑话他，"哥，你这可真是名副其实地动了'凡'心啊。"

沈明津抬手又要打，余光看到了袁霜，回过头往她身后看了眼，没别的人。

"还是美式？"

"对。沈老板，你可抓点紧，我要迟到了。"

沈明津让小牧去做，他在收银机上按了两下，抬眼看着袁霜，状若无意地问："今天就你一个人来啊？"

"噢。"前两天袁霜都是和章入凡一起来的，沈明津一问，她就知道他什么意思，"你想问你的老同学怎么没来是吧？"

"她不喝咖啡了？"沈明津接得很坦然。

"不是，她今天来迟了。"袁霜说，"我早上给她发消息，让她帮我带杯咖啡，她说她从滨湖区过来，赶不及了。"

袁霜说着一拍手，说："你一问我倒想起来了，沈老板，加一杯白咖啡。"

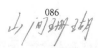

沈明津点了下头，表示明白。

袁霜扫码付款，趁着咖啡还没做好的时间和沈明津闲聊，说着就提到了"咖啡集市"的事。她说："这主意是入凡想的，我们经理让她回去写策划案，入凡说了，要是策划案通过了，一定找你。"

沈明津闻言愣了下："找我？"

"对啊，你不是'津渡'老板嘛，不找你找谁啊。"袁霜没察觉到沈明津不寻常的反应，接着说，"我看入凡是早就有这个打算了，不然她也不会天天来你这儿喝咖啡啊。"

沈明津把打包好的咖啡递过去，袁霜接过，道了声谢后着急忙慌地就要走，走之前还愉快地道了句："沈老板，具体细节等入凡的策划案通过了，让她再和你详谈，你一定要来参加我们商场的活动啊。"

沈明津没有回应，他不发一言，神色罕见地有些严峻。

看来，章入凡的话仅仅是字面意思。

章入凡早上送章梓檀去幼儿园迷了路，耽误了上班时间，幸好她出门时间都有个提前量，这才不至于迟到，险险地打了卡。

落座时章入凡在自己的办公桌上看到了一杯咖啡，不用猜也知道是袁霜给她带的。她转过头正要问问袁霜早上见没见到沈明津，还没开口，刘品媛就说要开个早会，让所有人到会议室集合。工作要紧，章入凡只好将问题按下。

会议上刘品媛将本周的任务发布下去，开完早会，她又特地点名章入凡去她办公室一趟，询问了一番"咖啡集市"的具体想法以及策划案进展情况。

从刘品媛办公室出来，章入凡立刻投身于工作中。她花了一上午的时间将周末写的策划案收尾，又增补了些活动细节，最后将整个策划案仔细地过了一遍，确认无误后发给了刘品媛。

"写完啦？"袁霜见章入凡靠向椅背，转过头问。

章入凡点点头。

"怎么样，有把握吗？"

"我尽力了。"

"咖啡集市"的策划能不能通过还要看刘品媛的意思，章入凡没有百分之百的把握。这次的策划案她做得很用心，入行以来，虽然她参与策划过大大小小的活动，但这次她比以往任何时候都要紧张、期盼。

"你准备得这么认真，我相信你可以的。"袁霜鼓励道。

"谢谢。"章入凡顺道再次感谢袁霜早上帮她带了咖啡。

"小事儿。"袁霜不以为意地摆了下手，想到什么又说，"早上我去买咖啡的时候，沈老板还问你来着。"

"嗯？"

"他问你怎么没去买咖啡，我和他说你从家里赶过来，来不及。"

章入凡晃了下神，心里忽地忐忑，不知道沈明津会给她一个怎么样的答复。

"对了，我还和他提了'咖啡集市'的事呢。"

"你和他说了？"

袁霜见章入凡反应有点大，愣了愣，点了下脑袋，问："不能说吗？"

"……也不是。"章入凡沉默了下，"策划案不一定能通过。"

"我当什么事呢。沈老板人好，就算没通过，他也能理解的。"

章入凡缄口。

她本来是想等策划案通过了，再找机会亲自和他说的。

午休时间，袁霜和朋友有约，章入凡就一个人去了公司签下的食堂吃饭。饭后，她犹豫再三，最后还是主动前往"津渡"，打算听听沈明津的答复。

午间的咖啡馆生意一如往常，点单的人虽不至于排成长队，但陆陆续续有人进店。

章入凡推门而入，第一时间先去看吧台，沈明津今天中午在店里，此时正和一个姑娘在聊天，章入凡走近，听到了几句：

"提拉米苏、草莓卷、杧果千层、香草奶油蛋糕、抹茶芝士蛋糕……明天要这几款甜点对吧？"

"嗯。"沈明津停了下说，"再加个香草泡芙，这几天点这个的人多。"

"成，我记上了，明天准时给你送来。"

沈明津这时已经看到章入凡，他很快收回目光，又和那姑娘说了两句话。

章入凡等那姑娘走了才走上前，沈明津抬起头，问："喝咖啡？"

"嗯。"章入凡看了眼咖啡单，"一杯摩卡。"

"在这儿喝？"

"嗯。"

"好。"

沈明津在收银机上点了两下，转身要去做咖啡时余光见章入凡站定不动，他身形微顿，开口说："你找个位置坐下，我等会儿把咖啡端过去。"

沈明津说话时语气淡淡的，章入凡从他的神色中看不出喜厌。

她在咖啡馆的角落坐下，约莫五分钟后沈明津端着一杯咖啡过来，放在她面前的桌上。

"请便。"

沈明津说完就要走，见章入凡巴巴地看着他，目光微灼，便不由自主地站定，忖了下问："有话要说？"

"嗯。"章入凡点头。

沈明津没怎么犹豫，拉开她对面的椅子坐下，抬眼问："想说什么？"

章入凡身体坐得板直，蓦地紧张起来。她不太敢直视沈明津的眼睛，视线微微下移，盯着咖啡里的小熊拉花看。

"前天晚上，我问你——"

"好啊。"沈明津还没待章入凡说完就应道。

章入凡倏地抬头，像是不敢相信他所说的话似的："你愿意？"

"这有什么不愿意的。"沈明津哂笑，一副轻拿轻放的率性模样，"把以前的事全忘掉，重新认识有什么不可以的。"

沈明津的回复是章入凡想要的，却又好像不是她真正想要得到的答案。她看着沈明津，一时迷茫，他总能打乱她的步调，让她自乱阵脚。

"我之前不是说过了，高中的事都过去了，你不用再有什么负担，有什么事需要我帮忙，你尽管开口，能帮我一定帮。"

沈明津看着章入凡问："你的策划案通过了吗？"

章入凡蒙了下，不知道他怎么会突然问起她的工作。

"……还没。"

"'咖啡集市'，听着挺有意思的，我觉得你能做好。"沈明津停了停，直视着章入凡，正色道，"你不用因为工作而刻意和我打好关系，也不用担心我会因为以前那点事就不和你合作，这么好的宣传机会，我会配合的。

"就这么说定了啊，等你的策划案通过了，一定来找我参加活动。"

沈明津兀自为这场谈话盖章定论，章入凡到这会儿才明白他是误会了，误会了她主动接近他的动机。

"不是的，你误会了，那天我说想重新认识你，不是因为工作。"章入凡眉头微皱，语气一改常态，难得急切，生怕沈明津下一秒就走似的。

沈明津闻言心神微荡，险些动摇："你天天来咖啡馆，不是为了调研？"

"有调研的原因，但不全是。办'咖啡集市'这个想法是我见了你之后才有的，我以前不喝咖啡的，我想如果这个策划案通过了，我可以和你多接触，多了解你一些……"

章入凡的前任上司评价她办事稳妥、条理清晰，但此时此刻她觉得自己思绪混乱，说的话毫无逻辑可言，全凭兴起。

"我说想重新认识，只是希望你不要因为以前的事讨厌我，但是我也不想你把以前的事全忘掉，因为、因为……"章入凡总觉得有话要说，却哽在心口说不出个所以然来。

沈明津却从她零乱的只言片语中察觉到了某些要素，他一时惊讶，盯着

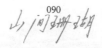

章入凡，试探地问："你加我微信、天天来咖啡馆、办'咖啡集市'，是想……追我？"

章入凡双眼尚还迷蒙着，她没有这方面的经验，也很少听他人的爱情故事，偶像剧、爱情电影和小说她几乎不看，关于心动，她没有直接经验，间接经验也少得可怜。

"这……算吗？"

沈明津见她眼神迷惘，心里头反而动容，他忍不住要扬起嘴角，却又强行遏制住冲动。

"怎么不算？"沈明津轻咳了声，用公正无私的口吻义正词严地说，"你想方设法地接近、打听我，就是对我有意思。"

章入凡在感情上懵懂，虽然她还不太了解爱情萌发的机制和原理，但对沈明津，她的确存有别样的情感。或许正如程怡所言，她对沈明津有"好感"，而男女之间的好感即是喜欢。

事到如今，章入凡再回想动员大会那天的场景，她冲沈明津发脾气，难道仅仅是因为家里的事吗？如果向她表白的是别人，她还会那样生气吗？

兴许，在很久之前，在章入凡自己都没发觉的时候，她就已经关注他了。

章入凡自小得章胜义的教导，要她学习做事都要心无旁骛，这么多年她也一直以朝乾夕惕为准则，开小差的情况在她身上很少发生。但中午从"津渡"离开后，她一整个下午都有些心不在焉的，工作效率也不高，幸而今天工作不饱和，她即使没有百分之百投入也能完成分内的活儿。

下午五点钟，李惠淑给章入凡打了个电话，说他们已经从乡下回来了，且把章梓橦从幼儿园接回了家，所以打电话告诉她一声，免得她再跑一趟。

李惠淑又问章入凡今晚回不回家，她说章梓橦从幼儿园出来就问姐姐呢，章入凡听到这话倒有些意外。昨天章梓橦和她并不亲近，甚至是惧怕的，她也没陪小丫头做什么有趣的事，只是照着李惠淑的叮嘱，做到不让小丫头饿

着渴着累着。她以为小丫头会很想摆脱她，却没想到还会念着她。

小孩子的感情来得快，章入凡有所感触，却还不至于动容。对那个家她心里仍有隔膜，也不打算强行融入，因此在李惠淑问完话后，她便应道不回去。

她的公寓浴室周末虽然进行了修补，但涂层还未干，不能使用，所以这两天她还是去程怡那儿借住。

下了班，章入凡便去了京南，程怡还未下班，她自行用密码开了门。程怡生活随性，住处亦是如此，章入凡上周稍微帮她把屋子打扫收拾了一遍，不过一个周末，又乱成了一团。

章入凡知道程怡乱中有序，她能在一片混乱中找到自己想要的东西，所以没太去碰她的物品，只是帮着把外卖餐盒和零食包装处理了，顺道把垃圾拎去丢了。她订了食材，等外卖员送货上门后就用起了厨房，做了顿简单的晚餐。

章入凡炒了几个家常菜，把最后一份汤端上桌时程怡回来了，她招呼道："回来啦。"

程怡进门就闻到喷香的饭菜味，立刻蹬了鞋子进屋，看到桌上摆着的四菜一汤，她的眼睛都在发亮，叹道："小凡，要不你搬过来和我住吧？"

"太远了。"

"我搬去你那儿？"

"可以，你不嫌上班远睡不了懒觉的话。"

程怡撇嘴，叹口气怏怏道："鱼与熊掌不可兼得啊。"

章入凡摆好碗筷，闻言很轻地笑了下："洗手吃饭吧。"

饭桌上，章入凡贯彻食不言的原则，基本上都在听程怡讲话。程怡表达欲旺盛，从工作同事说到公司食堂的饭菜，吐槽与抱怨齐飞。

"对了，我和吴征打算订婚了。"程怡的语气忽然放缓。

吴征是程怡的大学同学，他们在一起也有三四年了，期间分分合合数回，莲藕一样。

章入凡记得上一回听到吴征的名字还是一个月前，程怡说她和吴征分手了，这回是真的结束了，原因是她给吴征发了信息但吴征第二天才给她回消息。

　　"订婚？"章入凡讶异，要说他们会复合她倒是不意外，但这个跨度一时有些大，"这么突然？"

　　"也不算突然吧，我和他在一起挺久的了。"程怡放下筷子，托着下巴说，"昨天他喝了酒，到我家楼下堵我，我们开诚布公地聊了很久，把很多事都说开了，就决定定下来。"

　　章入凡从不对他人的事指手画脚，更不会置喙别人的感情，只点了下头，说："你想好了就行。"

　　"感情的事哪有什么想好不想好的，就是荷尔蒙上来了，冲动。"程怡豁达地说，"以后的事谁知道呢，时下不后悔就行了。"

　　程怡这一说法章入凡以前是不认同的，她总觉得无论是工作还是感情都要事先谋划好后一步步踏踏实实地走，但近来她对感情的冲动性深有体会，因此默默点了个头。

　　"小凡，你新公司里有没有优质的单身男性啊？"

　　章入凡抬头，一本正经地说："你不是要和吴征订婚了？"

　　"不是我，我的意思是你就不想谈个恋爱？"程怡说，"你现在回上京了，之后应该也不会离开了，可以找个对象了。之前杜升不是加你微信了吗？他找你聊天了吗？"

　　"嗯。"

　　提起杜升，章入凡就苦恼。自从上回班长婚礼他们加上微信后，杜升这段时间时不时会给她发消息，说些无关紧要的事，章入凡出于礼貌，每每都会言简意赅地回复。上周末他发消息约她出去，她以公寓要维修为由婉拒了，他就说下次有机会再约。

　　章入凡知道杜升的意思，但他没明说，发来的消息也不过分，她因此无从直接拒绝。

"我看他还不错，不如试试？"

章入凡很快摇了摇头。

程怡早料到结果，轻飘飘地叹口气说："你啊，菩萨一样，也不知道谁会让你动凡心。"

章入凡晃了下神，张张嘴本欲和程怡说说今天中午的事，但转念一想，又作罢。

和程怡提起沈明津，必然要从高中开始说起，她还没做好准备和别人分享这个秘密，且她现在还没完全厘清自己的情感，不想受到第三者的干扰。

晚上，程怡打开投影仪想找部电影看看，她随口问了下章入凡，本没想从章入凡那儿征求到什么建议，毕竟章入凡对纪录片的兴趣比电影浓厚。不承想，章入凡不仅回答了，还说了一部让她匪夷所思的电影——《初恋这件小事》。

程怡震惊："爱情片？"

"嗯，是。"

"你不是不爱看这种类型的吗？"

"同事推荐的，好像挺有意思的。"

章入凡说的同事其实就是袁霜，袁霜知道章入凡高中时很黑，大学才慢慢变白后就提到了这部电影，说她就像女主角一样，完美蜕变。章入凡倒不是想一探究竟，不过这部电影的名字在今天格外打动她，所以她有点好奇影片内容。

"是挺好看的。"程怡在投影仪上找到《初恋这件小事》，转头再次不确定地问，"真想看？"

章入凡点头。

"你难得对爱情电影感兴趣，我就再陪你看一遍。"程怡说着点了播放。

电影开始，女主角出现的时候，程怡瞄了眼章入凡，清清嗓子说："其实你高中的时候没比小水黑，你不近视也不戴眼镜，头发虽然短了点，但是清清爽爽的，加上你这个优越的身高，就有一种独特的……气质，对，气质。"

闻言，章入凡露出一抹无奈的微笑来。她知道程怡的心思，无非是担心她看电影时代入自己，过分共情，从而多想。

其实程怡的担心是多余的，章入凡在自尊心方面是坚强或者说是迟钝的。因为她是单亲家庭的孩子，从小没少被同龄孩子嘲笑，刚开始她会回家哭诉，章胜义也会一一找那些孩子的家长谈话，之后他会告诉她，只有让自己的心理强大起来，才不会轻易被他人的言语中伤。

给自己铸造心防很难，但章入凡做到了，她用铜墙铁壁隔绝外来人，不让别人靠近自己。这种无差别待人的保护方式自然会误伤到那些怀有善意靠近的人。很多人碰到她这堵墙时会知难而退，在她还没学会卸下心防的时期，程怡用不屈的毅力撞进了她的世界，而沈明津是在她毫无察觉的情况下，悄无声息地潜了进来。

两个小时的电影看完，陪看的程怡反而反应更大，她抹着眼泪，拿起手机走到阳台给吴征打电话。章入凡的情绪浮动没那么大，但也有所感悟。其实她除了和小水一样都曾经黑过，人生经历完全不同，她的青春并没有那么多彩，相反，是枯燥平淡的。

而沈明津是那段时光里的一抹异色，只是当时的她并没发觉。

想到沈明津，章入凡微微失神。

电影里阿亮帅气善良，小水喜欢上他情有可原，而沈明津和她的情况正好相反，她想不出他为什么会关注那时平凡普通的她。

章入凡拿出手机点开微信，找到沈明津。他们加为好友到现在，还没说过一句话，聊天界面空空如也。

她盯着他的头像看了会儿，最后还是退出了界面，锁了屏。

杜升时不时给她发消息会给她增添烦恼，己所不欲勿施于人，她还是别做同样的事给人制造麻烦。

章入凡放下手机，轻叹一口气，看着投影屏幕上的片尾，脑子里冒出了一个念头，不知道世界上是不是真有《让他爱上我的九种方法》这种书。

周二，章入凡早早出门，搭乘地铁到了 OW 商场站，从地铁站出来后她果断地去了文化街。

今天她来得更早，"津渡"里尚未排起长队。

沈明津在吧台那儿整理台面，听到开门声抬头看了眼，见章入凡来了，立刻调整了下站姿，做出一副风流倜傥的模样。

"早。"他自如地打了声招呼，问，"今天喝什么？"

面对沈明津，章入凡尚且做不到从容自然，和他对视一眼后她立刻低下头看咖啡单，点了一杯美式。

"美式不加奶，能接受？"

"我想试试。"章入凡回答得很认真。

沈明津最看不得她露出这样真挚的表情，眸中一闪，抬手抵在唇边咳了声，说："等着。"

他亲自打包了一杯美式，递给章入凡时说了句："早饭吃了吗？别空腹喝咖啡。"

"吃了。"

章入凡接过咖啡，一时也不知道还能说什么，就在这时，小牧忽凑过来问她："凡姐，你以前是不是做过主播？"

"啊？"章入凡冷不丁听到这个问题，着实愣了下。

"就是带货的那种。"

章入凡反应了几秒才明白小牧这话要问什么。她点了下头，缓缓回道："在以前工作的商场做过，不过没做多久。"

"果然没错，我就说看你眼熟。"小牧像是发现了什么秘密一样，语气兴奋。

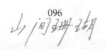

"你看过我直播？"

"不是我，是——"

小牧还要说，边上沈明津咳了两声，十分刻意，警告意味十足。

小牧接收到老板的信号，话到嘴边生生地拐了个弯："是我一朋友，他看的，我无意间看到了，就有印象。"

章入凡不疑有他，她做直播时一开始是有些人观看的，不过后来都跑光了。听小牧提起这件事，她微觉窘迫。她的前同事说她直播时满脸被迫营业的表情，就是个无情的推销机器人。

她看向沈明津，希望他不会对她这段经历感兴趣，更不会想要去找她直播的视频来观看。

所幸沈明津并未多问，他只是打发小牧去洗杯子，随后问："你公寓的浴室防水层修补好了？"

"差不多了，维修师傅说等涂料干了，过几天再来做个闭水试验。"

"确定时间了告诉我。"

"好。"

眼看话题要聊尽，沈明津立刻又抛出一个问题："你最近都回家住？"

章入凡摇了下头，说："我住程怡那儿。"

"她住在……"

"京南。"

"那是比你家近。"

"嗯。"

章入凡捧着咖啡杯在手中转，从刚才进门到现在，她还没太敢和沈明津对视太久，其实她并非胆小的人，可是在他面前却总是露怯。

咖啡馆不断有客人进来，章入凡怕耽误他工作，没有逗留太久，很快就道了别。她来去匆匆，也没说上几句话，沈明津看着她离去的身影心里还有点失落，暗自反思自己刚才是不是太端着了。

"哥，原来啊——"小牧见章入凡走了，立马坏笑着走过来，冲沈明津抛了个揶揄的眼神，"我就说你那段时间怎么天天看人直播，还以为你是想买东西来着，原来你看的不是货，是卖货的人啊。"

沈明津乜他，语气警告："嘴给我闭严实点。"

"你不想让凡姐知道啊，为什么？"小牧疑惑，"你不让她知道你一直都在关注她，很在意她，怎么把人追到手啊？"

"谁说我在追她？"沈明津微挑下巴，神情颇有些想卖弄又极力克制的样子，嘴角忍不住扬了扬，说，"是她在追我。"

"啊？"

沈明津和小牧说章入凡在追求他，小牧怎么都不相信。

接下来几天，章入凡每天早上都会去"津渡"点上一杯咖啡，沈明津当然天天都在，按以往他去店里的时间并不固定，小牧怎么看都是自家老板在迁就配合"追求者"的时间，因此看他的眼神多了些怜悯，总觉得他是爱而不得陷入了臆想之中。

章入凡去店里就和平常客人一样，点一杯咖啡，和沈明津说几句话，话题往往还是沈明津抛出的，他们的对话也很中规中矩，甚至无聊。他们每天的接触交流仅限于此，沈明津虽然乐在其中，也不免有点郁闷了。

周五傍晚，章入凡下班先回了趟京桦花园，打算拿些东西再回家。电梯从负一楼上来，很快开了门，她抬起头，看到沈明津时愣了下，觉得这场景眼熟。

"不进来？"沈明津出声。

章入凡回神，低头走进电梯。沈明津按了关门键，顺便帮她按了楼层。

电梯里安静了一小会儿，章入凡迟疑着主动开了口："好巧。"

"嗯。"沈明津接话，"今天怎么回来了？"

"来拿点东西。"

"晚上是要回家？"

"嗯。"

"需不需要我送你？"

"不用了。"章入凡很快回道，"今天没有下雨。"

"……"

电梯里又安静了一会儿，沈明津忽清了下嗓子问："明天休息？"

"嗯。"

"我明天也休息。"沈明津让自己的语气显得随意，又忍不住用余光去观察章入凡的表情。

章入凡只是沉默了一秒，很快就应道："我问问师傅明天能不能过来。"

"……"这话让沈明津都不知道怎么接。

电梯中途没有停下，顺畅地上行，很快就到了二十层。电梯门开了，沈明津转过头很郑重地说："我走了。"

"好，再见。"

章入凡应得很干脆，沈明津反而没那么爽快了，他缓缓踱步走出电梯，听到身后电梯门关上的声音，心里没由来地烦躁，索性转过身，迅速按下开门键。

章入凡见门又开了，抬头看向沈明津，问："怎么了？"

"红桃 A，你是不是后悔了？"

"什么？"

"那天说的话。"

章入凡怔忡，听明白后摇了摇头道："我没有。"

沈明津低头看着她，一字一句地说："我那天说了，给你一个机会。"

"我记得。"

沈明津见章入凡还是不急不缓的模样，反而保持不住了，急切道："我给你机会，你要行动啊。"

章入凡如实说："我有啊。"

"每天来买一杯咖啡？"

"嗯。"

"……"

沈明津扶额，说："追人不是这样追的。"

"你知道你一周和我讲了多少句话吗？"他问。

"什么？"

"五十句，平均每天不到十句话。你就满足于每天早上只和我说几句话吗？"

"我……"

"你不是加了我微信，为什么不找我聊天？"

章入凡抿了下唇，把自己的顾虑说了出来："我怕打扰到你。"

"不会。"

"那……你一般什么时候比较空闲？"

"你找我的时候。"沈明津察觉到自己说得太直白了，咳了下，生硬地迂回了下，"我的意思是，我虽然忙，但还不至于连回复消息的时间都没有。"

他瞄了眼章入凡，忽又正经了起来，言传身教的良师一般指点她："追求人要有追求人的态度，要时时刻刻见缝插针地找机会，不然你怎么追得到。"

沈明津点到为止，见章入凡表情思索，显然听进了他的话，这才满意地勾了勾唇角，松开电梯开门键，挥了下手道别。

"记得找我聊天，随时。"

Chapter 8
你没有什么行动吗？

　　晚上，沈明津左右无事，便开车回了趟家，打算看看自己的母亲。他初三时父母离婚后，母亲周慈带着他回了上京娘家，之后就在槐安区买了栋房子落户。他大学之前都住在槐安区，大学住校，因故又在国外待了一年，毕业后自个儿搬到了京桦花园，隔三岔五回趟家。

　　沈明津在地下车库停好车，进入电梯按了楼层后，拿出手机看了眼，居然看到了章入凡发来的消息，只有简短的几个字：【我到家了。】

　　他这一周抓心挠肝地守着手机左等右等就是没等来她的一条消息，几回想主动找她，最终还是按捺住了。他是被追的那个，太过积极似乎不是被追求者该有的姿态，现在他终于可以"被动"地回复消息了。

　　沈明津忍不住低笑了两声，他都能想象出章入凡发消息时一板一眼异常谨慎认真的模样。消息虽然不长，但她好歹照他的话做了，孺子可教。

　　沈明津笑着，飞快地回复道：【安全到家就好。】

　　他发出消息后察觉到这话不好往下接，又迅速抛了一句出去：【我今天也回家了。】

　　章入凡：【你的家是在槐安区？】

　　沈明津：【嗯，中学附近。】

　　章入凡：【我们中学？】

沈明津：【对，学校离我家就隔着两条街道，走路十分钟就能到。】

这回章入凡没有即刻回复消息，沈明津盯着手机等了会儿，疑心信号不好，还抬手拿起手机四下试了试。

电梯开门的同时她的消息也过来了：【我以前好像经常在公交车上看到你。】

沈明津心口一跳，走出电梯的脚步微微滞了下。很快，他扬起唇角，手指在屏幕上快速地点着：【高中的时候我经常去姥姥家吃饭，她那儿离学校远，要坐公交车。】

章入凡：【是这样啊。】

沈明津低头看着手机，到了家门口，抬手验了指纹，开门的同时回复了一条消息：【我还以为你没看到我。】

章入凡：【我当时没看到你。】

这话说得诡异了，沈明津发了个疑惑的表情。

不一会儿，章入凡回：【我的意思是，我以为我当时没看到你，但是最近有了印象。】

这个解释很奇怪，但是话由章入凡说出来就显得格外诚恳，不会让人觉得她在开玩笑或是瞎扯。

沈明津不自觉地笑：【你反射弧还挺长，五年了才有印象。】

"在看什么呢？笑得这么高兴，嘴角都咧到耳根了。"

沈明津余光看到母亲周慈探过脑袋，立刻收起手机，敛起外放的表情，硬是做出一副云淡风气的模样，欲扬先抑了下："没什么……追求者找我聊天。"

"追求者？姑娘？"

沈明津给了她一个眼神，说："不然呢？"

"谁啊？"

"你不认识。"

"你介绍下我不就认识了。"

沈明津灵巧地把手机在手中转了一圈，说："她还没把我追到手，现在介绍你们认识太早了。"

他说着嘴角又是微微上扬。

周慈看他一副阳光灿烂的模样，略感意外道："以前多得是姑娘喜欢你，你对人家没意思从来不会给人希望的，这次这个是……有戏？"

沈明津下巴微挑，面上带笑："难说，我也不是那么好追的。"

"嘚瑟。"周慈抬手虚点了下自己儿子的脑袋，"我告诉你，要是喜欢就别太拿乔，不喜欢也别吊着人家。"

"知道，我有分寸。"

沈明津往客厅走，坐到沙发上重新点开手机。章入凡发了条消息，说她家里人喊她吃晚饭了，她征询似的问：【我迟点再找你？】

礼貌甚至小心，沈明津心下一软，回道：【嗯，去吃饭吧，回聊。】

章入凡没有回复消息，大概人已经到饭桌上了。沈明津划拉了下手机屏幕，从头把他们的聊天记录看了一遍，短短几句对话而已，却足以让他回味良久。

一周过去了，他到现在还没完全醒过神来，章入凡居然真的对他有意思，并且主动接近他，明明高中的时候她明确地拒绝过他。

经年相遇，不知道是什么原因导致她对他的感情产生了变化，显然章入凡自己也没搞清楚，所以在她明晰对他真实的感情前，他给她时间，去思考去梳理去反悔。

至于他自己，在章入凡身上翻过船，明明应该吸取教训，此时此刻却仍是不由自主地被吸引着踏入同一条河流。

"拿乔的不是我，她都吊着我好多年了。"他嘀咕了句。

周六，章入凡晨起去跑了步，回来后冲了个澡，换了套衣服准备出门。

她和维修师傅约好了，今天检查浴室的闭水性，也多亏了这件事，她昨晚才有机会有话题再次给沈明津发消息。

　　换好衣服，章入凡看着包里的化妆品犹豫了。

　　小姨教她化妆的时候说过，工作了就要把自己拾掇好，至少要抹个口红，这是职场礼仪。章入凡一直记着小姨的话，工作日的时候都会简单地化个淡妆，休息日她很少花这个时间。

　　她化不化妆一般取决于场合，但今天破天荒地因为要见的人纠结了。其实她的化妆水平一般，自己看着顶多是唇上有点色彩，显得人精神些罢了，但就是这点细微的差别让她犹豫了。

　　迟疑了会儿，章入凡还是坐到桌前，拿出了气垫。

　　收拾完毕，章入凡出了门，搭乘地铁到了京桦花园。她和维修师傅约的十点，到了公寓她看了眼时间，还有半个小时。昨晚她和沈明津说好了今天上午检查闭水性，不知道他现在在不在公寓。思及此，她拿出手机，找到了他的微信，打上两个字后又删了。

　　既然已经说好了时间，他肯定是在的，她再问一遍似乎有没事找事没话找话的嫌疑。虽然他说了会回复，但她还是不想频繁地打扰他。

　　章入凡不擅长聊天，尤其惧怕在社交媒体上对话，她是个很容易冷场的人，现实中没话说还能礼貌地打个招呼告别，在手机上她根本不知道要怎么弥补自己的这项短板。

　　昨晚她也是做了一番思想准备后才主动给沈明津发的消息，他们的对话出乎意料地顺利，她不用担心会冷场，也不用绞尽脑汁地想话题，沈明津总能接上她的话，也会让她有话可接。

　　沈明津是个信守承诺的人，他说给她一个机会就真的没将她拒之门外，只是如何把握好这个机会是她目前的困扰。她没追过人，没吃过猪肉也没看过猪跑，现在这种状态有点像刚入行那会儿，志忑茫然，不知从何入手，但又隐隐跃跃欲试。

十点，维修师傅上门，先是检查了下浴室地砖的涂层情况，之后就把下水口堵了开始蓄水。蓄好水，维修师傅说要下楼去看看天花板渗不渗水，章入凡便主动提出和他一起去。

到了楼下，章入凡才按了门铃门就开了，沈明津看到她一点都不意外，开门让他们进了屋。

维修师傅提着仪器去了浴室，一番检测后说暂时没发现渗水现象，但还是需要多观察。

"闭水性检验要二十四小时，所以楼上蓄的水暂时不能放掉，楼下还得隔段时间就去看看天花板的情况。"

沈明津问："那是要到明天才能确定防水层有没有修好？"

"嗯。"维修师傅问沈明津，"你今天有事吗？"

"我今天休息。"

"那正好。"维修师傅说，"我还有别的活儿，没办法一整天都待在这儿，得麻烦你多注意下天花板的情况，一有渗水迹象就给我打电话。"

"行。"

"也不用一直盯着，上午多看看，没什么情况的话，下午两三个小时看一次就好。"

"没问题。"沈明津答应得很干脆，立刻就把这活儿给揽了。

维修师傅交代完事宜就离开了。

章入凡听到刚才维修师傅交代的事，心里过意不去，对沈明津歉然道："不好意思，又要麻烦你。"

"就是去浴室看看，又不是多麻烦的事。"沈明津浑然不放心上。

话虽如此，但章入凡仍是心有歉疚，总觉得平白给他增添了负担。

天花板检查结束，维修师傅一走，她也没理由再留下，思来想去只能离开，遂说了句："那……我也走了。"

沈明津瞠目："这就走了？"

章入凡点头。

"你等下有事？"沈明津问。

"没有。"

"那你急着走干吗？"沈明津见章入凡表情茫然，忍不住提醒她，"我今天休息。"

"我知道，你说过。"

"所以……你没有什么行动吗？"

章入凡陷入沉思。

沈明津是不指望章入凡开窍了，他叹口气，平复情绪，直接说："红桃A，你在追我，这种时候你不应该抓住时机约我吗？"

章入凡这才恍然，好像是该如此。她组织了下措辞，开口时语气生疏，每一个字之间都充满了犹疑和不确定："你有空吗？我能约你……"

章入凡话到一半卡壳了，她第一次对异性发起邀约，一时间不知道约人做什么好。

沈明津又暗叹一口气，无奈道："我给你打个样，学着点儿。"

他抬手看了眼腕表，干脆利落地定下行程："维修师傅说上午要多观察天花板，要是没有渗水情况，下午就不用一直盯着了，你可以约我中午出去吃个饭。"

明明饭点将近，章入凡刚才就是没想到可以约沈明津一起吃个饭，退一步说，即使她不是在追求他，因为浴室修防水层的事叨扰了他那么久，她也理当请他吃个饭的。在人际交往上，她实在是还有得学习。

"好。"章入凡赞同沈明津的建议。

沈明津期待了会儿，没听见她的下文，不得不再一次指点她："这个时候你就可以借机了解下我的口味。"

章入凡按照着他的引导，迟疑了下问："你喜欢吃什么？"

沈明津早就有了答案，很快回道："我没什么特别喜欢吃的，不喜欢的倒是有几样，我不吃生食，对螃蟹有点过敏，香菜是我的天敌。"

章入凡一一记下了，然后看着沈明津无比诚挚地问："接下来问什么？"

"……"

沈明津看着章入凡一脸求知的表情，在心里无声地叹息，照这样下去，他什么时候才能被追到手？

因为还要关注天花板的渗水情况，他们不能离京桦花园太远，章入凡才搬来，对周边不熟，沈明津作为被邀请对象，就代劳地帮她找了家餐厅。

餐厅就在小区背后，是一家私房菜馆，看招牌，做的都是上京本地菜。沈明津似是常客，刚进门，老板就和他打了个招呼，道了声"来啦"。

正值饭点，店里客人不少，一楼所有餐桌都坐满了。章入凡跟着沈明津上了二楼，在靠窗的位置坐下，不一会儿，服务员上了一壶热茶，顺便递了菜单。

沈明津把菜单推到章入凡面前，说："你看看想吃什么。"

章入凡低头仔细看菜单，沈明津把一套塑封好的餐具拆开，拿出里面的杯子，倒满热茶后放到她手边，同时说："这家店开很多年了，在上京口碑很好，我搬到京桦住之后常来。"

"那……你有推荐吗？"

沈明津又拆了一套餐具，说："你不吃辣，可以点个鸭肉煲。"

章入凡讶然道："你怎么知道我不吃辣？"

沈明津手上动作微滞，很快又自然地把一套拆好的餐具摆到章入凡手边，坦然道："你高中的时候经常去食堂吃饭，我那个时候发现的，凡是带辣椒的菜你都不吃。"

他抬眼见章入凡表情怔忪，笑了下，很是开朗道："怎么了？你又不是今天才知道我高中的时候关注你。"

章入凡见他主动提起这件事，反而有些慌张，不知道该作何反应才恰当。

是该把这一页揭过去，还是顺着他的话题聊下去，把那时候的误会解释清楚，再顺便问问，他以前为什么会喜欢她？

　　章入凡谨慎的性格又占了上风，她判断不出现在是不是解释和询问的好时机，又担心问题一旦问出口，他们之间的关系又会改变。

　　迟疑间，餐厅的老板上来了。

　　老板和沈明津很熟，直接走到桌旁和他寒暄："你有阵子没过来了，怎么，吃腻了？"

　　"哪能啊。这段时间基本上都在店里，这不今天休息就来了。"

　　"你再不来我就要去咖啡馆请你来了，失去一个食客不打紧，没有你，我以后就买不到品质过关的咖啡豆了。"

　　"跑不了。"沈明津笑，"每回到的豆子都会给你留的。"

　　"仗义。"老板冲沈明津竖起一个大拇指，而后看向章入凡，问，"这位是……"

　　"同学。"

　　章入凡顺势问了好。

　　老板狭着笑，意味深长地说："明津还是第一回带姑娘来我这儿吃饭，你们读书的时候感情不错吧。"

　　这话章入凡不知道怎么接，倒是沈明津很从容，玩笑似的说："是差点成功的关系。"

　　"哦？"老板的目光在两人身上流连，最后看向沈明津，摇了摇头，故意埋汰他，"看来你这张脸也不是一直都好用啊。"

　　沈明津耸了下肩，不可置否。

　　沈明津既然说是同学，老板心里就有分寸，点到为止，不再多问让两个小年轻不自在。他看向章入凡，友好地询问："姑娘，想吃什么？"

　　章入凡听取沈明津的建议，点了个鸭肉煲，随后又把菜单推给沈明津："你点吧。"

沈明津清了下嗓，声调拔高了些，说："你约的我，吃什么你做主。"

章入凡还没吱声，老板先开口了："唔，姑娘约的？"

沈明津挑了下眉，嘴角忍不住上扬。

章入凡面有难色，把菜单上沈明津不喜欢吃的食物排除在外，尝试点了几样菜，抬头去问沈明津的意见。

老板见沈明津满脸掩不住的笑意，乐了，说："你甭问他了，你点的他都吃。"

章入凡以为老板是从了解熟客口味的角度才这样说的，也就放了心。

点好菜，老板拿上菜单，和沈明津说："吃完别急着走，我泡两杯咖啡过来，你们尝尝。"

沈明津回了个"好"的手势。

老板走后，沈明津和章入凡解释："这个老板是咖啡发烧友，喜欢探店，之前去过'津渡'，我又常来他这儿吃饭，一来二去就认识了。他自己也泡咖啡，店里进咖啡豆，我都会给他留一份。"

章入凡了然。

沈明津忽地想起什么，问："你的策划案通过了吗？"

"还没有，但是也差不多了，还有些内容要完善。"这件事章入凡本来想等策划案开始执行后再告诉他的，现在既然他问了，她也就如实回答。

沈明津想到章入凡之前提到的想办"咖啡集市"的动机，牵了下嘴角，故作无心地提醒："你别忘了，之前说办'咖啡集市'是想和我多接触。"

他说完，清了清嗓子，非常刻意地补充解释了句："我的意思是，对咖啡有什么想了解的你可以问我，上京比较出名的咖啡师我基本都认识，你之后要是想邀请他们参加活动，可以找我帮忙。"

"谢谢。"沈明津要是愿意帮忙牵线搭桥，那就省了很多劲儿，章入凡由衷地感激。

沈明津心虚地接受了她的谢意。

提到咖啡，章入凡按在心底的问题又冒了头。她看了眼沈明津，不太确定这种时候，他们这种关系，她能不能询问他略有隐私性的问题。

他为什么不当运动员，而开起了咖啡馆，当起了咖啡师？

刘子玥说他是出了意外，想来那是一段并不愉快的回忆，章入凡犹豫片刻，最后还是决定按下不问。

菜一道道地端上了桌，老板还送了两个小菜。章入凡平时不爱说话，吃饭的时候更是不言不语。沈明津在饭桌上话也不多，偶尔询问下章入凡对菜品的评价，因为他的恰当调和，他们这顿饭倒是吃得并不尴尬。

饭后，老板送来两杯亲手泡的咖啡。因为要回公寓观察天花板的情况，他们没有在餐厅停留很久。

从楼上下来，章入凡去结账，沈明津拉住她说："我已经结过了。"

"嗯？"

"转给老板了。"

章入凡抿唇，说："今天不是我约你吗？"

沈明津笑道："下次吧。今天是我给你打样，你学到了就行。"

章入凡沉默了几秒，看着沈明津，问："你下回什么时候休息？"

沈明津扬了下唇角，心道章入凡被他这么一点拨，有点上道了。他故意把思考的时间延长，语调也放缓了："我没有固定的休息时间，比较自由。"

他瞄了眼边上的人，怕她领会不了自己的言下之意，也不委婉了，直白道："你随时都可以约我。"

"好。"章入凡把这事记在了心里。

沈明津显而易见地高兴，整个人意气风发。

回到小区，进入电梯，沈明津按下"20"，犹豫了下回头问："我家里有几本了解咖啡的入门书籍，你想要吗？"

章入凡写策划的确需要学习咖啡的相关知识，听沈明津这么说，当然不会拒绝，遂点了下头，跟着他去了他的公寓。

沈明津回到公寓，先去浴室看了眼天花板的情况，确认没渗水后才到客厅的书架上拿了几本书下来，递给章入凡。

"这几本你先看着。"

章入凡接过书，掂了掂，道了声谢。

"我明天早上在公寓，维修师傅要是来了，你直接带他下来就好。"

"好。"

拿了书后似乎就没有再待下去的理由，章入凡想到上午的事，不太确定地试探道："那……我走了？"

沈明津想了想，好像也没把人留下的借口，只好点了点头："嗯。"

章入凡抱着书道了别，到玄关时又被喊住了。

"红桃A。"

"嗯，怎么了？"章入凡转身。

沈明津看着她，想说自己下午也有时间，踟蹰片刻，最后还是觉得不能太急于求成，否则会适得其反。

他抬手摸了下后脑勺，轻咳了下说："没什么……书里有不懂的都可以问我。"

章入凡露出一个淡淡的笑，点头应声："好。"

章入凡当天晚上就翻看起了沈明津给的书，如他所言，几本书籍的内容都比较通俗浅显，她一个外行人也能看得明白。

阅读过程很顺畅，她没遇到什么不可解的难题，因此也没给沈明津发消息，自然也不会知道他一直在等着给她传道授业解惑。

次日一早，章入凡照常早起晨跑，回家后冲了澡换了衣服，化完妆后准备出门。

走出房间，客厅里章胜义正陪着章梓橦在看动画片，这场景温情脉脉，在章入凡眼中却有些违和，她还不能适应章胜义的转变。

电视屏幕色彩饱和度过高，章入凡只扫了一眼，转过头打了声招呼："我出门了。"

章胜义只是点了个头，倒是坐在边上的章梓橦抱着布偶眼巴巴地看着她，怯生生地问了句："姐姐要去哪里？"

经过之前一天一夜的相处，章梓橦现在倒不像之前那样对章入凡抱有防备了，昨晚吃饭的时候还主动坐到了她身边。

小孩子的心防卸下得快，还不能明白家庭关系的复杂，章入凡回上京不久，还没能完全适应新的家庭结构，对章梓橦陌生感居多，但并不反感。

"公寓。"

"上次去的那里吗？"

"嗯。"

章梓橦揪了揪布偶的手。章胜义像是看出了她的想法，抬起头对章入凡说："你惠姨今天回乡下了，我等下有事要去一趟单位。"

章胜义退伍转业后就被安排进了政府部门，章入凡闻言以为他身体没养好就要复工，轻蹙眉头，问："您不是请假了吗？"

"有些工作要交接。"章胜义没多解释，只是说，"你带你妹妹一起出门，晚点送她去上舞蹈课。"

家里没人，章入凡自然不会拒绝，她看向章梓橦。能出门小丫头很高兴，快速地从沙发上滑下来，把布偶放到一旁，背上自己的小书包朝她走去。

章入凡走到玄关换了鞋，将章梓橦的小靴子从鞋架上取下，和上回一样，示意她："你要自己穿。"

章梓橦嘟了下嘴，不大情愿。

"我上次和你说过，你五岁了，要学会自己的事情自己做了，没有人会一直帮你的。"章入凡表情未动，毫不心软。

跟过来的章胜义听到这话，表情微怔，看章入凡的眼神一时复杂。

许是还不熟悉，又惧于章入凡的威仪，章梓橦听话地弯下腰笨拙地给自

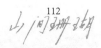

己穿上靴子，费劲地拉上拉链，事成之后直起身，一脸骄傲又期待的表情。

章入凡迟疑了下，不太自然地夸了她一句："做得很好。"

她抬起头，朝章胜义颔首示意了下，打开房门率先走了出去，章梓橦迈着小短腿紧跟在后头。

时间尚早，今天天气也不错，章入凡选择搭乘地铁。地铁站人多，她牵着章梓橦进站，小丫头似乎没坐过地铁，一路上都在好奇地左右打量，还会问些问题，比如：

"地铁需要加油吗？"

"不用。"

"那它怎么走？"

"用电。"

"像玩具车那样装电池？"

"不是。"章入凡想了下，拿出手机搜索了下地铁的运行原理，一字不落地读给她听。

原理过于深奥，章梓橦根本听不懂，但她很好学，不懂的地方立刻就会发问，章入凡很耐心，照着手机上的搜索结果一条条地给她解释，什么是电网，什么是交流电，什么是电缆……结果越解释越复杂，章梓橦被激发了探索世界的欲望，一个问题能衍生出无数个问题，章入凡不厌其烦地一个个为她搜索解答，最后把章梓橦给说迷糊了。

车厢里频频有人被她们吸引，更多的人看章入凡的眼神带点古怪。就这样一问一答到了目的地，章入凡牵着章梓橦走出地铁站，这才结束科普。

到了公寓没多久，维修师傅就来了，章入凡带着章梓橦和他一起下了楼，到了沈明津的公寓门前，才按了铃，门就开了。

"来啦。"沈明津看到章入凡毫不意外，他和维修师傅打了声招呼，低头看到章梓橦，笑了下说，"今天轮到你带孩子？"

"不是，家里大人有事。"

沈明津点头，让开身请他们进屋。

维修师傅提着仪器自行去了浴室，沈明津示意章入凡坐下，询问道："喝咖啡吗？我刚磨的豆子。"

"好，谢谢。"

沈明津走到角落的小吧台，抽出一张滤纸放进滤杯里，又把研磨好的咖啡豆从磨豆机中倒出，过后拿出测温计试了试手冲壶中热水的水温。

章梓橦对沈明津的行为很好奇，走到小吧台边踮起脚伸长脖子想看，沈明津见她好奇，就把她抱上吧台前的椅子坐好。

章入凡怕章梓橦捣乱，遂走了过去，扶着她的椅子，也看向沈明津。虽然章入凡近来天天去"津渡"，但这还是她第一回近距离看他泡咖啡。

沈明津余光看了眼章入凡，状若随意地问："我给你的书看了吗？"

"昨晚看了。"

"没有什么不懂的？"

章入凡点头："你借给我的书都是比较好读的，暂时没有不明白的。"

"……"

沈明津暗道一句失策，嘀咕了句："没有问题也能问啊。"

可惜他这句低语被章梓橦激动的声音掩盖住了。

"冒泡泡啦。"

沈明津泡咖啡的动作很娴熟，手持鹅颈手冲壶，先往咖啡粉床上均匀地倒了点水，章梓橦盯着滤杯里的咖啡粉，忽而兴奋起来。

沈明津笑："神不神奇？"

章梓橦点点头，好奇心又冒头了，她问："为什么会冒泡泡？"

"因为有二氧化碳。"

"什么是二氧化碳？"

沈明津想了下，做了个夸张的深呼吸，让章梓橦跟着学："你深吸一口气再呼出来……呼出来的气就是二氧化碳。"

章梓橦跟着做了一遍，明白后点点头，又眨巴眨巴眼睛指着滤杯问："它为什么会有二氧化碳？"

　　闷蒸原理太过复杂，沈明津忖了片刻，用了个简单又有童趣的说法来回答："它在呼吸。"

　　"我懂啦！"

　　沈明津笑着夸了章梓橦一句："真聪明。"

　　章入凡忍不住低头看了眼章梓橦，她给章梓橦解释了一路的地铁运行原理，章梓橦也没这么崇拜地看着她，也没说听懂了。

　　她反思自己，似乎太习惯于当一个大人了。

　　章入凡抬头，看见沈明津拿起手冲壶，匀速不间断地往滤杯中注水，他的神色专注，目光笃实，她微微失神。

　　收放自如，这是她对他的评价。

　　沈明津待人时的状态很松弛，无论是小孩儿还是顾客，与他相处都会感到放松，但做事时他又格外投入，这种反差感让他整个人都散发着魅力。

　　章入凡一直不太能领会得到"吸引力"这种抽象的气质，但现在这个名词具象化了，她蓦地就领悟了。

　　是沈明津。

Chapter 9
怎么热烈怎么来

沈明津从咖啡壶中倒了一杯咖啡出来，往里加了块方糖才递给章入凡。他微微勾腰看向章梓橦，亲和道："小孩子不能喝咖啡，你是想喝果汁还是牛奶？"

"为什么不能喝？"章梓橦忽略掉了沈明津的问题，反问道。

"喝了睡不着，会做噩梦，而且咖啡有点苦，你现在不会喜欢的。"

章梓橦还是不死心，眼巴巴地盯着章入凡的杯子，一副垂涎的模样。

章梓橦既然不听劝，章入凡就用事实让小丫头知"苦"而退，她用勺子舀了一点咖啡送到章梓橦嘴边，让其尝了尝味道。

"好苦。"章梓橦的脸瞬间皱起来，吐了吐舌头说，"像药。"

沈明津爽朗地笑了两声，问："所以……你是要果汁还是牛奶？"

"果汁。"章梓橦这回应得很干脆，她抬起脑袋看见章入凡抿了口咖啡，眉头皱也不皱，忍不住问，"姐姐不苦吗？"

"还好。"

沈明津端过一杯果汁放在章梓橦面前，还贴心地放了一根吸管，之后双手撑在吧台上，看着章入凡问："你是真喝得惯咖啡？"

"嗯？"

"你说以前不喝咖啡，是因为我才喝的。"

章入凡点头。

再次确认她的心意，沈明津的嘴角忍不住翘起，很快又强行压了下去，清了下嗓子说："你要是喝不惯别逼着自己喝，想找我随时都可以去咖啡馆，不买咖啡也没关系，不要因为我去做你不喜欢的事。"

章入凡怔忪，过了会儿才讷讷道："……小牧说很多喜欢你的人都会去你店里买咖啡。"

沈明津挑了下眉，倒没想到小牧还和她提过这个，也不知道他是在助攻还是存心添乱。

"你和别人不一样。"他想也不想就说。

章入凡心口一悸。

沈明津见章入凡盯着自己，这才反应过来，自己说的话过于暧昧，不是一个被追求者该说的。他别过头，掩饰性地轻咳一声，矜持道："我的意思是，我没给她们机会，所以她们只能来买咖啡，但是你不一样，我给你机会了。"

章入凡听他这么解释并不失落，无论这个"不一样"的程度如何，总归他对她和对别人是有区别的。在高中发生那样的误会之后，他还愿意无偏见地优待她，她已经知足了。

"谢谢。"章入凡由衷道。

沈明津对她的谢意接受得心虚，但还是摆出一副大方坦荡的样子，苦口婆心地谏道："所以你要好好把握机会。"

"我会的，但是……"

沈明津的心一下子提到嗓子眼，这才听捧着咖啡杯的章入凡说："咖啡我还是会去买的，我没有强迫自己喝，喝咖啡的确能提神，这段时间我已经喝习惯了。"

沈明津立刻把心放进肚子里，暗自松了口气，爽快应道："你想喝就来店里，我给你打折。"

说完他怕章入凡回绝，补充了句："友情价，老同学都有。"

章入凡闻言没再客套推拒，再次道了声谢。

维修师傅这时候从浴室里出来，沈明津招呼他喝咖啡，同时问了下渗水情况。

"不漏了，没问题了。"维修师傅说完喝了口咖啡，眉头一皱，道了句，"嗬，这洋豆汁儿是有点苦。"

沈明津给他加了块方糖，又问："楼上的浴室能用了？"

"能，可以把蓄的水放掉了。"

沈明津转头看向章入凡，说："你可以回来住了。"

章入凡颔首，朝师傅道了声谢，又说："我现在上去把水放了。"

她抬手本打算抱下章梓橦，沈明津这时出声说："让她待在这儿吧，果汁还没喝完，你一会儿再下来领她。"

章入凡低头看了眼章梓橦，她对沈明津架子上的瓶瓶罐罐很感兴趣，这时候正兴致勃勃地盯着看，全然没有想走的意思。

章入凡忖了下，便说："麻烦你照看她一下。"

章入凡前脚刚走，维修师傅后脚就问沈明津："小伙子，你是不是对人家姑娘有意思啊？"

沈明津哈哈一笑，说："师傅您眼拙了，是她对我有意思。"

"不能吧。"

"确实是这样。"

"我怎么看都觉得是你更喜欢人家。"

沈明津没反驳维修师傅这句话，只是说："现在是她在追我。"

"年轻人，是我看不懂了。"维修师傅纳罕，摇了摇头，把杯中的咖啡喝尽，提上仪器说，"我别地儿还有活儿，走了，祝你……早点被追上。"

"借您吉言。"

沈明津送维修师傅出门，回过头时看到章梓橦一双乌溜溜的大眼睛正盯着他瞧。他上回就发现了，章梓橦和章入凡长得并不相像，尤其是眼睛，妹妹的眼睛圆，看上去娇憨可爱，姐姐的眼睛狭长些，不笑的时候给人一种清冷冷的感觉，但只要有一点笑意，双目如月。

"大哥哥，上次那个魔法，你能再变一下吗？"章梓橦突然说。

童言无忌，沈明津被逗笑了。他今天身上没带零食，没法儿表演，便一本正经地说："我的魔法暂时被封印了，现在不能变了。"

"为什么会被封印？"

"呃……"沈明津脑筋一转，很快回道，"因为哥哥昨天晚上去拯救世界的时候受伤了。"

他说着还做出一副虚弱无比的样子。

章梓橦立刻目露关切："大哥哥你没事吧？"

"没事。"沈明津强忍笑意，"等哥哥的封印解除后再给你变一个。"

章梓橦重重地点了点头，又体贴道："你拯救世界要小心。"

说话间，门铃响了。沈明津知道是章入凡，直接给开了门。

"师傅走了？"章入凡进屋扫了眼问。

"嗯。"沈明津关上门，转身问，"浴室没问题了吧？"

章入凡点了下头，朝沈明津歉然道："不好意思，这段时间一直麻烦你。"

"没多大事儿。"

那头章梓橦从椅子上滑下来，踮着脚去看架子上的咖啡豆，章入凡喊了她一声，说："上课要迟到了，我们走吧。"

"要出门？"沈明津问。

"嗯，要送她去舞蹈班。"

"在哪儿？"

"槐安区。"

槐安区学校多，沈明津想了下说："我送你们过去。"

"不用了。"章入凡习惯性地拒绝。

"我早上也没事。"沈明津习惯性地拒绝她的拒绝，又故意拿腔拿调地说，"你刚才还说会把握机会，现在送上门的机会你不要？"

"咖啡馆……"

"晚点去没关系。"

章入凡抿了下唇，在沈明津的目光下，还是忍不住妥协："麻烦你了。"

槐安区和京华区相邻，算是上京的老城区，那一片学校众多，几所知名大学的本部都设在那儿。近几年为了让孩子进名校，槐安区的房价被炒上了天，章入凡就曾听李惠淑说过，后悔当初卖了房子搬去滨湖区。

章入凡是在槐安区长大的，小学、初中、高中都在这块区域读书，这次回上京她还没去过槐安区，今天回来，看到熟悉的街景，心底不由得生出一股亲切感。

沈明津开车，余光看了眼副驾驶座上的人，出声问："你是什么时候搬家的？"

"高考毕业的那个暑假。"章入凡回过头。

沈明津点了下头，说："难怪这几年从来没碰到过你。"

"嗯？"

"家在槐安区的同学我基本上寒暑假都会碰上，就是从来没碰见过你，我还以为你放假都没回上京，原来是搬家了。"

章入凡以为沈明津只是单纯地感慨一句，没去想这句话的衍生意思。

沈明津在槐安区也住了有些年头了，对各处街道还算熟悉，章入凡给了他一个地址，他不需要导航就将车开到了目的地。

把章梓橦送去舞蹈学校后，章入凡看了眼时间，敲了敲驾驶座的车窗，待车窗降下后俯身说："舞蹈课要上两个小时，我留下来等，你去咖啡馆吧，今天谢谢你了。"

"你去哪儿等？"

"我……"章入凡没有头绪，只能说，"随便逛逛。"

沈明津若有所思，紧接着问她："你还记得我们中学在哪儿吗？"

章入凡怔了下，随即应道："当然。"

"说说看。"

"……就在隔壁街区。"

沈明津满意地点头，又意味深长地说："红桃 A，你不觉得约我去学校逛逛，能提高你追到我的概率吗？"

章入凡不太确定道："会……吗？"

"试试不就知道了。"沈明津的语气说得上是循循善诱。

"咖啡馆……"

"再晚点过去也没关系。"

离章梓橦下课还有段时间，章入凡还没想好要去哪里消磨等待的时间，沈明津的提议让她心动了。她想，或许到了回忆里的地点，有些问题、有些话就没那么难说出口了。

打定主意，她发出邀约："沈明津，你要和我一起回趟学校吗？"

明明是他撺掇的，但章入凡真听话地约了他，沈明津还是忍不住高兴，他下巴颏儿一抬，示意她："上车。"

章入凡和沈明津就读的中学就在隔壁街区，开车不消十分钟就到了，沈明津在校外找了个停车位把车停好，他们一起下了车，直接往学校走。

周末学生放假，沈明津和章入凡在校门口保安处做了登记后就被放行了。进入校园，如章入凡这般不念旧的人也心生慨叹，蓦地有种时光飞逝的唏嘘。

秋季草木枯黄，校道上铺满了金黄色的落叶，人踩在上面窸窣有声。章入凡莫名想到了安妮，安妮如果来过这儿，一定会给这条路取上一个富有想象力的名字，就像绿山墙的"喜悦的洁白之路"一样。可惜她不是安妮，她只会枯燥地描述这是一条铺满落叶的校道。

校园里没有学生，空旷得沉寂，平日里越是喧闹的场所，一旦安静下来，就会显得格外萧条。

"你毕业之后就没来过了吧？"沈明津侧过头问。

"嗯。"章入凡抬头，"你呢？"

"我经常回来。"沈明津抬起手遥遥一指，说，"我没事的时候会和朋友一起来打球。"

章入凡顺着他手指的方向看，印象中那里就是学校的篮球场。

"这几年学校有点变化，走，我们逛逛。"沈明津说。

槐安中学算是上京的名校，出高考状元的概率极大，一本率也高，因此竞争很大。章入凡当年为了考上这所学校，也是下了一番功夫。

她初中成绩其实不错，但进入高中后也只能勉强稳定在中上游，幸而章胜义虽严苛，但是在学习上从没给过她很大的压力，他更在意的是她有没有尽力。

章入凡跟随着沈明津的脚步，漫无目的地在校园里闲逛。学校有变化，但不大，和她印象中相去不远，即使是读了三年书的地方，她也并没有什么留恋之情，也不怀念。于她而言，每个地方都是途经之处，就是所谓的"家"也并非栖息之所，迟早要离开，就不必注入太多感情。

沈明津显然不一样，他感叹了句："真快啊，一下子五年过去了，也不知道班上的同学现在都在干什么。"

这个问题章入凡回答不了，她和班上同学基本没联系了。

"高考完谢师宴的时候大家还说要每年聚一次，也没聚起来。"沈明津蓦地想到什么，低头看向章入凡，"谢师宴你没来。"

"嗯。"

"为什么？"

章入凡犯难了，她不觉得这是个需要解释的问题，但在沈明津眼里，缺席谢师宴的确需要一个理由。

"我……不想去。"

沈明津似是料到了答案，只是叹一声："果然。"

"你以前就是拒人于千里之外，怎么都交不了心。"

章入凡有时候觉得自己过于冷漠，甚至冷血，所以才会抗拒和人产生羁绊。

毕业时对同窗她没有不舍，只是觉得一个阶段结束了，总是要和一些人生过客分开，这不是什么需要伤感的事。但此时听沈明津这么评价她，她心里居然并不好受。

沉默间，章入凡和沈明津绕到了教学楼背后，看到早已枯黄衰败的草坪，他们想到了同一件事。

"谢师宴你没去也好。我那天喝了酒，你要是去了，指不定我耍酒疯，又要找你，到时候再被拒绝，我的少男心真的会碎一地。"沈明津言语自嘲，似乎想通过玩笑来消解悲伤，假作释然。

章入凡心口一揪，莫名透不过气来。她咬了咬唇，下定决心般抬起头，缓声问："沈明津……那个时候，你为什么会关注我？"

秋日寂静，鸟雀南飞，校园里杳然无声。

章入凡问出压在心底的问题后，不可遏止地感到紧张，怕听到答案，又怕听不到答案。

"你反射弧是真的有点长，五年了，现在才想起问我这个问题。"相比章入凡如临大敌的模样，沈明津显得很从容淡定，也没有对这个话题讳莫如深。从一开始，他就对少年时期的情感坦坦荡荡，从不矫饰遮掩，更没否认过。

"我不是在上京长大的，初三时我爸妈离婚，我跟着我妈回来。"沈明津回头问，"你知道我转去了哪个学校吗？"

章入凡若有所悟："不会是……"

"对，附中，和你一个学校。"沈明津见章入凡表情惊诧，笑了下说，"我就猜你不知道。"

"我们不仅高中同校，初中还当过一学期校友。"沈明津想了下，继续说道，"还是隔壁班。"

章入凡竭力回想了下，在初中时代的记忆里她索引不到任何关于沈明津的信息，她眉间微蹙，说："我没有印象了。"

"不怪你，初中的时候我们一句话都没说过。"

"那你为什么会……"

"你在老师办公室发了回脾气，还记得吗？"

章入凡很少冲动行事，所以人生中为数戋戋的几次莽撞她都记得很清楚，沈明津这么一提，她立刻就想起来了。

"你就是那个转学生？"

沈明津点头。

章入凡怔然。

她之前看过一个辩论赛，辩论的题目是：家庭突逢变故，孩子又即将高考，父母是该选择隐瞒消息还是坦诚相告？

章胜义的立场一直都是后者，无论是再婚还是再生，他都主张直接告诉她。在他看来，她是家庭的一员，对家里的事有知情权，接受并适应家庭的变化是独立自主的一部分，任何迁就她情绪的妥协和隐瞒都不利于她人格的养成。

中考一模后的那一晚，他通知她，他要再婚了。

章入凡知道父母即使为人父母了，他们还是有自己的人生，不必受孩子裹挟，有权做出任何决定。母亲离世后，章胜义直接退伍转业，独自抚养了她十年，他再婚是一件她一直觉得会发生却迟迟没发生的事。

对这件事，章入凡没有发表任何意见，她以为自己能够接受，但当晚她失眠了。

第二天上学，她因为迟到被老师唤去办公室罚站，因而也听到了隔壁班的班主任正对一位科任老师吐槽他班上的一名转学生。他评价那位学生的话不是犀利严苛，而是突破了教师的底线。

隔壁班班主任说那位学生不务正业，整天就知道混日子，偏偏转到了他班上，一模成绩垫底，拉低了班级平均成绩，让班级总排名跌了，影响他的评比。他把班级成绩下跌的原因全归咎于那位转学生，最后还嘲讽那位转学生以后肯定没什么前途，考不上高中，以后只有干苦力的命。

章入凡本来那天心里就不舒畅，听他肆无忌惮地贬损学生，更是恼火。情绪一上来，她也顾不上尊敬师长，直接就走到了隔壁班班主任面前，对他之前说的话一一进行了批驳。

虽然这个行为很冲动，但她的言语很冷静，逻辑很清晰。

她对那名班主任说，班级总体成绩下降不能只怪一名学生，班主任的责任更大，更应该反省；作为老师，不应该对学生进行区别对待，差生也需要尊重；谁也没资格对一个人的未来自以为是地下定论，她质问他：你怎么知道他以后不会成功？

"我被喊去办公室谈话，当时就站在门外，觉得你真是太酷了，跟武侠小说里匡扶正义的侠女一样。"沈明津表情怀想，像是回到了当时的情景，双眼还闪烁着崇拜之情。

章入凡恍然，原来信上的"女侠"是这么来的。

"因为这件事你还被叫家长了。挨骂了吗？"

章入凡摇头。

章胜义那天来了学校，了解了事情的来龙去脉后只是批评她上学迟到，并没有对她顶撞老师的事加以指责。

沈明津摸了下后脑勺，说："因为我爸妈离婚的事，刚转学那阵子我的确挺浑的，但是你在办公室维护我说的话打动了我，班主任说我没前途，我偏偏要向他证明你说的话是对的。

"所以我加入了校队，中考前那段时间拼了命地练习，参加比赛，最后以体特生的身份和你上了一个高中。"

章入凡没想到沈明津会练体育还有她的原因，一时愕然又动容。

"那天之后我一直都很关注你。你要问我为什么，具体原因我也说不上来，你给我的感觉就是和别人不一样。"沈明津极尽真诚地把原委道出。

章入凡完全愣住。

她怎么也没想到初中时的一次冲动维护的人竟然是沈明津，也没想到他那么早就注意到她了。

"高一我们没同班，所以我有事没事就往你班上跑，高二分班后我还以为能和你走近点，可你不爱搭理人，我怕频繁找你惹你讨厌，所以回回借着运动会缠着你报名。"沈明津说到这儿莫名笑了，像是想到了什么好玩的事，他抬手指了指自己的脸，说，"每回找你报名，你都像看冤家一样看着我。"

沈明津说起少年时期的事丝毫没有感到不好意思，他觉得那时候的感情即使幼稚不成熟也是真实纯粹的，他把这份感情看得珍贵，所以认为没什么好隐藏的。

"本来这些话一开始是想写在信上的，但是我文采不好，怕写不明白。后来是想等你看到信，知道我的心意后再当面和你说的，结果……"沈明津耸了下肩，意思不言而喻——章入凡没给他表明心迹的机会就拒绝了他。

因为家庭变故，章入凡发了一通脾气，让沈明津注意到了她；也因为家庭变故，章入凡发了一通脾气，错失了沈明津的信，误会并拒绝了他。

她当时为拒绝而说的话，正是初中时她为维护他而反驳的观点，章入凡可以想见当时沈明津对她该有多失望。一想到这儿，她就懊悔不已。

章入凡说不明白沈明津到底是命运的馈赠还是玩笑，但无论如何，这次她并不想任它摆布。

她这回没有犹豫，很果断地就开口说："虽然你不介意动员大会那天我说的话，但是我很介意，所以请你给我一个机会，让我解释下。"

沈明津被章入凡一本正经的严肃模样感染到，不由得站直身子，也肃然起来："你说。"

章入凡抿了抿唇，把准备了许久的解释说出口："动员大会那天，我偶然间听到我爸爸和惠姨……"

山间珊瑚

提到这儿，章入凡不得不顺道介绍下自己的家庭："我妈妈在我很小的时候就去世了，惠姨是我爸爸再婚的妻子。

"我知道了惠姨怀孕的事，所以那天心情不是很好。动员大会结束，程怡找到我，和我说班上的男生在玩真心话大冒险，我以为你找我……是在玩游戏，才会故意说那样的话拒绝你。我一直把这件事当作是恶作剧，也没想过你会是认真的。"

闻言，沈明津沉默了片刻，继而摇了摇头，释然一笑，说："难怪那天之后你对我冷冷淡淡的。"

章入凡局促道："有吗？"

"正眼都不肯给我一个，我还以为被你讨厌了。"沈明津扶了下额头，有些置气地道了句，"动员大会那天我就和他们几个说了，别在班上玩游戏，被老师抓到又是一顿批。"

他停了下，感慨似的说："要是没有这个误会……"

沈明津瞄了眼章入凡，还没说完，就见她摇了摇头。他心下一沉，正觉失落，又听她说："我不知道。"

章入凡蹙着眉头，表情显得有些纠结。她想象不到如果那个时候没有误会，她又会怎么应对沈明津。大概率还是会拒绝，因为当时的她并没有察觉到，他对她来说是特别的。

如果没有误会，他们之间的轨迹可能会改变，也可能仍是毫无交集，唯一确定的是此时此刻他们不会站在学校里交心。

想到这儿，章入凡居然觉得庆幸。

沈明津不是个爱做假设，并沉浸在假设结果中唉声叹气后悔遗憾的人，一个结果往往是由多种因素导致的，有些事既已发生就没办法扭转。他只是很短暂地在脑海中重现了下动员大会那天的场景，很快就把各种猜想抛在了脑后。

"我就知道你不是存心的。"沈明津语气松快。虽然他之前说过并不介意她拒绝时说的话，但是当年他的确受到了不小的打击。

"这件事你憋在心里，一定不太好受吧？"

章入凡点了下头。

"那你怎么不早点和我说？"

"因为你说以前的事都过去了，我以为你不想听。"

"……"

沈明津被自己搬起的石头砸中了脚，他低咳一声，说："好了，现在误会解除，你不需要再觉得有负担了。"

章入凡嚅了嚅唇，欲言又止。

沈明津端详她的表情，爽朗道："想说什么你就说吧。"

章入凡抬起眼看他，眼神飘闪，她不太习惯和人说心里话，但是有些话不说，她今天的陈情就失去了意义。

"之前你说我拒绝你时说的话让你死了心……"章入凡话刚出口，心跳就如擂鼓，她觉得自己活到现在，没有哪一刻比此时更紧张。

沈明津立即就明白了章入凡想说什么，心头一跳，错愕过后，喜悦的后劲就上来了。

他的嘴角忍不住要向上扬起，怕情绪暴露得过于明显，他抬起手虚虚一握抵在唇边，轻咳了下，敛起笑，问她："你怕我真的对你死心了？"

章入凡抿着唇，郑重点头。

沈明津想问为什么，话到嘴边又消弭无声，他沉默了下，转而问："我要是真的死了心，你怎么办？"

章入凡眉头一紧，似是思考。

沈明津心里有欣喜也有不安，他似乎有点怯畏得到她的答案，因此进一步问道："红桃 A，你是真的想追我的吧？"

如果说之前章入凡还有些混乱迷茫，那么现在，她已经稍稍拨开了心底的迷雾，于朦胧中窥到了自己的心。

"嗯。"章入凡顺从心意，点了下头。

沈明津心口一松，眼里笑意盎然，很是愉悦地说："那么你就别管我死没死心，就算我死了心，你也得要有把它盘活的决心和毅力，就和你跑长跑一样，不达目的绝对不能放弃。"

他直视着章入凡的双眼，给予力量似的鼓动她："不要怕会影响我，怎么热烈怎么来，我承受得住。"

Chapter 10
不过是再次跌入河中

　　离开学校，沈明津把章入凡和章梓橦送回了滨湖区，之后才前往咖啡馆。沈明津最近常常不来店，小牧抱怨说店里生意都冷清了许多，但他听了非但不愁，反而乐呵呵，明眼人都看得出他心情好上了天。

　　晚上，周慈女士喊沈明津回家吃饭，沈明津一路哼着曲儿驱车回槐安区，下了车才发现不仅周女士给他发了消息，章入凡也给他发了消息。

　　今天在学校，他和她说，如果不知道怎么热烈地追求他，那至少要保证每天都给他发消息，无论大事小事都分享给他，尽量让他参与到她的生活中去。其实沈明津当时想说的是，尽量挤占他生活的所有缝隙，但想想这话好像过于露骨，作为一名被追求者，他需要克制。

　　章入凡给他发了张照片，是一颗手工星星，外形不太精巧，甚至稚拙。她发来消息说：【章梓橦折的，她想送给你。】

　　沈明津嘴角的幅度不由得增大，点点屏幕，问道：【还在家里？】

　　章入凡：【嗯。】

　　章入凡过了会儿又发来消息，问：【你在咖啡馆？】

　　沈明津发现章入凡好像会主动抛出话题了，虽然只是简单地把他问她的话转过来再问他一遍，但这不能说不是一个进步。

　　沈明津噙着笑回复道：【没有，我也回家了。】

章入凡：【你周末也回家住？】

沈明津：【不是，吃饭。】

沈明津进了电梯，手指熟练地点着手机屏幕，抬头飞快地扫了眼电梯按键，迅速按下楼层，然后点击发送消息：【不过我一般也是周末回来一趟，看看我妈。】

章入凡：【这样啊。】

沈明津等了下，章入凡没再发消息过来，想来她是习惯一来一回的聊天方式，如果他不回复，她是不会主动再发消息过来的。以他对她的了解，这大概不是自尊心的缘故，更有可能是她不知道接下来要说什么，此时正对着手机苦恼。

沈明津笑了下，觉得自己都能想象得到她此刻犯难的表情。他不再冷落她，低头走出电梯，又给她发了条消息，问：【你晚上会回京桦花园吧？】

章入凡：【嗯，那边离公司近。】

章入凡第二条消息紧接着就来了，不出沈明津所料，她又将他的问题"反弹"了回来：【你呢，会回去吗？】

沈明津：【回。】

沈明津想了下，又手指翻飞地编辑了一条消息发送出去：【我明天早上要去咖啡馆。】

章入凡：【那我们明早见。】

沈明津走到家门口，正要抬手验指纹，看到章入凡这条消息不由得顿住脚，转过身背倚在门框边低头打字。

沈明津想了想，还是把话打全了，不让她费心去揣度他的意思：【我们顺路。你其实可以问问我方不方便搭顺风车。】

沈明津在线等回复，他看到聊天界面上"对方正在输入"几个字出现又消失，似乎能感受到她此刻的纠结犹豫。

就在他以为章入凡仍会和此前几回一样怕麻烦他而婉言拒绝时，她的消

131

息跳出来了：【你明天早上几点出发去咖啡馆？】

沈明津不自觉地勾起唇角，很快回道：【八点。】

个体户哪有什么固定的上班时间，沈明津去咖啡馆的时间很随意，时早时晚，反正店里有几个员工轮班，不用担心没人做咖啡。

八点这个时间是沈明津估算出来的，章入凡这阵子基本上都在早上八点半左右到咖啡馆买咖啡，而京桦花园搭乘地铁到她公司所需时间至多不超过二十分钟，他猜她大概就是八点左右出门的。

果然，下一秒他就看到了章入凡发来的消息：【我也是八点出门。】

等了会儿，她询问道：【我方便搭你的车吗？】

沈明津笑意盎然，应承道：【当然。明天早上八点我在楼下等你。】

章入凡回复：【好，我们明早见。】

沈明津：【明早见。】

聊到这儿算是告一段落了，沈明津把手机揣进兜里，这才转身开门，进了屋。

周慈听见开门声，从厨房探出脑袋，问："刚才问你，不是说到楼下了，怎么才上来？"

"有事耽搁了会儿。"

这时厨房里又冒出一个脑袋，一个双鬓花白的老妇人问："啥事啊？"

"哝，我姥姥来啦。"

老太太轻哼了声，埋怨道："不来这儿能见着你啊？唉，儿孙真是越大越生分，你高中那会儿还喜欢来姥姥家吃饭呢，现在大了，反而不去了，怕不是嫌弃我和你姥爷两个老骨头喽。"

"瞧您这话说的。"沈明津笑着走近，抬手搭在老太太的肩上，哄道，"我今儿还想着下周怎么着也得找个时间去您那儿蹭顿吃的饱饱口福，没想到您和我心有灵犀，先来找我了，您怕不是老仙女，能掐会算的，我看这长相也像。"

"得，少贫。"老太太嘴上嫌弃，脸上却泛起了笑意。

沈明津知道老太太是顺心了，这才问道："您来了，我姥爷呢？"

"他啊，和人去羽毛球馆了。最近不迷乒乓球，迷上打羽毛球了。"

"嘿，他怎么不叫上我？我可以当他的球友。"沈明津毛遂自荐。

"之前他迷上打乒乓球，找你陪练，你回回赢他，他现在哪里会想再找你，不够气的。"

沈明津失笑："敢情是因为我才放弃乒乓球，改打羽毛球的啊，我姥爷的心理也太脆弱了。"

"可不是嘛，七八十岁的人了，还因为这事置气。今天晚上要他和我一起来看看你，他愣是不来。"

"真生我气啦？"

"我看是。"

"啧，那我还得找机会赔礼道歉去。"

周慈这时候插上一句："我说你也真是，陪姥爷打球也不知道让着点儿。"

"是他老人家说他老当益壮，让我千万别放水的，'竞技体育没有亲情'，这话还是姥爷教我的。"

"好了好了，别聊你姥爷了，洗洗手，准备吃饺子了。"

沈明津这会儿已经嗅到香味了，不由得问："今天什么日子啊，怎么包起饺子来了？"

"我见我大外孙的日子，行不行？"

"行！"

老太太端了几盘饺子放在餐桌上。沈明津洗完手落座，扫了眼包法不一的饺子，问："都什么馅儿啊？"

老太太把调好的酱汁儿搁桌上，分别指了指几个盘子，说："白菜猪肉、三鲜还有牛肉香菇。"

"这么丰盛。"沈明津嘴甜地奉承道，"还是我姥姥疼我。"

"你要是知道姥姥疼你，就答应我一件事。"

沈明津暗道不妙，下一秒果然听老太太说："上回和你提的，你王爷爷的孙女，人家姑娘对你有意思，你就和她认识认识，加个好友聊聊，指不定就合缘了。"

沈明津暗叹，他最怕长辈拉纤做媒，所以最近才没往姥姥姥爷家去，没想到躲得了初一躲不过十五。

"我对她没意思。"

"你才见过人家一面，话都还没说上几句，怎么就没意思了？"老太太不放弃，仍劝说道，"我看那姑娘挺好的，长得漂亮，工作也好，最主要的是喜欢你，你就给人家一个机会。"

沈明津撰起一个饺子蘸了酱汁儿放进嘴里，嚼了几下囫囵咽下，说："我已经把机会给别人了。"

"谁啊？"

"她还没追上，以后再介绍给您认识。"

老太太不以为意："你什么时候没人追，多一个姑娘追不好吗？"

沈明津摇头："我又不是选妃，一个就够了。"

怕老太太再多说，他狼吞虎咽，一口一个饺子，不消多时一小盘饺子就消灭干净了。

"我吃饱了。"沈明津把最后一个饺子咽下，起身说，"咖啡馆晚上人手不够，我去店里忙了。"

他说完迅速闪身走人，老太太都没来得及把人拦下，看着合上的门嘟囔了句："大晚上的谁喝咖啡啊。"

知子莫若母，周慈笑着说："您就别给他介绍姑娘了，他桃花多得是。"

"多得是也没见他摘啊。"老太太叹口气说，"我也没让他结婚，就是现在正当年龄，处个对象多好啊。

"你和明津他爸离婚后，他爸出国，你忙事业，对孩子的关心都不够，也多亏明津打小乐观，也没堕落，还凭自己的本事上了个好高中，考了个不错的大学。

"他大学发生意外后不能练体育了，虽然嘴上说着没关系，但我看他心里也是难受的，只是对家里人就是不提。"老太太皱了皱眉，表情很是不忍，"我就想有个年龄相当的人在他身边，他也有个能倾诉的对象，不至于什么糟心事都憋在心里，久了要生病的。"

老太太很是担忧道："你说他不谈恋爱不会是因为你和他爸离婚了，所以对婚姻有阴影了吧？"

周慈方才表情还有些低沉，听到这话立刻笑了，说："放心吧，他不摘桃花，但是会亲自栽桃树，您就等着他把人带回家吧。"

章入凡晚上吃完饭，陪章胜义看完《新闻联播》后就离开了滨湖区，回到了京桦花园。临走之前，李惠淑给她打包了很多菜，到了公寓她拿出保鲜盒把菜分装好后放进冰箱里。

浴室防水层修补好，总算是能使用了，章入凡拿上换洗衣物去洗澡，脱衣服时从上衣口袋里摸出了章梓橦折的小星星，便不由自主地想到了沈明津。

今天重返校园，她把动员大会那天的误会解释清楚了，现在横亘在他们之间的不是误会，是五年的感情时差。

章入凡确认了，沈明津以前是真的关注过那个渺小不起眼的她，但五年过去，年少的情愫还残存遗留多少她并不确定，但他给了她机会，她就不能不抱有一丝的侥幸和希望。就算他对那时候的情感只余下几分缅怀之情，她也不介意。

五年的感情时差要倒过来并不容易，尤其对情感经历是一张白纸的章入凡来说，更是一个难以跨越的难关。

洗完澡，她拿着那颗小星星来到客厅，想了下抱来笔记本电脑放膝上，打开浏览器一搜，竟然真的有"恋爱课"这种课程。

她点开一个视频观看，听了半天还是懵里懵懂的，"欲擒故纵""不露声色"这些撩汉技能对她来说实在太高阶了，她一个才入门的小白委实学不明白。

关掉视频，她又去其他平台上逛了逛。不看不知道，一看才明白男女之间的套路原来这么多，简直层出不穷防不胜防。

章入凡用了两个小时的时间在各种平台上讨教，记了满满好几页的笔记。网上每个人都有自己的追求方法，她记到最后只感慨恋爱真是一门学问，甚至比读书升学还难。

盯着电脑眼睛疼，章入凡把笔记本放到一旁，又拿起章梓橦折的那颗星星端看。不过才见了两回面，章梓橦已经被沈明津迷住了，毋庸置疑，他是个很有人格魅力的人。

她拿起手机看了眼时间，已经十点了，这时候再给他发消息似乎太晚了，但是不和他说点什么，她心里总觉有缺憾，像是没为今天画上一个圆满的句号。

迟疑不定间，章入凡忽想起刚才记的笔记，她点开和沈明津的聊天页面，稍作踟蹰，便打了两个字发送过去。

章入凡：【晚安。】

沈明津因为章入凡的一个"晚安"失眠了，这个星期他过得飘飘然的，直至昨晚才有了实感，章入凡是真的在追他。

一晚上，他想了很多，从初中章入凡还不认识他的时候开始回想。

初三那回她在办公室因为他顶撞老师后，他就注意到了她。本以为敢和老师硬碰硬的人一定是个呛口的小辣椒，可他观察了她一阵子，发现她平时低调内敛，不爱和人打交道，集体活动也很少参与，不是"小辣椒"，反而是个"闷葫芦"。

她成绩不错，但并不是一个书呆子，她很自律，除却极端天气，他早上都能在操场上看到她跑步的身影。她虽然不爱交友，但是为人很正派，他亲眼看见过她为了保护程怡，和十中的几个男生对峙。

在学校里她看似不好接近，其实只是不擅长处理人际关系而已，她并没有表现出来的那般高冷，他曾见过她在公交车上让座，被夸得难为情的无措模样。

一开始他对她只是好奇，在观察了解她之后，他被她吸引了。

章入凡有一个自己的世界，在那个世界中她活得自洽，他曾经想进入她的世界，但是被拒之门外。当初在被拒绝后他整理过那份感情，学校拍毕业照的时候，他故意站在了她的身后，就是想留个纪念，画个句号。

高中毕业后，他们一南一北毫无交集，甚至连对方的社交账号都没有。本以为分隔两地，时间就会如水一般把情感稀释了，可每当有同学偶尔提起她的名字，他还是会下意识地去听，又或者程怡的朋友圈里发了有关她的动态，他也会去在意，甚至寒暑假的时候他会在槐安区闲逛，搭她常搭的一班公交车。

大学毕业后，他听说她留在了清城，约莫是要定居在那儿，本以为他们这辈子都不会再有交集，可她又再次出现。高中毕业甚至国庆相逢后，他都做好了她会和他做陌路人的准备，却没想到短短半个月的时间，他们的关系会有出乎意料的展开。

在学校的一场交谈把他多年来的心结解开了，他感到轻松之余又患得患失，章入凡对他的好感萌生得莫名，他想问缘由，又怕她说不出个所以然，更怕她细思之后发觉其实她对他的好感只是一种错觉，所以他没有深究。

这种畏葸不前的行径不是沈明津一贯的作风，但是碰上章入凡，他仿佛又成了那个在学校里怕惹她反感而不敢频繁上前搭话的毛头小子。

既然忘不掉，索性别忘，沈明津想得很开，反正已经踏入过一次河流，湿过一回身了，而且，这回河流上有桥，他没理由不去试试，最坏的结果也不过是再次跌入河中。

沈明津没睡好，但是第二天起来精神头却很足。起床后他迅速洗漱完毕，换了衣服戴上腕表后看了眼时间，离八点还有十分钟。

他没有给章入凡发消息，怕她误以为自己在催她，收拾完毕后他提前出了门，本想先去电梯那儿等着，没想到章入凡已经在电梯口了。

"你怎么这么早就下楼了？"沈明津快步走过去问。

章入凡闻声抬头，回道："我搭便车，不能让你等我。"

"你可以和我说一声，我可以早点出来。"

章入凡摇了下头："我们约的时间是八点，你现在已经是提早出门了。"

沈明津按了电梯，看她："你知道是八点还这么早下来？"

"我习惯了。"

凡事留有提前量，这的确像章入凡的性格，沈明津没在这件事上多纠结，正巧电梯到了，他微微抬首示意："走吧。"

到了地下车库，上了车，章入凡从包里拿出一颗小星星递给沈明津，说："章梓橦送你的，她说……"

她迟疑了下才接着转述道："你拯救世界辛苦了。"

沈明津忍俊不禁，尤其这话由章入凡一板一眼地说出来，更有种反差的效果。

他接过那颗星星，举手示意了下，说："帮我跟小不点说一声谢谢。"

"还有……"章入凡抱着自己的包，神色犹豫。

沈明津垂眼，略一思索，问："你还有东西要给我？"

章入凡摸着包里方方正正的东西，磨蹭了会儿，最后才拿出一个保鲜盒。她不敢抬头直视沈明津的眼睛，把东西往他面前递了递，不太自在地说："我早上做的三明治。"

她说完这句话忽然意识到自己忽略了一个很重要的问题，遂缩了下手，赶忙追问："你吃早饭了吗？"

送到眼前的早餐，沈明津哪有让她收回去的道理，他手疾眼快地接过保鲜盒，同时说："没有。"

他低头盯着盒子里的三明治，眉开眼笑，浑身上下的喜悦之情都要溢出来了。

"特地给我做的？"

"我想这么早出门，你可能没吃早餐，就多做了一份。"

不是"做多了"，是"多做了"，沈明津的嘴角几乎要翘上了天，他眉峰一挑，不吝赞词："做得不错。

"红桃 A，你就照这样追，早晚能追到我。"

章入凡看到沈明津的笑，一扫刚才的不安忐忑，心里松了一口气，暗自庆幸昨晚的功课没白做。

因为一份三明治，一路上沈明津的嘴角就没放下来过，要不是碍于章入凡在副驾驶座上坐着，他铁定是要哼曲儿的。

上班高峰期，路上堵车，沈明津看着前面排成长龙的汽车，暗道失算。他看了眼时间，即使他们提前出了门，还是够呛。

前方车流不动，他一时焦躁，转头看了眼章入凡，心生歉意："太久没在早高峰出行了，没想到这么堵。"

章入凡疑惑，回过头问："你之前早上去咖啡馆不堵车吗？"

沈明津摇头，说："我去咖啡馆要么更早，要么更晚。"

"你不是八点出门的？"

"我……"果然撒一个谎就要用一系列的谎言来圆，沈明津差点闪了舌头，他脑筋快速转动，实在想不出什么好借口，只好故作镇定地说，"我偶尔也会八点出门。"

章入凡颔首，又说："看来我不能经常搭你的便车了。"

沈明津着急，刚想说什么，章入凡再次开了口，问："你更早去咖啡馆，是几点？"

"七点左右，那个时候路上没什么车，二十分钟内就能到咖啡馆。"

章入凡踟蹰片刻，问："你下次七点出门的时候能告诉我吗？"

沈明津立刻就明白了她的意思，他很想答应她的请求，但是良心上实在过不去。

他叹一口气，认命道："你九点才上班，七点出门太早了，不如多睡一会儿。"

"可是……"

"红桃 A，追人呢也是要变通的，一条路走不通那就换一条路，你早上搭不了我的顺风车，那就另外找机会接近我啊。"

章入凡想了下，觉得沈明津言之有理，遂点了点头。

明明搭不了顺风车的人是章入凡，沈明津却比她更失落，方才因为三明治而高涨的情绪瞬间打了折扣。他瞟了眼副驾驶台上放着的保鲜盒，暗自叹了口气，本以为以后每天都能吃到她亲手做的早餐，现在看来今天这份是绝无仅有的了。

该死的早高峰！

一路走走停停，沈明津总算赶在九点前将章入凡送到了公司。章入凡下车前道了声谢，要打开车门时又停下动作，回头问道："你中午在店里吗？"

沈明津在心里笑，面上却是一派闲适："不出意外的话是在的。"

"好的。"章入凡郑重地点头，"我去找你。"

沈明津看着章入凡下车，等她背着他离开后立刻咧开了嘴，忍不住拍了下方向盘，不小心把喇叭按响了，吓了前面的人一跳。

停好车，沈明津去了咖啡馆，小牧见着他很是意外，问："哥，你今天怎么这个点来了？"

"查岗，看看你偷没偷懒。"

沈明津说这话的时候脸上笑意不减，小牧一点不怵他，反而胆大地开他玩笑："你前阵子怠工，当甩手掌柜，现在总算是有点老板样儿了。"

沈明津心情好，不和他计较，手上拿着保鲜盒大摇大摆地绕到吧台后边。

"哥，你手上拿的什么啊？"小牧凑过去问。

"这个啊——"沈明津举起保鲜盒晃了下，装腔作势地说，"三明治，追求者送的。"

"凡姐？"

沈明津抬首挑眉，明明心里美滋滋的，却耷了下肩做出一副无奈的模样，说："唉，就是让她搭个顺风车，没多大事儿，还要特地做份早餐给我。"

他特地把"特地"这两个字加了重音。

"难怪，我就说你今天怎么这个点来店里，原来是给人当司机去了。"这些天小牧已经听多了沈明津这副傲娇的腔调，瞥了他一眼，泼他冷水，"这份早餐不会是你死气白赖地要人家给你做的吧？"

"啧，我能干这样的事儿？"

小牧毫不犹豫地点头。

沈明津抬手作势要揍人，小牧身形一闪，笑嘻嘻地说："哥，别怪我没提醒你，像凡姐这样的姑娘，肯定有人追。你要是不盯紧点，小心她被别的男人追走。"

沈明津的神情明显一怔，心里打了个突，蓦地反应过来自己忽略了一个非常重要的事实——章入凡变漂亮了。

他以前并不是因为相貌喜欢的她，重逢后也就没把她外貌上的变化放在心上，但是对其他人，尤其是男人而言，现在的章入凡无疑是个美女。

沈明津飘飘欲仙的心情一下子冷静了，尤其在见到杜升之后。

因为章入凡说中午要来店里，沈明津一早上不知看了多少回手表，那不耐烦的模样就像是在等待下课铃的学生，恨不能伸手把指针拨快点。

他左等右等，章入凡没等到，倒是意外地看到了杜升。

杜升点单时看到沈明津亦是讶异，直接问："我们班的体委怎么在这儿？"

"你看看店名。"

"'津渡'，'津'……这家咖啡馆是你开的啊？"

"嗯。"

杜升更诧异："你怎么运动员不当，改行当起咖啡师了？"

"人生出了点儿小状况。"沈明津语气轻松，却没有详细解释，他见杜升提着个公文包，反问道，"有工作？"

"上午在附近谈了个合作，结束后正好路过这家咖啡馆，就进来买杯咖啡提提神。"杜升上下打量着沈明津，表情仍有些不可置信，"没想到这家店居然是你开的，沈明津居然当起了咖啡师，以前的同学要是知道，肯定跌掉下巴。"

"有什么好惊讶的。"沈明津挑了下眉，"又没规定长得帅不能当咖啡师、开咖啡馆。"

"欠欠儿的。"杜升啐了一句，"我倒要尝尝看当年学校'田径王子'泡咖啡的手艺，看看是不是和你跑步一样厉害。我告诉你啊，我对咖啡也是有研究的，别想糊弄我。"

沈明津笑了下，一副接受挑战的表情，说："喝什么？"

"就来一杯你们店里的招牌手冲。"

沈明津点头，转身去架子上取了咖啡豆，称好后倒进手摇磨豆机里，耐心地研磨。

杜升把公文包放在吧台上，拿出手机，抬头看向沈明津，忽然问："章入凡在 OW 上班你知道吗？"

沈明津磨豆子的动作一顿，掀了掀眼皮，有些防备地点了下头。

"你见过她吗？"

"嗯。"

"她也知道这家店是你开的？"

"嗯。"

"来过？"

沈明津强调："天天来。"

"没想到她爱喝咖啡啊。"杜升没听出沈明津的言外之意，又问，"你觉不觉得她和以前很不一样了？"

沈明津知道他的意思，偏偏装傻："没有啊。"

"你眼睛没事吧？"杜升凑过去说，"明眼人都看得出来，她现在大变样儿了，比高中那会儿漂亮多了。"

沈明津警惕道："你没事提她做什么？"

杜升朝沈明津使了个眼色，说："我想追她。"

沈明津没控制住，把磨豆机摇得飞起。

杜升不提防被吓一跳，忙招呼他："我说你悠着点儿，豆子磨太细了咖啡就苦了。"

沈明津这才放慢手速，心里想的却是细了才好，正好让杜升吃点"苦"头。

杜升感受不到沈明津的怨念，接上之前的话题，问："快到饭点了，你说我给她发条消息，约她吃个饭怎么样？"

"不好。"沈明津想也不想就说。

杜升不解道："为什么？"

沈明津放下磨豆机，抬起头宣言似的说："她已经约了我了。"

Chapter 11
她真的，好想追到他

　　周一上午，企划部开了个早会，会上刘品媛宣布章入凡的策划案通过了，下个月就办"咖啡集市"。活动时间暂定在十一月中旬，还有小半个月的时间，虽然不紧迫，但要把活动的方方面面落实好也不轻松。

　　刘品媛任人不拘泥于经验的多寡，只看重能力，她让章入凡做这次活动的主要负责人，全权协调活动的各项工作。

　　策划案敲定，章入凡自然是高兴的，但她知道这还只是第一步，之后把方案落实好才是重中之重，尤其是她第一回当负责人，经验不足，要统筹整个活动，心里难免有隐忧，因而深感压力。

　　其实最让章入凡感到棘手的倒不是工作内容，而是人际交往。她才来公司不到一个月，与部门的同事还半生不熟的，话都说不上几句，现在她当了负责人，都不知道要怎么顺理成章地把工作分配下去。

　　且举办活动还要与其他部门联动，她一个新人，在公司还没混到脸熟，甚至别的部门很多同事都还不认识她，虽说工作归工作，但职场上还是讲情面的，偏偏她最不擅长人情世故，用前同事的话说就是"不会来事儿"。

　　章入凡深受其扰，一个上午都在琢磨这件事。她做了个详细的工作计划表，把活动内容分成了几个板块，却没想好怎么开口把工作任务分配下去。

　　项目刚启动就受阻，章入凡苦恼之余也没想要退缩，得益于章胜义从小

"部队式"的教导，她的目标感很强，只要下定决心做一件事，不管如何困难，她都不会轻言放弃。中考、高考如此，就业时亦是如此。

她把其他工作暂时放一边，打算自己先着手进行活动最重要的环节——联系上京的咖啡馆，邀请咖啡师来参加集市活动。

沈明津之前说过，上京比较出名的咖啡师他都认识，章入凡打算请他帮忙引荐一下。她还欠他一顿饭，本来是准备中午约他的，但是临休息前刘品媛把她喊去了办公室，对一些活动细节进行了确认，等她从办公室里出来，时间已经晚了。

袁霜帮章入凡打包了一份饭，因为早上和沈明津说了会去咖啡馆找他，言出必行，她吃完饭也没休息，立刻离开了公司，去了文化街。

到了"津渡"，章入凡下意识地用目光去搜寻沈明津的身影，他不在吧台里，她视线一转，这才在甜品柜后看到他。他正在摆放各式甜品，而站在他身边的姑娘章入凡之前见过，上回她也是来送甜品的。

章入凡最近看了些咖啡馆的资料，知道一般精品咖啡馆都会售卖甜点，有些店有自己的烘焙师，有些店的甜品则是外包的。"津渡"没有烘焙屋，加上两回碰上店里上架甜品，她猜沈明津应该是和某家烘焙坊有合作，而这位姑娘可能是烘焙坊的员工。

沈明津清点完所有的甜品，对边上的姑娘说："没有问题，你回头把账单发给我。"

"行啦，都合作一年多了，我还怕你赖账不成。"那姑娘和沈明津显然关系不错，说话的时候语气也不生分，"再说了，我妈巴不得你赖账，最好以人抵债，给她做女婿。"

沈明津哈哈一笑，应对得从容又不失气度："阿姨怎么还做亏本买卖呢。"

"稳赚不赔，你不知道我妈多中意你，你要是点头，以后咖啡馆的甜点我们家面包店免费承包了，双赢。"

"抬爱抬爱。"沈明津学古人行了个揖礼，不失风趣地把这话揭了过去。

他们的对话虽不暧昧，但仍不难听出那姑娘对沈明津有意思，章入凡下意识地多看了她一眼。

沈明津说着话，余光瞥到一抹熟悉的身影，转过头一看，果然是章入凡。她就站在甜品柜前，也没出声打扰，见他回头，冲他极浅地笑了下，像是打了个无声的招呼。

沈明津一上午都没离开咖啡馆，就连午饭都是订的外卖，章入凡说要来找他，但迟迟没现身。他忍不住去猜想，是不是杜升不相信他的话，把她约走了。现在看到她人在这儿，他悬着的一颗心落下一半，但还没彻底放进肚子里。

甜品清点完毕，章入凡等那姑娘走后才出声问道："店里的甜品是外包的？"

"嗯。"沈明津说，"一家老店，店长是我妈的发小，我以前吃过她做的甜点，觉得还不错。咖啡馆要找甜品供应商，我们就合作了。"

从父母辈就有了交情。章入凡无意识地抿了下唇，看着沈明津问："你们从小就认识？"

"嗯？"沈明津反应了一秒，这才领会到她口中的"你们"指的是谁。他端详章入凡的表情，虽然她语气寻常，但他还是能从她忽闪的眼神中察觉到某些罕见的情绪。

沈明津像是看到了白昼流星，又惊又喜。他别过头抬起手握拳掩嘴轻咳一声，快速做了下表情管理，这才回过头说："你说郑裴啊，我们算是从小就认识吧。"

章入凡这才知道甜品姑娘的名字叫郑裴，她垂眼，稍微迟疑了下说："她……好像也喜欢你。"

章入凡说这话的时候，侧重点在"喜欢"这个词上，但沈明津却精准地抓住了"也"这个字眼。这似乎是章入凡无意识的情感表露，他心花怒放，顿时觉得一早上等待的焦灼和杜升带来的烦闷被一扫而空。

"以前长辈是说过结娃娃亲的玩笑话。"沈明津说。

人在极度高兴的情况下，即使嘴角克制着不上扬，眼睛也会流露笑意。

章入凡看他掩藏不住的喜悦，反而微微蹙了下眉。

她最近在恶补关于爱情的知识，那天看完《初恋这件小事》的电影后，程怡又给她推荐了很多经典爱情片，过去一周她下班后只要有时间就会看看电影，通过影视作品去体会爱情的感觉。

听沈明津这么说，她一下子就想到了前两天看的《怦然心动》这部电影，青梅竹马，相识于幼时，彼此一起长大，共同度过了很多时光，这样的感情定然是特殊的。

章入凡陷入情绪中，一叶障目，完全忽略了一个事实，那就是沈明津自小并不在上京长大。

她回过神，抿了抿唇，看着沈明津以一种笃实又庄重的口气说："我可以和她公平竞争。"

沈明津的嘴角彻底失控，他低下头抬手扶额，双肩都在抖动，笑着咕哝了句："起点都不一样，怎么公平竞争。"

"什么？"章入凡没听清。

沈明津抬起头，笑意未减，说话时声音都在颤动："你好好加油，就和高中时的长跑比赛一样，要相信自己，不能认输！"

章入凡听这话耳熟，忽地记起以前参加校运会时，沈明津也曾这么鼓励过她。每次她比赛，他总在跑道边上为她呐喊加油，那时她以为这只是他作为体委的职责和荣誉感。

"我会的。"

沈明津的心情由阴转晴，但还是不太放心，因而拐着弯儿地问了句："红桃 A，你还记得我们高中语文有篇课文说什么蚯蚓，什么用心的吗？"

章入凡不明所以，但还是接道："'蚓无爪牙之利，筋骨之强，上食埃土，下饮黄泉，用心一也'？"

"对，就是这句。"沈明津倏然一板一眼的，严肃地告诫道，"老师教过我们，做事要专注，要有定力，不能轻易被其他诱惑吸引，那样什么事都做不成。"

章入凡点头，很认同这个道理，但是不明白沈明津为什么会突然和她提起这个。

"追人呢，也是这样。"沈明津咳了下，这才正儿八经地切入正题，说出真正想说的话，"你既然决定追我了，那就不能被别人动摇，谁都不可以，知道吗？"

章入凡见沈明津神色肃然，真以为这是个非常严肃的话题，因此很郑重地点了下头。

沈明津这才展颜一笑，问："今天中午想喝什么？"

章入凡点了一杯澳白，沈明津让她找个位置坐下，待她转身后，他才完全不掩饰自己的开怀心情，咧开嘴笑得一脸灿烂，还愉悦地在原地转了个圈，打了个响指，喊了句："Yes！"

一旁正在打奶泡的小牧见自家老板这副神经质的样子，忍不住露出了个假笑男孩的经典表情，问了句："哥，你出现这个症状多久了？"

"洗杯子去。"

沈明津亲自做了一杯澳白，还特意做了个笑脸拉花。他把咖啡送到章入凡面前，特地调整了下杯子的位置，将"笑脸"正对着她，杯中的"笑脸"和他带着笑意的脸相得益彰。

章入凡道了声谢，抬头看着沈明津问："你忙吗？"

沈明津挑了下眉，直接拉开她对面的椅子坐下。

"我的策划案通过了，我们下个月要办'咖啡集市'。"早上策划案一通过，章入凡就想把这个消息当面分享给沈明津。

"好事儿啊。"沈明津脑筋一转，未等章入凡开口就问，"这个活动是不是要邀请咖啡师参加？"

"嗯。"章入凡颔首，说，"我想请你帮个忙。"

"介绍咖啡师给你认识？"

"嗯。"

"我之前就说了，没问题。"沈明津毫不犹豫地满口应下，不说章入凡是因他才策划了"咖啡集市"的活动，就是普通同学，这个小忙他也是很乐意帮的。

他抬眼看着章入凡，似是随口道："我今天晚上正好要去一家老咖啡馆看看一位前辈。"

章入凡听到这话，身子下意识地往前倾，询问道："我能一起去吗？"

沈明津嘴角上扬，爽快地点头应道："可以啊，正好你能当面问问他有没有意愿参加活动。"

章入凡本来只是想让沈明津把相熟的咖啡师的联系方式推给她，她了解之后再通过电话或者社交媒体进行邀约，但如果他愿意带她去别的咖啡馆进行实地考察那就再好不过了，毕竟当面发出邀请更有诚意，成功率也大。

她想起中午没请成的饭，便问："那……晚上我请你吃饭？"

沈明津眼里爬上笑意，心道章入凡果然是个好学生，知道学以致用，也懂得抓住时机了。

"好啊。"他答应得很快。

章入凡浅然一笑，端起杯子抿了一口咖啡，而后盯着咖啡里的笑脸看得入神。

"想什么呢？"沈明津抬手晃了下。

章入凡回过神，把杯子放下，几不可闻地叹了口气："工作上的事。"

"策划案不是通过了吗？怎么看你不是很高兴？"

章入凡鲜和人说烦心事，但对上沈明津的眼睛，她便不由自主地把自己的困扰说了出来。

"你才刚进公司，这么大个策划给你，有压力是正常的。"沈明津听完后开导她，"你和同事相处不要太紧张，同样是人，难道他们会比你多只眼睛少只耳朵？"

章入凡眼里有了星点笑意。

"你就是太少和人打交道了，平常心，大多数人都是不难相处的，工作也是，你只要主动点儿，我想你的同事都是会配合的。"

对沈明津来说，处理人际关系很简单，但于章入凡而言则是棘手难题，她听了他的话，忍不住问："怎么主动？"

沈明津知道处理好与一个人的关系就已经够为难章入凡的了，更何况要同时拉拢全公司的同事。

他思索片刻，开口说："这样，你回去就好好工作，我帮你主动。"

章入凡不知道沈明津所谓的帮她主动是什么意思，他也不说，神神秘秘的。

午后，章入凡回到公司，对着电脑上的策划案发愁。袁霜知道她的困扰后就建议她直接把任务分配发到工作群里，说之前的活动负责人都是这么做的。

但章入凡总觉得这样不妥，以前的负责人都是老员工，在公司里多少有点威望，她一个新人，如果也这么做，不免显得高傲。

章入凡苦思冥想都无解，就在她站起身正打算找个地方打电话求助外婆时，转眼意外地看到了沈明津。

沈明津抱着个外卖箱走进企划部办公区，有员工认出了他，主动打了招呼："沈老板，亲自送外卖啊。"

"谁点的咖啡啊，这么一大箱？"袁霜问。

沈明津朝入凡走过来，把外卖箱放在她办公桌的一角，一手搭在箱子上笑着说："是这位章小姐点的。"

"啊？"章入凡瞠目。

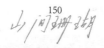

沈明津看她一眼，不徐不缓地说："她说她刚进公司，工作上有很多事还需要各位帮忙，所以就让我送了咖啡过来，想表表心意，请你们以后多多指教。"

"入凡，你也太客气了吧？"有人说。

章入凡神色局促，无措地看向沈明津。

沈明津冲她一笑，他把咖啡一杯杯地分发给员工，又明知故问道："哦，对了，听说你们下个月要办'咖啡集市'？"

"对啊。"有人说，"沈老板，你消息还挺灵通的。"

"那当然，不灵通怎么做生意。"沈明津笑着奉承了句，"你们每个月的主题活动在上京多出名啊，别的商场办的活动都没你们策划的活动有意思，我等着蹭热度呢。

"我几个咖啡师朋友听说你们要办'咖啡集市'，都很关注，说有机会一定要来参加，店里的客人也是，就等着下个月来商城捧场了。"

沈明津这话说得有水平，恰到好处的一番吹嘘满足了员工的虚荣心，又激起了他们的事业心，同时又把"咖啡集市"这个活动架到了一个高度，好似这回活动没办好就会把你们的招牌砸了一样。

果然，话才落下，就有员工说："沈老板放心，我们一定会把下个月的活动办好，到时候邀请你参加，你可不能拒绝啊。"

"那肯定啊。"沈明津爽朗一笑，把咖啡分下去，又说，"我等下还会送一箱过来，其他部门也有。"

"哎哟，入凡，你也太破费了。"

"就是，以后有什么需要帮忙的尽管说，不用客气。"

"入凡，'咖啡集市'的策划案你可以发到群里，我们商量着分工。"

"运营和媒体那边我熟，到时候我去沟通。"

……

章入凡一下子收获了同事们的好感，既慌张又欣喜。她抬头看向沈明津，他朝她暗示性地眨了下眼睛。

她心头一悸，脑子里忽然闪过一个念头——即使没有高中时的经历，她还是会喜欢上沈明津。

因为沈明津的帮忙，章入凡和同事的关系融洽了起来，下午的工作推进得很顺利。她把活动分为几个板块，交给了有经验的同事负责。心中的大石落地，她感到轻松不少，因而对沈明津更加感激。

临下班前，章入凡将手头上的工作收尾，之后就在网上搜起了附近好评率高的餐厅。她很少请人吃饭，又才回上京不久，只能依靠各种点评平台来获取资讯。

一旁的袁霜瞄到她的电脑屏幕，颇为好奇地凑过去，问："怎么看起餐厅了？要请人吃饭？"

章入凡点头。

袁霜顺着问道："谁啊？"

"沈明津。"章入凡如实说。

袁霜的表情先是吃惊，随后又理解地点点头说："沈老板的确帮大忙了。不过你不用自己破费，到时候活动结束，公司会有庆功宴的。"

除了工作上的事，章入凡请沈明津吃饭还有私人原因，但她不确定沈明津会不会愿意别人知道她在追求他这件事，因而没有详细解释，只是含糊地说："我还是想以个人名义谢谢他。"

袁霜颔首："也是，毕竟这是你第一次负责大项目，兴许之后还要沈老板帮忙，和他搞好关系是很有必要的。"

网上很多餐厅的评价褒贬不一，章入凡拿不定主意，忽想起刚入职的时候袁霜说过附近有哪些餐厅好吃她一清二楚，遂把求助的目光投向她。

袁霜接收到信号，得意地笑了，说："这种事你找我就对了。"

她问："你有什么忌口的吗？"

章入凡摇头。

"也不知道沈老板有没有忌口的食物……"

袁霜只是嘟囔了句，没想到章入凡很快就说："他不吃生食，对螃蟹过敏，最讨厌香菜。"

袁霜目瞪口呆道："你怎么知道的？"

"我问过了。"

袁霜以为章入凡是今天才问的沈明津，因而对她竖起个大拇指，赞道："敬业！"

"……"

"不吃生食，那日料店就排除；螃蟹过敏，保险起见也别吃海鲜了；吃火锅、烤肉烟熏火燎的，不是很优雅；小吃店之类的适合关系亲密的人一起去。"袁霜分析得头头是道，"你既然是因为工作关系请的沈老板，还是去一些比较正式的餐厅吧。"

章入凡请沈明津吃饭并不是完全因为工作，但她没有反驳袁霜的话，他们现在的确不是亲密关系，是不方便一起去市井生活气重的场所。

袁霜推荐了几家上京口碑较高的西餐厅，章入凡一一记在了手机备忘录里。下了班，她直接去了"津渡"，不过才进店里，沈明津就从吧台里走了出来，也没和底下的员工交代什么，似乎早就做好了随时离店的准备。

"走吧。"

"好。"

秋季昼短夜长，傍晚时分天色暗暗，秋风打过，卷起行道树的落叶，平添了几分萧瑟。

出了咖啡店，章入凡先道谢："今天谢谢你帮我'主动'，很有用……对了，你送了那么多咖啡去公司，我得把钱转给你。"

"不用了。"沈明津不以为意，说，"是我主动要帮你的，我收你钱不成强买强卖了嘛。"

"可是——"

"不是说请我吃饭，吃什么？"沈明津没让她继续说下去，强行开启另一个话题吸引她的注意力。

章入凡被一打岔，果然顺着他的话回道："我找了几家西餐厅……"

"这么商务？"沈明津开了个玩笑说，"那我不是得换套西装？"

"你不喜欢西餐？"

"谈不上不喜欢。"沈明津耸了下肩说，"太拘着了。"

章入凡一时无措，显然今天她失策了，忘了做 Plan B（备选）。

沈明津没让她为难太久，很快就说："既然是你请我，那吃什么我来决定。"

章入凡听他这么说反而松一口气，点了点头。

"你在马路边上等我，我去开车。"

章入凡等沈明津把车开过来，上了车后见他直接驶离了公司商圈，还以为他是打算带她去其他商圈吃饭，结果他把车停在了一条小胡同口。

"这里……有餐厅？"章入凡下车后盯着狭窄的巷弄，不太确定地发问。

"进去就知道了。"沈明津头一抬，示意道，"走吧。"

章入凡迟疑片刻，举步跟上。

巷子里路灯幽暗，每一盏灯都吝啬得很，只照亮自己跟前的三分地，胡同路又窄，左右不过一辆轿车的宽度，巷子两旁停着电动车、自行车，甚至还有小三轮。

章入凡虽是上京人，但是也没走遍这座城市的大小角落，这条胡同她就没来过，因此十分陌生。

胡同里住了人家，这个点巷头巷尾弥漫着香喷喷的人间烟火味。

章入凡的目光四下一睃，想看看哪家是餐厅。她过于注意周边，反倒疏忽了脚下，不提防被绊了一下，幸而沈明津手疾眼快地扶住了她。

"小心点儿。"沈明津把她往自己身边带了下，松开手说，"快到了。"

章入凡跟着沈明津拐了个弯，嗅到了一股扑鼻的醇香味，又往前走了段路，这才看到一家小店，店门上挂着一副牌匾，写着"李记牛肉面"。

她愕然："牛肉面？"

"嗯。"沈明津回过头，挑了下眉，故意说，"不想请？"

"不是……"

章入凡抬眼打量眼前的这家店，怎么看都是家苍蝇小馆。沈明津嫌西餐过于正式，但今天她请客，去牛肉面馆吃似乎也太轻率了。

"这家店开了很久了，只有老饕才知道，别看店面小，但牛肉面可是一级棒。"沈明津微挑下巴示意道，"进去尝一回你就知道了。"

都到了店门口，章入凡也没有不进的道理。

正值饭点，面馆生意红火，每一桌都坐了人，沈明津和章入凡进店时，正巧有一桌顾客起身结账，沈明津招呼员工过来收拾桌面，之后点了两碗牛肉面。

外头秋意瑟瑟，店里不知是开了暖气还是人多的缘故，暖融融的。空气里高汤的香味更浓，勾得人食指大动。周遭人声喧哗，很多客人一边吸溜着面条一边聊天，话题天南海北都有，从家长里短到国家时事，时而窃窃私语，时而哈哈大笑。

不一会儿，店员端上两碗牛肉面，沈明津递上筷子和勺子给章入凡，说："这家店的面汤都是用牛筒骨熬的，味道很鲜，你尝尝。"

章入凡听他的话，舀起一勺汤试了试。

"怎么样？"

章入凡点头："很入味。"

"你再尝尝面条，手工拉的，很劲道。"

章入凡尝了汤尝了面，算是知道这家店地处深巷却生意兴隆的原因了，她抬头问："你怎么知道这家店的？"

"我姥爷带我来的，他是个吃货，就喜欢钻研吃的。"沈明津说，"我以前没少跟着他胡吃海喝，他这两年'三高'，我姥姥管住了他的嘴巴。他没处消遣，就迷上运动了。"

说完，沈明津就把他姥爷练乒乓球打不过他改练羽毛球的趣事说给章入凡听。

"你和你姥姥、姥爷的关系很好。"章入凡听完后说。

"嗯，他们都是很好相处的长辈，以后你会有机会见到他们的。"

"嗯？"

沈明津见章入凡有点蒙，遂正色道："红桃A，你就没想过会追到我吗？"

章入凡抿了下唇，底气不足道："我没有把握。"

"你要自信点儿，我没有那么难追。"

章入凡疑惑道："那你为什么一直单身？"

"……"

沈明津被将一军，顿时哑口无言。他脑筋转得飞快，随口胡扯道："那什么……我家教比较严。"

"啊？"

"我妈从小教导我，男人要先立业后成家，不能让姑娘跟着吃苦。"沈明津一本正经地胡说八道，"所以我之前都没谈恋爱的打算。"

沈明津说得确有其事似的，章入凡真信了，她还觉得自己运气好，正碰上他事业稳定的时候，没有早一步，也没有晚一步。

"我很好追的。"沈明津再次强调，"你只要用点儿心，努努力就可以追上我。等你追到我了，我就带你去见我姥姥、姥爷。"

章入凡似乎被鼓舞到，轻轻一笑，应了声："好。"

不知道是不是被面汤的蒸汽氤氲到了，章入凡觉得脸上暖洋洋的，连同心里也像是被旭日朗照，无限温暖。

她其实很少和人一起下馆子，尤其是这种生活气息极浓的小餐馆，如同袁霜所言，这种地方适合亲密关系，如果和不相熟的人来到这里，在周遭热闹环境的衬托下，反而会显得气氛尴尬，无所适从。

但今晚和沈明津坐在这里，她并不觉得有丝毫的不自在，在市井的生活情调里，他们的关系仿佛更加亲近了。

章入凡一直想不到什么词可以形容和沈明津相处时的感觉，但此时此刻，在人间烟火里，她想到了，是"舒服"。和他在一起的时候，她很放松，不必筑起铜墙铁壁，也无须担心自己会冒犯到他，在她清楚地表达之前，他总能明白她真正的想法。

她发现自己并不排斥和他产生羁绊，甚至渴望和他产生羁绊，这是二十多年来，她头一次对一个人产生如此强烈的情感。

她真的，好想追到他。

Chapter 12
你的心愿会向你奔来

牛肉面很大碗，沈明津心情好胃口佳，一碗见底，章入凡胃口小，但还是尽力吃下了不少。

吃完面，章入凡去付账。这回沈明津没有拦她，他知道回回不让她请反而会打击她和他一起吃饭的积极性，他今天之所以带她来吃牛肉面就是有这方面的考量。

从面馆离开，沈明津没有带着章入凡原路返回，而是另抄一条道，左拐右拐，最终来到了一家咖啡馆前。

章入凡站在店外，抬头看了看这家店的招牌——老胡同咖啡馆。名字很简朴，即使还未进店，她就已经闻到了极其醇厚的咖啡香。

"这家咖啡馆的老板是咖啡师里的老前辈了，他做的土耳其咖啡很地道。"沈明津介绍道。

"土耳其咖啡？"

"一种传统咖啡，做法和口感都很不一样。"沈明津说，"走，我们进去坐坐。"

章入凡跟在沈明津身后进了店。这家店的装潢很符合她以往对咖啡馆的印象，复古典雅，在昏黄的灯光下，店里的摆件都染上了一层古铜色，好似欧洲古代的宫廷，无端给人一种富丽堂皇的感觉。

古典乐静静地回响，店内一点都不喧杂，但客人其实不少，只是他们都安静，交谈也是低语。

"周叔。"沈明津往吧台走，热情地打了声招呼。

章入凡抬头去看沈明津唤的人，这位"周叔"看上去就是位老绅士，戴着一副金丝眼镜，头发虽已花白却梳得一丝不苟，上身着白色的牛津衬衣，打着蝴蝶领结，双肩还挂着复古背带，典型的英伦装扮，和这家店的气质相符。

"你今天怎么过来了？"

"在附近吃饭，顺便来看看你呗。"沈明津倚在吧台上，抬起手翻转了下手腕，翘起大拇指，指着吧台后的人对章入凡介绍道，"这家店的老板，周慷，行内人都喊他'周叔'，不过不是因为他年纪大，是因为他入行时间长，资历深，在上京，要想了解咖啡文化，绝对绕不开他。"

"少吹捧我。"周慷抬手推了下眼镜，转头看向章入凡。

"我朋友。"沈明津介绍章入凡。

"朋友？"周慷心知肚明地一笑，很直接地问章入凡，"这小子是不是在追你？"

章入凡摇头，余光瞄了沈明津一眼，据实以告："是我在追他。"

周慷讶然。

沈明津满面春风，笑着说："叔，失算了吧。"

周慷眼镜后的目光在吧台前的二人身上打转，最后落到沈明津脸上，他一脸显摆，这嘚瑟的样子半点都不像是被追求的那个。

周慷了然，看破不说破，只是意味深长地道了句："你还是第一回带'追求者'来我这儿。"

"有事找你帮忙。"

"嗯？"

"她在 OW 工作，最近在做一个关于咖啡的项目，想邀你参加。"沈明津直截了当地说。

"哦？"

章入凡接收到周慷投来的目光，立刻把自己的来意简要地说了，她真诚地邀请他参加"咖啡集市"的活动。

周慷稍有迟疑。

沈明津像是知道他在犹豫什么，马上说："这个活动她策划得很用心，绝对不是拿咖啡当噱头，不然我也不会带人来找你。"

"我就说你怎么会没事来我这儿。"

"那不是在这行里你是大前辈嘛，再说了，你不也一直想找机会宣传土耳其咖啡，现在机会上门了。"沈明津极力劝说道，"叔，酒香也怕巷子深，OW 的人流量很大的，你参加的话，能让更多人了解到土耳其咖啡。"

沈明津这一番话说到周慷心里去了，他思索片刻，看着章入凡和颜悦色地问："要不要尝一尝土耳其咖啡？"

章入凡怔了下，不知道周慷到底是什么态度，故而看向沈明津。

"喝啊，两杯。"沈明津笑着应道。

"加香料吗？"

"不加了，她第一回喝，怕不习惯。"

"好。"

沈明津待周慷转身，这才回过头，冲着章入凡展颜一笑，说："周叔答应了。"

章入凡眨了下眼，因为说这话的人是沈明津，所以她一点也没怀疑。

没想到这么顺利就邀请到了咖啡师里的老前辈，章入凡不由得松一口气，这件事能成功全靠沈明津，她因此心里对他更加感激。

周慷称好咖啡豆回来，打开了吧台上的磁灶。

章入凡刚才就注意到了，吧台靠左的位置上有口小锅，锅上盖着盖子。她觉得疑惑，这里是咖啡馆又不是饭馆，怎么吧台跟灶台似的？更让她惊讶的是，周慷掀开锅盖后，她看到了一锅的沙子。

她吃惊地看向沈明津，他笑着说："一会儿你就知道沙子有什么用了。"

周慷将锅里的黄沙炒热，而后把咖啡豆倒进磨豆机里。章入凡此前看过沈明津研磨豆子，虽然没计时，但是她能感觉到周慷磨豆子的时间明显更长。

这段时间她看了沈明津借给她的书，知道咖啡豆的研磨程度对咖啡的口感影响很大，研磨过细很容易造成萃取过度，这样泡出来的咖啡就会很苦。

研磨完毕，周慷拿过一个外形奇特的小壶，小壶有个长柄，他握着柄，将磨好的咖啡粉倒了进去。

"这是制作土耳其咖啡的独特工具，土耳其壶。"沈明津给章入凡讲解，"土耳其咖啡是不过滤的，所以味道会很浓厚，有时候会视各人的喜好，往里面加入研磨过的香料。"

章入凡觉得奇特，她眼看着周慷把土耳其壶插入锅里的黄沙中，而后倒入清水，手握着壶的把柄来回推拉，待壶中冒热气时，他夹了一块糖放下去，不一会儿，咖啡就沸腾了。

在咖啡快要溢出来时，周慷迅速把土耳其壶从沙子里拿出来，将上层翻滚的咖啡液倒入早已备好的咖啡杯中，之后他又把壶插入黄沙中，来回重复几次，直到两个咖啡杯装满。

周慷把冒着热气的咖啡送到章入凡和沈明津面前，示意道："请用。"

浓烈的咖啡香扑鼻而来，黑黝黝的咖啡液盛在古老的咖啡杯中，像是神秘的异域国度饮品。

"尝一下。"沈明津说。

章入凡端起杯子，先是嗅了嗅咖啡的香气，之后小心地抿了一口。咖啡醇厚的口感立刻盈满了唇腔，因为没有过滤，即使咖啡豆研磨得很细，她还是喝到了一些咖啡粉末。

"苦吧？"沈明津询问。

章入凡回味了下咖啡刚喝进嘴里的感觉，点了下头说："有点。"

"觉得苦是正常的，一般人都喝不惯土耳其咖啡。"周慷看了眼沈明津说，"他一开始也不习惯。"

章入凡看向沈明津，听见他说："土耳其咖啡会加肉桂豆蔻之类的香料，我刚学做咖啡的时候喝不惯，总觉得加了香料就和中药一样，味道很怪。不过后来在这里待了段时间，喝多了也就习惯了，一段时间不喝还怪想的。"

"你在这里工作过？"章入凡诧异。

"他啊，大四的时候来偷过师。"周慷整理好吧台，抬头问沈明津，"她知道你以前练体育的吗？"

"知道。"

章入凡一直不知道沈明津到底是为何会从运动员跨行当上咖啡师的，这是隐私，她不好去窥探。现在刚好聊到这个话题，她拿不准是要沉默，还是要顺势询问下他。

她没有为难太久，因为周慷说了："他从国外养伤回来，找到我说想在我这儿打工，我看他有点基础，就让他来了。"

章入凡想起之前听刘子玥说沈明津受伤出国治疗的事，她当时还半信半疑，现在确信了，他不再练体育，的确是受了伤的缘故。

她抿唇，迟疑片刻后下定决心般看向沈明津，开口问："国外养伤……你怎么了？"

周慷抬眼："你不知道啊？"

章入凡点头，目光仍是落在沈明津身上，期望听到答案，又担心自己的问题会冒犯到他。

"没什么大事，就是出了场小车祸。"沈明津说得云淡风轻，好像在陈述一件无关紧要的事。

"车祸？"章入凡骇了一跳，忙问，"严重吗？"

"不严重，就是腿上做了个手术，后来去国外复健了一段时间。"

国外的运动医学比较发达，沈明津去了国外，最后还是放弃了当运动员，章入凡从结果就可以推断出他的恢复情况，目光不由得移到了他的腿上，眼神担忧。

沈明津察觉到她的情绪，明朗地笑了下说："我的腿没事儿，能跑能跳的，就是还当运动员的话，训练会有点吃力。"

章入凡仍是蹙眉不展。

沈明津见她担心，心坎温热，反过来安慰她："你不用为我感到可惜，就算不当运动员，我现在也过得挺好的。本来嘛，人的一生就不可能一帆风顺的，老天爷给你关上一扇门，那就去找一扇窗推开，实在不行，花点时间凿个洞也行。"沈明津话里没有半分埋怨，极其豁达乐观地说，"我在国外休养的时候闲着没事去学做咖啡，学着学着觉得还挺有意思的，跑步是我的爱好和特长，现在做咖啡也是。

"我以前没想过会成为一名咖啡师，也没想过会开一家咖啡馆，虽然人生计划出了点小状况，但是我不觉得现在的生活会比之前更差，相反，这是一种新的体验。"

沈明津语气明快，谈论自己人生道路的变化就像开一个游戏副本一样轻松简单。他说的道理其实很朴素，许多人都听过，但像他这样能知行合一的人却很少。

章入凡觉得，如果人格有形象，沈明津就是太阳，灿阳何惧严冬。

"再说了，有失必有得，要是我不开咖啡馆，怎么会……"沈明津瞄了眼章入凡，见她入神地看着自己，不由得心口微跳，险些不能维持淡定。

他举起杯子，掩饰性地抿了口咖啡，这才重新看向章入凡，说："你快把咖啡喝了，让周叔帮你卜一卦。"

"啊？"

"土耳其咖啡能占卜。"

章入凡讶异，不由得看向周慷。他朝她点了下头，解释道："土耳其咖啡因为不过滤，所以咖啡渣会沉在杯底，土耳其人喝完咖啡，会根据杯底的咖啡渣图案形状来占卜。"

章入凡还是第一回听说咖啡能占卜，略觉神奇。

她饮尽咖啡后把杯子递给周慷，只见他拿起杯碟盖在咖啡杯上方，示意她："把手放上来。"

章入凡迟疑了下，抬起手照做。

"心里默念你想问神明的事。"

章入凡抿着唇，她没做过占卜，一时间想不到问什么，就在她准备收回手时，余光看到了沈明津。

只一瞬，她突然就有了所求。

章入凡垂眼，在心里默问。几秒后，周慷让她收回手，他把咖啡杯倒扣，在杯碟上转了三圈，最后拿起杯子察看杯底。

章入凡从不相信虚无缥缈的东西，是个实实在在的唯物主义者，但此时她竟有些紧张，好似害怕神明的预言会不如她的期待。

半晌，周慷放下杯子。

章入凡忍不住蜷了蜷手指，恍惚间听到他说："你的心愿会向你奔来。"

接下来几天，沈明津每天晚上都会"正好"要去拜访一位咖啡师好友，说是联络感情，而章入凡会随他一同前往，因为工作，也因为他之前教过她，要找机会接近他。

他们一连几个晚上都在一起吃饭，吃饭的地方是沈明津定的，有时吃的大餐，有时吃的小吃。几天下来，迟钝如章入凡也发现了一个规律，凡是吃大餐时沈明津都会提前买单，而吃小吃时，他则会满足她请客的想法。

虽然是她在追求他，但他在经济上从没有占过便宜，甚至花费得比她还多。章入凡一直知道沈明津是个极有涵养的绅士，尽管如此，她还是会在一些细节中被他打动，他总能一而再，再而三地让她感受到，他是个拥有美好品质的人。

周五晚上章入凡要回滨湖区吃饭，她前一天就和沈明津说了这件事，但

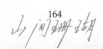

傍晚下班，她还是习惯性地去了"津渡"，好像回家前不见他一面，这一天就不完整似的。

沈明津估摸着时间往店门口看，虽然章入凡说过今天要回滨湖区，但他心里还是有所期待。

"哥，等凡姐啊？"小牧伸长脖子往店门口瞭了眼，好奇地问，"你们天天晚上去哪儿啊？"

"咖啡馆喝咖啡。"

"……"

小牧眉头一皱，回头看着自家老板，就差把"你没事儿吧"写在脸上了，说："哥，你不会忘了自己是干什么的了吧？"

"你不懂。"

不懂的小牧不再企图探究老板的心，耸了下肩正要走，才迈出一步就被按在了原地。

沈明津看到章入凡推门而入，立刻侧过身，待她走近后收回余光，清了清嗓子，用一种闲聊的口吻对着小牧说："你刚才说明天什么电影要上映？悬疑片啊，我最喜欢看悬疑片了，演员还都是我喜欢的……好久没看电影了，正巧明天晚上有空，可以去影院看看。"

小牧一开始还满脸莫名一头雾水，不知道自家老板又抽的什么风，在看到出现在吧台前的章入凡后，他恍然大悟，随后啼笑皆非。

沈明津说完，回过头，装作才看见章入凡似的，讶然道："你怎么来了？不是说今天晚上要回滨湖区？"

"是要回去。"章入凡说，"我觉得还是要来和你打一声招呼，这几天谢谢你了。"

"没多大事儿，本来我也是要去见老朋友的。"

招呼打了，面也见了，章入凡该走了，她欲转身离开，又像是被什么绊住了脚。

沈明津见她抿着唇，眉间思索，耐心地等着，同时在心里暗数："一，二，三……"

"你刚刚说的电影，是什么？"

三秒，这次大有进步。

沈明津眼里笑意漫漶，一点也不意外章入凡会问这个问题，很从容地回道："哦，一部悬疑片。"

章入凡不关心影讯，但影帝还是知道的。她缄默片刻，近前问："我明天能约你看电影吗？"

沈明津乐了，得了便宜还卖乖，故意问："约会？"

章入凡没有否认，进一步问："可以吗？"

沈明津哪有不同意的道理。

小牧在一旁见证了全过程，不由得目瞪口呆。等章入凡走后，他问沈明津："哥，你们这是……搞哪出啊？"

"没看出来吗？她在追我啊。"

"我怎么觉得你比凡姐还积极啊？"

沈明津心情颇好，心里已经开始盘算明天的安排了。听到小牧的话，他挑了下眉，再次故作高深地说："你不懂。"

不懂的小牧只能感慨地摇了摇头，道一句："我钓我自己。"

章入凡搭上地铁后找了个座儿坐下，趁着搭车的时间拿出手机，打开软件想要预订两张明天的电影票。

她很少去电影院，就算去也是看的感兴趣的纪录片。印象中，她上一回进影院观影，还是过年的时候陪外婆去看一部喜剧片。

明天要上映的电影就一部，章入凡看了眼主演，确定是沈明津想看的悬疑片后就点进去购票。这部电影的排片率挺高，但出乎意料的是，很多影院都没票了。

她太久没买过电影票了，不知道热门电影首映日都是一票难求，在几乎把上京所有影院逛了个遍后，她既震惊又有些无措。

章入凡换了个购票软件，看到各大影院的票仍是售空的状态，不由得愣了。她怎么也不会想到，明天的约会还未成行，就卡在了第一步上。

在刷新了几回页面，确认买不到电影票后，章入凡极其懊丧，她给沈明津发消息：【电影能推迟几天再看吗？】

沈明津很快就回了消息：【你明天有事？】

章入凡解释：【没有。买不到电影票。】

她打出这几个字的时候都觉得失望，不过没一会儿就看到沈明津发来一句：【电影票我有啊。】

章入凡微讶，问：【哪个影院？】

沈明津：【你们商城的。】

章入凡更吃惊，她刚才购票首选的就是公司的影院，明明每个场次都没票了的。

她问：【不是售空了吗？】

沈明津这次没有秒回，约莫半分钟过后才姗姗发来一句：【小牧之前买了两张票，他朋友放他鸽子了，他就把票送我了。】

章入凡：【两张？】

沈明津又发了句：【他本来就不爱看悬疑片。】

合情合理，章入凡没有怀疑沈明津的说辞，她问：【电影是几点的？】

沈明津：【晚上七点。】

这个时间恰好，章入凡紧接着问：【我明天能早点去找你吗？】

她说：【一起吃饭。】

沈明津：【行啊。】

章入凡不自觉地露出笑。

她回想了下，沈明津好像从未拒绝过她的请求，每回她心怀忐忑地朝他靠近，他总会积极地给她回应。翻看他们最近的聊天记录，她和他的对话已经很自然了，每天给他道早晚安已成为她的一个习惯。

　　章入凡不知道他们这个进度是快还是慢，但总归是顺利的，她并不急切，心里始终相信着沈明津说的话，只要用心，就能追上他。

　　次日傍晚，章入凡看好时间从房间里出来。家里两个长辈正在客厅陪着章梓橦画画，她和他们打了声招呼，说要出门一趟，不在家吃晚饭。

　　"小凡晚上出门是要去哪儿啊？"李惠淑问了句。

　　"公司。"

　　"有工作？"

　　章入凡摇头："看电影。"

　　李惠淑有点意外，问："和同事吗？"

　　"不是。"章入凡说，"一个高中同学。"

　　"程怡啊？"

　　章入凡摇头。

　　章梓橦这时候高声问："是不是大哥哥？"

　　"嗯。"

　　章胜义的眼睛盯着章梓橦的画，注意力却在她们的对话上。听到章入凡要出门和一个男的一起吃饭看电影，他忍不住抬头看她，像是有话要说。

　　"我也想去。"章梓橦举起手喊道。

　　"不行。"李惠淑摆了下手，"不能去打扰哥哥姐姐，小朋友晚上出门也不安全，你想看电影，妈妈明天带你去好不好？"

　　"可是我想看大哥哥变魔法。"章梓橦闷闷不乐地嘟囔。

　　今天看的悬疑片，不适合小孩子观看，章入凡忖了下，说："我明天再带你去见他可以吗？"

　　章梓橦立马喜笑颜开。

章入凡把目光投向章胜义，他张了张嘴，最后什么都没问，只是叮嘱道："别太晚回来。"

"好。"

从家里出来，章入凡乘坐地铁到了公司。因为这段时间都是沈明津负责找吃饭的地方，她昨晚回去就做了功课，考虑到饭后要去看电影，她最后订了公司的一家鱼煲店，又把餐厅信息发给了沈明津。

章入凡担心去"津渡"会影响沈明津工作，所以直接去了餐厅，打算在店内等他。本以为这个点他应该还在咖啡馆里忙，没想到进了店就看到他坐在预约的座位上。

章入凡以为自己迟到了，神情一慌，正想拿出手机看时间，就听沈明津说："没迟到，坐吧。"

"你今天……怎么这么早？"

"我就猜你会提前到餐厅，正好下午咖啡馆不忙，我就提早来了。"沈明津说着看了眼腕表，二十分钟，看来以后和章入凡有约，他都要提早二十分钟到才不会让她等着。

服务员上前点单，章入凡听袁霜说这家店的黑鱼煲好吃，询问沈明津，他没有意见，遂点了一份，又加了几份小菜。

点完单没多久，服务员送来账单，沈明津刚想把账单拿到自己这边放着，才抬手，章入凡就先他一步把账单拿走了。

他难得错愕，抬头看向对面。

章入凡很认真地说："今天是我约的你，应该由我来买单。"

沈明津见她一脸严阵以待的表情，按着账单好像在提防着他，不由得失笑，举起双手做投降状，忙不迭道："好好好，我不抢。"

章入凡把账单放在手边，说："你帮了我这么多，我都还没好好地请你吃个饭。"

沈明津不以为意道："你已经请我吃过很多顿饭了。"

之前几顿晚饭都是沈明津订的餐馆，章入凡没花什么心思，顶多就是付了几份小吃的钱，就是今晚这顿，她都觉得不够诚意。

她想起以前外婆请人吃饭都是亲自下厨的，稍作犹豫，她问："你明天在公寓吗？"

"嗯？"

"我想请你吃个饭。"章入凡声调微紧，显得些许局促，"我厨艺不太好，会做的都是南方菜，不知道你——"

"好啊。"沈明津听到一半就知道她的意思了，他怕她话说到一半露怯再后悔，就没让她把问话说完，直接给了答案，"我不挑菜系。"

章入凡心口微松，露出一个淡淡的笑，说："那明天中午你上楼来。"

沈明津以为章入凡邀他看电影已是大有进步，没想到今晚还会有意外收获，且亲自下厨请他吃饭这个行为完全是她主动的，他没有加以任何引导。

章入凡已经懂得占据主动了，沈明津乐观地想，距离他被"拿下"的日子不远了。

鱼煲店在商城的三楼，影院在四楼，吃完饭，眼看观影时间要到了，沈明津和章入凡就上了楼。

周末观影的人多，加上影帝电影上映，很多影迷特地来支持，首映日场场爆满，因此电影院极其热闹，准备观影和散场的观众汇成两股人流。

沈明津去取电影票，章入凡避开人潮站在角落里，眼睛下意识地投向沈明津的方向，不提防肩头被拍了一下。

章入凡惊了一跳，回过头意外地看到程怡，以及她身边站着的男人，吴征。

"我还以为认错人了。"程怡也很吃惊，问道："今天不是放假吗，你怎么会在这儿啊，加班？"

章入凡稍稍回神，摇了下头说："不是，我来看电影。"

程怡更为诧异了，双目圆睁，说："自己一个人来看电影？"

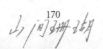

"不是。"

"那你是和谁——"程怡没问完的话卡在嗓子里，因为她看见了抱着一桶爆米花，拿着两杯饮料的沈明津朝这边走来，最后站在了章入凡身旁。

程怡张口哑然，过了会儿才找回了自己的声音，抬手指了指沈明津和章入凡，震惊道："你、你们……一起来看电影？"

章入凡点头。

沈明津从容地朝程怡打招呼："又见面了，老同学。"

"怎么回事啊？"程怡把章入凡拉到一旁，回头瞄了眼沈明津，他已经自来熟地和吴征攀谈上了。

"你怎么会和沈明津一起来看电影？是不是他约的你？他在追你？"程怡连环问。

章入凡没想到今晚会碰上程怡，但既然遇上了，她也没什么好瞒的，便沉着地如实回道："是我在追他。"

"啊？"程怡险些惊掉下巴，"你追他？"

"嗯。"

章入凡的脸上没有半点儿玩笑的痕迹，程怡也知道她从不开玩笑，所以她说的话是真的。

"你和他这段时间到底发生了什么？"程怡震惊得无以复加，"你还是我认识的小凡吗？"

章入凡明白程怡为什么会这么惊讶，要是换作一个月前，有人和她说，她会费尽心思地追求一个男人，她多半也是不相信的。

电影即将开始，工作人员已经开始检票，章入凡觉得现在不是交代事情的好时机，忖了下便说："我晚上再和你解释行吗？"

程怡看的也是七点场的电影，但现在她的八卦之魂已经压倒了想知道悬疑片凶手的好奇心。她深吸一口气，强行克制住了把章入凡按住"严刑逼供"的冲动，松开了手。

电影即将开场，现在也不是叙旧闲聊的时候，他们一行四人检票入了场，在各自的位置上坐下，好巧不巧的是，程怡和吴征正好坐在沈明津和章入凡身后的位置上。

一场电影下来，沈明津觉得自己的脑袋都要被盯出洞来了。

电影散场，章入凡去了洗手间，沈明津见程怡虎视眈眈地看着他，很自觉地就跟她走到了一旁。

"你今晚可值不回票价。"沈明津打趣了句。

程怡双手抱胸，做出一副睥睨的神情，开门见山地问："小凡说她在追你，是真的吗？"

"是。"

"你喜欢她吗？"

"喜欢。"

程怡没想到沈明津会回答得这么干脆，半点迟疑都没有，她怔了下，说："那你们……在交往？"

"暂时还没有。"

程怡皱眉，立刻恶声恶气道："你是在吊着她玩？"

沈明津叹了一口气，语气颇为无奈甚至还有点委屈："我才是被吊着的那个。"

"那你……"

沈明津顿了下，正色道："我随时都能答应，但是她并不能随时进入一段感情。"

他说："我怕她会后悔。"

这段时间以来，沈明津其实很矛盾，面对章入凡，他每时每刻每分每秒都在挣扎。

一方面他担心章入凡对自己的感情尚不明晰，仓促交往慌乱会多过于享受，所以他给她时间去了解他，循序渐进地适应他们关系的转变，也给她留下了后悔的机会。另一方面他又害怕她真的会后悔，所以存有私心地反复鼓励她，希望她坚持下去。

　　他在无限地左右摇摆，唯一确定的是，对于章入凡，他并不只是想弥补少年时期的遗憾，更想要长远的以后。

Chapter 13
光源体并未陨灭

　　程怡作为章入凡多年的好友，非常了解她的性格，对于爱情，她连一知半解的程度都不到，简直就是个白丁。虽然现在还不清楚她对沈明津的感情，但如他所言，贸然进入一段亲密关系，她肯定会不知所措。

　　程怡暂时选择相信沈明津的人品，她睨了他一眼，问："你是不是高中的时候就喜欢我们家小凡？"

　　沈明津一点没有被戳穿的窘迫，反而爽朗一笑，承认道："被你发现了。"

　　"我就说呢。"程怡觉得意外，又觉得情理之中，"难怪高中的时候你总看她，运动会就缠着她一个人，还替她说话。"

　　"这么明显？"

　　程怡回想了下。高中时期，沈明津虽然没有经常流连在章入凡身边，但回回小组作业他都和她们在一组，在食堂吃饭也总能在前后左右看到他，她以前以为纯属巧合，现在看来，是人为巧合。

　　沈明津以前是学校的小红人，很受女生欢迎，程怡对他高中时就喜欢章入凡这件事稍感讶异，但是她没有追问原因。

　　上学时很多人不理解程怡为什么会和章入凡这么要好，他们认为章入凡性格孤僻、难相处，但程怡知道章入凡是个极好的人。她不觉得沈明津喜欢章入凡是件多么奇怪的事，反而赞赏他的眼光，对他颇有种"同道中人"的感觉。

程怡对沈明津的敌意减少，她放下环胸的手，故意找碴儿似的问他："你现在不答应小凡，不怕她到时候真的后悔，不追你了？"

沈明津幽幽地叹口气，说："那就换我来追她呗。"

他说着耸了下肩，一副"还能怎么办"的样子。

程怡失笑，她就没见过沈明津这样的人，说好听点能屈能伸，说难听点就是脸皮忒厚了。

初步交涉还算成功，程怡余光看到章入凡走过来，隐秘地冲沈明津做了个抹脖子的动作，恐吓道："别欺负她，不然……懂？"

沈明津笑了，从善如流："懂。"

从影院出来，沈明津有意让章入凡和程怡走在前边，自己和吴征落在后头，为的就是给她们留出聊天的空间。

经过和沈明津的交谈，程怡心里有了底，她挽着章入凡的手，没了刚才那股想刨根问底的冲动，毕竟感情归根结底是很私人的事。

"我就说呢，你怎么突然看上了爱情电影，原来是开窍了。"程怡老怀大慰，颇有种"吾家有女初长成"的即视感，语气激动又慨然，"你居然会主动追人，天啊，我以前想都没想过。"

程怡说着往后瞄了眼，沈明津和吴征明明第一回见面，现在已经聊嗨了。

她回过头问章入凡："为什么会是沈明津？你们俩性格反差还挺大的。是不是我之前说你高中的时候对他观感不错？"

"有这个原因，但不全是。"章入凡其实到现在也很难以说清为什么会是沈明津，感情的萌生原理过于复杂，不是在一件具体的事情中生发的，而是藏于细节之中，难以追溯。

程怡想到沈明津刚才的担忧，忍不住问："小凡，你是真的喜欢沈明津吧？"

章入凡的神情有一瞬间的茫然，她迷茫的原因不在于自己对沈明津感情的不确定，而是对"喜欢"这个定义尚且模糊。她此前从未对异性产生过感情，所以无从得知什么程度的好感可以当得上真正的"喜欢"，但她可以确定的是——

"他对我来说，是很特别的人。"

程怡怔住。

身为好友，她当然知道章入凡这句话的分量。

高中时，十中几个混子天天在她放学回家的路上堵她、骚扰她，有一回章入凡路过，看到她被围堵着，毫不犹豫就上前护住了她。在对警察尚有畏惧之心的年纪，章入凡沉着地带她去报了警，此后那些男生再不敢耍流氓。

程怡对章入凡心存感激，在学校里主动示好，但章入凡不为所动，不接受她的小礼物，不答应她的周末邀约，甚至很直接地说——我不需要朋友。

程怡一开始很受挫，后来才发现故作冷漠是章入凡的保护色。

那个年纪的少女聚在一起谈论的话题是缤纷的，偶像、小说、动漫……章入凡无一涉猎，程怡不止一次听班上的女生说过她很无聊，甚至她们会觉得她的"无知"是一种冒犯——我们喜欢的东西，你怎么能一点都不了解呢？

比起一开始的疏远，兴味盎然地靠近后再兴致索然地离开更令人伤心，程怡在成为章入凡好友的日子里，发现她比谁都害怕自己的无趣，所以她将自己的心扉紧闭。

现在，她主动打开了紧掩的心门。

程怡忽然有些动容，慨叹一声，说："我都有点嫉妒沈明津了。"

"不过我很高兴你能找到自己喜欢的人。"程怡将脑袋往章入凡肩上一倚，"你就放心大胆地去追吧，沈明津他……很好追，你一定会成功的。"

章入凡抿出一个笑。

"好了，我不耽误你约会了。"程怡站直身体，冲章入凡眨眨眼，笑道，"我等你的好消息。"

章入凡迟疑了下，问："你和吴征要回去了？"

"嗯，本来今天就是来看个电影，一会儿去散个步就回家。"

章入凡若有所思："散步啊。"

程怡恍然，窃笑道："你是不知道接下来要和沈明津做什么是吧？"

章入凡微窘。

程怡第一回见章入凡这副模样，倍感新鲜，立刻笑着说："今天晚上不是很冷，你可以约他走走，聊一聊刚才的电影。"

章入凡觉得可行。

"碰到什么难题一定要问我。"程怡一副得偿所愿的模样，激动道，"天知道我想当你的恋爱顾问多久了。"

章入凡心头微暖。

程怡不再拉着章入凡说话，她松开手，转身招呼沈明津过来。

"聊完了？"沈明津问。

"嗯，人还给你，我走了。"程怡拉过吴征，最后看了眼并肩站在一起的章入凡和沈明津，心生感慨。

瞻前顾后的章入凡变得一往无前，一往无前的沈明津倒是瞻前顾后了，爱情真是有够奇妙。

程怡和吴征走后，章入凡和沈明津也从商城里出来。

今晚的约会目的达成，电影散场，似乎已没了再相处的理由。

章入凡采纳程怡的建议，试探地询问沈明津："我们散散步再回去？"

沈明津巴不得多些相处的时间，见她主动，欣然接受。

他今晚心情奇佳，虽是秋夜，却好似春风拂面，心里百花齐放。

周末晚上的商场热闹非常，有人逛街吃饭看电影，商城外的广场也攘来熙往。

广场上欢声笑语，他们并肩缓缓地走着，有个小花童抱着一捧花走过来，笑着对沈明津说："大哥哥，给漂亮姐姐买朵花吧。"

章入凡刚要摆手，就听沈明津爽快地应道："好啊。"

他付了钱，拿过一朵鲜艳欲滴的红玫瑰递给章入凡。

章入凡动作极其生疏地接过花，看着娇滴滴的花骨朵，抬首礼貌又诚挚地说："这是我第一次收到花，谢谢。"

简单的一句话，沈明津却被打动，他笑着朗声道："等你追到我，我天天给你送花。"

章入凡被他感染，也笑了。

晚风拂面，秋风寒凉却不刺骨，自有一种高爽的气息。

沈明津开启话题，问："你应该很少看悬疑片吧，晚上的电影怎么样？"

"挺有意思的。"章入凡说，"我没想到凶手是那个大叔，明明是他报的警。"

"悬疑片就是反转才有意思。"

"你很喜欢看悬疑片？"

"嗯。"沈明津双手插兜，一派闲适，说，"悬疑片刺激，看着过瘾。"

章入凡追问："最喜欢哪几部？"

沈明津说了几部电影的名字，余光见章入凡微蹙着眉，显然在默记他的话，不由得笑了，说："你如果不喜欢悬疑片，不用特地去看。"

"我想多了解你一些。"

沈明津心旌一动。

只要她主动往他这儿靠近一步，沈明津就恨不得往她那儿再走两三步。

他清了下嗓子，一本正经地自我介绍说："沈明津，男，二十三岁，职业是咖啡馆老板，特长……除了学习，样样精通。"

章入凡听到这儿笑了，这是高中时老师评价他的话。

"喜欢吃的食物上回说过了，喝的，除了咖啡，我还喜欢汽水。"沈明津停在这儿，转头忽问，"你不喜欢喝可乐？"

章入凡怔了下，几秒后才反应过来他指的是刚才看电影时他买的可乐，

178

她忖了下，严谨回道："不是不喜欢，是不怎么喝。"

"我以为你只是不爱喝奶茶，原来可乐也不喝啊。"

章入凡觉得奇怪，如果说吃不吃辣可以从她在食堂点的菜中得知，那喝不喝奶茶又要怎么判断？

"你怎么知道我不喝奶茶？"

"我请你喝过啊。"

"啊？"章入凡失神片刻，讶然道，"那次请全班喝奶茶的人是你？"

"嗯。"沈明津点了下头，坦诚道，"高中有几次我看见你站在校门口的奶茶店前犹犹豫豫的，还以为你和其他女生一样，是想喝又怕胖。后来才从程怡那儿听说你不爱喝奶茶。"沈明津说到这里，还开了个玩笑，"不会是我给你的那杯奶茶不好喝，让你有心理阴影了吧？"

章入凡怔然，轻轻摇了下脑袋。

高中有段时间，学校掀起了一股奶茶热，周边的女生几乎人手一杯，那时奶茶还是很新鲜的饮品，她很好奇它喝起来是什么口感，又谨记着章胜义的教导，因此常常陷入纠结之中。

章入凡以为这些青春期的矛盾和抗争都是属于她自己的秘密，却没想到有人会悄悄地观察着她，察觉到她的不自洽，并用自己的方法暗中关心着她。就像那个"男人婆"的外号，她是真的不在意吗？似乎并不是，只是如果能做到不在意会比较轻松，但沈明津在意。

他会在意她是不是想喝奶茶，会在意她被叫不好听的外号，会在意她的一切。

章入凡莫名有些眼热，不知道为何居然有种想流泪的冲动。

她一直以为自己是一颗孤独星球，在宇宙深处孑然地飘零流浪，从没有发现太阳系有一颗恒星在为她发光发热，而此时此刻，那道光穿过了五年的光阴，到达了她的星球。

五年了，光源体陨灭了吗？

章入凡扭头看向沈明津，迫切地想知道答案。

她沉浸在思绪中，没察觉到周遭的变化，直到沈明津抓住她的手，把她往边上一带。

一个滑着滑板的男孩迅速从他们身前擦过，带起一阵风，刚才若不是沈明津手疾眼快，章入凡就会被撞到。

沈明津望着男孩疾行而去的背影微皱了下眉，松开手时却发现章入凡的手仍在他手心里，她正紧紧地握住他的手。他心神一荡，低下头就对上章入凡真切动人的眼睛。

"吓到了？"沈明津不由得放柔了声音。

章入凡回神，顺着他的目光低头，这才惊觉自己竟然在无意识之中遵照本心地抓住了他的手。

这无疑是一种越轨行为，章入凡吓了一跳欲松开手，下一秒，沈明津反握住了她的手。

章入凡抬头。

沈明津面对她灼灼的目光，内心早已汹涌澎湃，面上却故作镇定，可恶地"倒打一耙"，说："我看你好像有点想牵我的手。"

章入凡双颊发烫，却没否认，目光笔直又诚挚地回望着沈明津。

沈明津见她默认，心里翻江倒海，飞快地道了句："广场人多，让你牵一会儿吧。"

"可以吗？"章入凡这一问既是出于礼仪，也是疑惑。

"可以。"沈明津低咳了声，像是给自己壮胆似的，声调微挑。

他眼神忽闪，神情已有些罕见的不自然，担心在章入凡的注视下，下一秒就会破功，因此他二话不说，抬脚就往前走。

被牵着的章入凡自然而然地跟着往前走，她垂眼，目光落在他们相握的双手上，心口怦然。

她感受到了从他手心里传递而来的温度，是鲜活的，没有任何隔阂的。

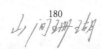

这一回他们之间没有误会，更没有时差，她在第一时间直接而清晰地感受到了他的光芒。

光源体似乎并未陨灭。

周日，章入凡例行晨跑，结束后洗了个澡准备出门。她今天请沈明津上门吃饭，要提早去超市选购食材。

昨天答应了章梓橦要带她去见沈明津，小丫头早早就整装待发，一见章入凡从房间里出来，立刻背上自己的小书包，屁颠屁颠地跑到玄关，不用别人帮忙，自觉地穿好鞋子。

"这丫头，一早就起来了，平时上学从来没这么积极。"李惠淑起身嗔了句，她瞄了眼坐在沙发上的章胜义，他看着大女儿，明显有话想问，又问不出口。

李惠淑笑了笑，看向章入凡，出声问："橦橦说今天要见的大哥哥住你楼下？"

章入凡点头。

"我看你们关系挺好的，一起看吃饭看电影的，他是你……男朋友？"李惠淑试探道。

"还不是。"章入凡顿了下回道，"他还没答应。"

"啊？"李惠淑吃惊，转过头看向章胜义，一时半会儿不知道说什么好。

章入凡也看向章胜义，他的神色亦有些诧异，但什么话都没说。

章胜义就是这样一个父亲，十八岁前，他对她进行多方面的管教，培养她的习惯，锻炼她的体魄，塑造她的人格。成年后，他给她很多的自主权，无论是学习还是生活上，只要她做的事在原则之内，他都不会过问太多，也不会插手。

高考成绩出来后报大学，她下定决心要去千里之外的清城，章胜嫔劝她别去那么远的地方，但章胜义从来没阻止过她，毕业工作亦是如此。所以在

择偶问题上，除非沈明津是个犯罪分子，否则她不需要担心会遭到他的反对。

"我出门了。"章入凡打了声招呼，并且说明中午不回家吃饭。

她带着章梓橦出了门，搭乘地铁先去了公司，打算亲自去超市挑选食材，临到商城入口时又变了主意，拉着章梓橦去了"津渡"。

周末早上，咖啡馆里排队点单的人少了，但店里坐着的客人多了。

沈明津正在吧台里忙活，听到一声"大哥哥"蓦地回过头，先是看到章入凡，头一低才看到她牵着的章梓橦。

"你们怎么来了？"

"等下要去超市买东西。"章入凡问他，"你中午会回公寓？"

"会回去。"沈明津抬头，和章入凡目光相触的那一瞬间，破天荒地，眼神有些飘忽，他强自保持淡定，说，"答应你的事我不会爽约。"

章入凡其实很清楚沈明津会信守承诺，她也不是非要来这儿多此一问，只不过昨夜失眠，今早忍不住想见他一面。

面也见了，章入凡进退得宜，不再耽误他工作，拉着章梓橦道别："我做好饭给你发消息。"

沈明津很想陪她们去超市逛逛，但是今天店里有员工请假，人手不够，他走不开，只好点头应好。

章梓橦也懂事，没有赖着不走，知道沈明津忙，朝他挥了挥手，很元气地喊了声"加油"。

她们走后，有熟客打趣："沈老板，怎么一段时间没来你这儿，老婆孩子都有了？"

沈明津知道他说的玩笑话，一哂而过，转过身接着泡咖啡。

小牧见他脸上的表情明显不同，章入凡来之前，他时不时看表，一副想关门谢客的模样，现在却哼着曲儿，心情肉眼可见地愉快起来。

小牧"啧"了一声，随后提醒道："哥，美式不加糖。"

从超市选购完食材，章入凡带着章梓橦回到京桦花园。

她看了眼时间，距饭点还有一个多小时。这点时间平时自己做饭是够用的，但现在要招待客人就有些仓促了。

章入凡先把米淘洗了放下去蒸，随后拿出从超市买回来的食材准备料理。昨晚她就敲定好了菜单，心里有了备案，所以准备起来也不会手忙脚乱。

章胜义为了让她早点独立，从小就教她各种生活技能，唯独没教过她做饭。她的厨艺是上大学后外婆教的，所以她擅长做的都是南方菜，而且能拿得出手的也就那几样。

她做饭循规蹈矩，完完全全遵循外婆教授的步骤，自己照着食谱做的时候，更是连佐料都会精确到"克"，为此也被外婆批评过，说她全然没领会到做饭的乐趣。

章入凡先把排骨洗了放下去炖汤，之后开始处理起各种食材。前前后后在厨房忙了一个小时，总算是将定好的几个菜摆上了桌。

她看了眼时间，拿出手机给沈明津发了条消息，他很快回复说人在楼下，马上上来。

章入凡松口气，从厨房出来，这才有空去关照章梓橦。

刚才忙着料理食物，章入凡顾不上章梓橦，怕章梓橦觉得无聊，就让小丫头去房间里拿上回买的绘本来看。她在厨房忙活的时候，章梓橦一直很听话，她以为小丫头在看绘本，走近了才发现小丫头不知道什么时候拿了她的平板电脑，正津津有味地看动画片。

现在的小孩子对科技产品的运用程度远超章入凡的认知，她皱起眉头，出声说："你怎么在看动画片？"

章梓橦抬起头，看到章入凡表情严肃，嘟了下嘴，似乎有点畏惧她，默默地把动画片关掉了。

"你如果想用平板电脑，应该先征询我的意见。"

章入凡的语气并不严厉，不徐不缓的，反而给人一种不怒自威的感觉，章梓橦耷拉着脑袋，双手捧着平板电脑一声不吭。

章入凡叹口气，拿过平板电脑放在一旁，示意她："去洗手，准备吃饭。"

章梓橦一动不动，受了委屈似的低着脑袋，泫然欲泣的模样。

章入凡还要再说，恰好门铃响了，她只好先去开门。

"在门外就闻到香味了。"门一开，沈明津就说。

章入凡抿唇浅笑，让开身请他进来。

这是沈明津第二回来章入凡的公寓，上一回他以为她不会想和他有过多的交集，刻意和她保持着距离，谁曾想才没过多久，他们之间的关系就有了质的变化。

进了屋，沈明津听到了章梓橦的抽噎声，扭头一看，小丫头坐在沙发上在抹眼泪。

"小不点怎么了？"他回头问。

章入凡对章梓橦的情况感到头疼，轻叹一声无奈道："她拿平板电脑看动画片，我说了她一句，闹脾气了。"

沈明津了然。

章入凡指了指餐桌，说："你先坐，我去哄哄她。"

"你确定你会哄小孩儿？"

"……"

沈明津哂笑："我来吧。"

他走向章梓橦，在她面前蹲下，笑着说："怎么还哭鼻子了？姐姐说你，你不高兴了是不是？"

章梓橦瘪嘴。

沈明津撸起袖子，再次在她面前表演了个小魔术，只是这回变出的是一个小麻花。

"上回你送我的星星很有用，多亏了它，我的封印已经解除了。"

章梓橦的注意力果然被吸引了，一时也忘了哭，拉过沈明津的手左看右

看，眼神困惑。

沈明津把小麻花送给她，从桌上的抽纸盒中抽出一张纸，帮她擦了擦眼泪，等她情绪平复后才开口问她："你拿平板电脑看动画片问过姐姐了吗？"

章梓橦沉默地摇了摇头。

"那是不是做错了？"

章梓橦不说话，过了会儿才轻轻地点了下脑袋。

"学校里老师有没有教过你，做错了应该怎么样？"

章梓橦抬起头，小心翼翼地瞄了眼章入凡，小声地喊了声"姐姐"，然后说："……对不起。"

章入凡见沈明津三言两语就将章梓橦哄好了，不由得愣了下神。

明明讲的是同样的道理，沈明津取得的效果就是比她要好。他是她小时候最喜欢的那一类家长，不专断独行，也不会只讲些冷冰冰的大道理，可长大后她却变成了章胜义那样的大人。

"想什么呢？"沈明津站起身问。

章入凡回神："……没什么。"

沈明津故技重施，在章入凡面前也变出了个小麻花，递给她，说："小不点道歉了，原谅她吧。"

他是把她也当成孩子哄了，章入凡失笑。

她倒不会和小孩子斤斤计较，低下头对章梓橦温言道："去洗洗手，吃饭。"

章梓橦这回听话了，主动去了洗手间。

沈明津还举着手，章入凡犹豫了下，接过他手中的小麻花，刚才他给章梓橦变魔术的时候她站在他身后，因此窥破了这个魔术的奥秘。

"你身上总带着这些……零食？"

"店里会有客人带孩子来，这一招哄小孩儿百试百灵。"沈明津看了章入凡一眼，笑道，"哄大人有时候也管用。"

章入凡被他的目光一烫，忍不住别开眼，说："吃饭吧……我做了几个菜，不知道合不合你的胃口。"

沈明津借用厨房洗了手，落座后看了眼餐桌，五菜一汤，卖相都不错。

"看着不错啊，高中的时候你明明连烧烤都不会。"他纳罕。

"嗯？"

"高二春游，还记得吗？"

章入凡回想了下，高二那年班上的确组织了一次郊外春游，老师领着同学带着新鲜食材去野外烧烤，她笨手笨脚的，好几回把烤串烤煳了。

"记得。"章入凡回忆道，"后来是不是你接替了我的位置？"

"嗯。"沈明津笑，"怕你把所有烤串都烤煳了。"

章入凡晃了下神，忽然察觉到高中时她和沈明津虽然正面接触不多，但间接接触似乎不少，以前她没注意，现在仔细一回想，在记忆的犄角旮旯里总有他的身影。

不知道这是巧合还是人为。

章入凡给沈明津添了饭，又递了双筷子给他，说："你尝尝，看看吃不吃得惯。"

沈明津接过筷子，夹了一箸菜。章入凡看到他的动作，瞬间感到紧张，她第一回学做饭，面对外婆的评价时都没有像现在这样不安。

"怎么样？"

"味道不错啊。"沈明津给予了正面的赞赏，又问，"你大学修的厨艺课？"

章入凡摇头："这几道菜都是我外……姥姥教我的，她是清城人。"

"难怪。"

章入凡像是通过了一场考试，心底无端轻松，坐下后给章梓橦添了饭，把勺子递给她，又夹了块鱼肉放进自己碗里，低头细心地挑着刺。

沈明津看着对面坐着的一大一小，目光最后落到给章梓橦挑鱼刺的章入

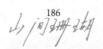

凡身上，她微蹙着眉，像是在干一件精细活儿，全神贯注。

此情此景颇有种一家三口的温馨氛围，沈明津蓦地想起早上客人的打趣，神经不自觉地松弛下来，脑海中浮想联翩。

章入凡把挑好刺的鱼肉放进章梓橦碗里，察觉到沈明津的视线，不由得抬头看过去。

沈明津和她的目光一触，立刻回神，从对未来的畅想中抽身。

他提醒自己，老婆孩子什么的还太遥远了。

毕竟，她才牵到他的手。

吃完饭，沈明津要帮章入凡收拾桌子，她推说不用，怕他过意不去，就把章梓橦拜托给了他。

沈明津带着章梓橦去到客厅，小丫头很关心他的身体，问他："大哥哥，你的伤好了吗？"

"啊……"沈明津反应了一秒，想起了自己还有个"拯救世界"的人设，立刻说，"好了，封印已经解除了，刚才不是还给你变了个魔法吗？"

"太好啦。"章梓橦一派天真无邪，认真地叮嘱他，"你下次要小心哦，要是再受伤了一定要告诉我，我再给你折一颗幸运星。"

沈明津乐得配合，点了点头应道："好。"

章梓橦对沈明津拯救世界的事迹非常感兴趣，一直缠着他发问。沈明津不想她失望，就把自己代入奥特曼的身份，将大战怪兽的故事转述给她听，一开始他只是想满足下小孩子的好奇心，到后来反而越讲越来劲儿。

沈明津和章梓橦很投缘，一个敢编一个敢信，一个跌宕起伏的故事讲完，两人都有些意犹未尽。

章梓橦很喜欢沈明津，她坐在他身边，抬起头问："大哥哥，你是我姐姐的男朋友吗？"

沈明津往厨房看了眼，很自信地告诉她："再过不久就是了。"

"不久是多久？"

沈明津想了下，说："在今年下雪之前。"

章梓橦似懂非懂地点点头。

章入凡洗完碗收拾完厨房出来时，沈明津和章梓橦已经玩在一块儿了，他们凑在一起画画。章入凡还奇怪公寓里哪儿来的画笔和纸，转眼看到了章梓橦的小书包，顿时了然。

章梓橦抬头看到章入凡，立刻放下笔，拿起画跑向她，她这一跑，不小心就碰掉了桌上放着的几个绘本。

沈明津弯腰拾起绘本，眼睛忽然被地上的一本书吸引。

"这是……"

章入凡看到沈明津手上拿着的《绿山墙的安妮》也是意外，晃了下神才想起昨晚她睡不着，就拿了这本书出来，临睡前忘了收进抽屉里，搁在了床头桌上，大概刚才章梓橦进房间拿绘本，把这本书也一起拿了出来。

沈明津自然记得这本书，五年前他还碰过。

书掉落在地，摔出了里边的信，沈明津捡起信，讶异道："你还留着这封信？"

这封信章入凡是留着，但这个"留着"不是沈明津以为的"留着"，她想了想，如实地解释说："你给我的这封信，我高中的时候没看到，是这次回来，偶然发现的。"

沈明津神色诧异，过了会儿又恍然。

他之前还有疑惑，如果说动员大会那天傍晚，在教学楼后，她把他的行为误会成了恶作剧，那么夹在书里的信呢，她把它当成了恶作剧的一部分？

现在他明白了，当初她压根儿就没看到这封信，难怪她那一天什么反应都没有。

这也解释了，为什么在国庆再相遇后，她会主动靠近他。

仅仅因为这封信，所以对他产生了好奇？

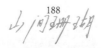

Chapter 14
未曾发觉的依恋

店里缺人手，沈明津下午还要去咖啡馆，临走前他询问章入凡需不需要送她们回滨湖区。章梓橦饭后犯困，坐在沙发上打盹，章入凡想让她睡一觉再回去，因此没有麻烦沈明津。

她送沈明津到门口，叮嘱他路上开车小心。

沈明津站在门外，看着章入凡沉默片刻，最后挥了下手，道别离开。

章入凡目送他，直到他的背影消失在拐角处才回过神。

不知道是不是错觉，她总觉得沈明津在看到夹在书里的那封信后情绪就有些低沉，当时他没有询问更多，只是自嘲地道了句"字真丑"，之后就把信夹回了书里，还给了她。

章入凡揣测不出沈明津的心思，或许他想到了当初的乌龙，觉得滑稽；又或许他是觉得那时她没看到他的信，有些遗憾；又或许，他为彼时的行为感到后悔。

最后一个猜测让章入凡忧心不已。

怀抱着各种想法，章入凡心神不宁，整个午间，章梓橦睡得沉酣，她躺在一旁却是睡意全无，脑子里一直回想着沈明津离开时，脸上落寞的神情。

昨晚失眠，章入凡整个人精神恍惚却又睡不着，干躺着也是难受，她干脆起身，帮章梓橦掖了掖被子，轻手轻脚地离开了房间。

出来后她去厨房烧了一壶水，等开水没那么烫后，把章梓橦的保温瓶灌满。这个保温瓶是她目前在章梓橦身上看到的仅有的章胜义的教育痕迹。

午睡睡太久不好，章入凡掐着点叫醒章梓橦，等她穿好衣服后，拿洗脸巾沾了水帮她擦了擦脸。

章梓橦睡了个觉养精蓄锐，醒后立刻生龙活虎，开口说的第一句话就是问："大哥哥呢？"

章入凡闻言手一顿，回道："去工作了。"

章梓橦倏地眼睛一亮，激动道："他又打怪兽去啦！"

"不是，是去咖啡馆了。"

"大哥哥是超人！"

"不是，他是个咖啡师。"

"大哥哥会变魔法！"章梓橦像是要证明自己的话，忙从上衣兜里掏出一个小麻花，递到章入凡眼前，说，"这个就是他变出来的。"

章入凡倒没否认这个，只是耐心地澄清道："这是魔术，不是魔法，这个世界没有魔法。"

章入凡只是说明一个事实，没想到章梓橦"哇"的一声就哭了，而且嚎得极其伤心，眼泪丰沛地往下淌。

章入凡吃惊，没明白她为什么突然就哭了，一时不知所措，只能拿洗脸巾擦了擦她的脸，想安慰又不知从何下手。

"别哭了。"章入凡干巴巴地劝道。

章梓橦的眼泪还是止不住哗啦啦地流。

章入凡回想了下中午沈明津哄小孩儿的场景，无奈她并不会魔术，只能一遍遍地给章梓橦擦眼泪，到最后她哭累了，就怏怏不乐地坐在沙发上抽噎。

章入凡给章梓橦倒了杯温水，劝她喝了点儿，之后就帮她收拾东西，打算带她回家。章入凡把散落在桌上的画笔一支支收进盒子里，又去整理她的绘画本，在看到中午章梓橦和沈明津一起画的画时，不由得愣住了。

画上是一个男人和一只丑陋的怪兽在对峙，在男人的身后有一大一小两个姑娘。

图画的意思很浅显，章入凡一眼便知，她似乎明白了章梓橦为何而哭，与此同时又有些不能理解。在她认为，她不过是陈述了一个事实，一个即使章梓橦现在不愿意相信，长大后也会认清的事实。

收拾好东西，章入凡带着章梓橦从京桦花园离开，回滨湖区的路上章梓橦还是闷闷不乐，也不好奇问问题了，一路沉默到家。

到了家，李惠淑迎上来，见章梓橦眼睛红红的，就问了句怎么了。

"我好像让她不高兴了。"章入凡说。

"哎呀，她啊小孩子脾气，一点不如意就要耍性子的，小凡你别在意啊。"李惠淑先是宽慰章入凡，接着拉过章梓橦的手，摸了摸她的脑袋，说，"我哄哄，一会儿就好了。"

李惠淑把章梓橦带进了儿童房，章入凡低叹一声，走到客厅见章胜义在看报纸，踮足就想回房。

"你小姨给你寄了几个快递，我帮你收了。"章胜义忽然出声。

章入凡定住脚，低头看向茶几，桌面上的确放着几个包裹。

小姨前阵子的确问过她租屋的地址，她猜小姨又想给她寄衣服和护肤化妆用品，便没把京桦花园的地址告诉小姨，本以为这样能打消小姨又为她破费的念头，没想到小姨拐着弯儿地寄到了家里来。

章入凡走到桌旁，弯腰要取快递，章胜义又开口了，他问："你姑姑说你最近在负责你们公司的一个活动？"

章入凡怔了下，很快应道："嗯。"

"新公司还习惯？"章胜义折起报纸放在一旁。

章入凡没想到章胜义会关心这个问题，而且看样子他有话要说。她忏了下，在沙发上坐下，同时回道："挺好的。"

"公司有食堂？"

"没有。"章入凡说，"但是有合作的餐厅。"

章胜义点头，拿起桌上的茶杯，喝了口茶，放下杯子时又看向章入凡，问："上下班搭地铁？"

章入凡点头。

"这段时间你把车练回来，家里的车我暂时用不上，你开走吧。"章胜义说着从口袋里掏出车钥匙，递给章入凡。

"不用。"章入凡扫了眼车钥匙，没接，她抿了下唇说，"京华区早晚高峰期会堵车。"

章胜义闻言仍是说："你工作总有用得上车的时候，上下班不开，见客户也要用车。"

"车停在家里也是落灰，开去你那儿放着吧。"章胜义说完把钥匙往桌上一放，是不容再拒绝的姿态。

章入凡沉默。

章胜义看着她，缄默半晌起身，离开客厅前说了句："这几天要降温，别忘了买几件羽绒服，上京可不是清城。"

章入凡过了会儿才拿起车钥匙放在手心里端看，而后轻轻地叹了口气。

初三毕业，章胜义再婚，李惠淑成为她的继母，高中三年是他们这个新组合而成的家庭磨合适应的过程。

李惠淑不是童话里的后母，待她并不苛刻，也从来没有人前背后各一套，但章入凡早已习惯了单亲家庭，二八年纪突然多了个"母亲"，还是很难适应，更遑论后来还多了个章梓橦，所以大学她选择了离开上京。

去清城的这几年章入凡很少联系章胜义，当然他也很少找她。她的室友们隔三岔五就会给家里打电话，和父母说说学校里的新鲜事，但她从来没有。她和章胜义之间的沟通很公式，每个月月初他给她打一笔生活费，她收下后道一声谢，月中他询问她生活费够不够用，她一般都回够用。

章胜义从小教导她要节俭，但在物质上他从来没有短过她什么，大学的生活费他月月给得准时，就是毕业后，他每个月都还会固定地给她打一笔生活费，即使她明确表示过自己不需要。

章入凡还记得小姨曾经说过章胜义没有尽到作为一个父亲的责任，但她的想法恰恰相反，她觉得他太执着于做一个父亲了。

母亲意外去世，他为了她放弃了戎装梦从部队退伍，转业到了单位，从连长变成了一个小小的科员，过上了他不喜欢的生活。

章入凡曾见过他在深夜独自痛饮，但他在她面前从未露出过颓相，亦未曾抱怨过分毫，他对她严苛，对自己更是如此，他不允许自己对生活服软。

他将一个父亲的职责发挥到最大，教育她、引导她、锻造她，竭力避免她误入歧途。

十八岁以前，章入凡在章胜义划定的圈子里长大，她对他有过怨，但没有恨。即使养育教导她是出于责任，但他至少将她抚养成人了，且他们之间也并非全无温情。

章入凡还记得高二那年"奶茶事件"后，章胜义当晚就榨了一杯果汁给她，之后每天如此。他用自己的方式对她好，但他忽略了，她当时需要的并不是一杯健康的果汁，而是那杯不健康的奶茶。

就如同此时，她真正需要的并不是手中的车钥匙。

十一月初，北部寒流入侵，气温急降，上京尚未供暖，因此室内亦是清冷。

章入凡在清城待了几年，抗冻能力有所见长，在这样的天气里还不至于冷得打战。

周一，她按时按点出门上班，出了地铁站习惯性地就先去了文化街。到了"津渡"，意外地没看见沈明津，问了小牧才知道他今早还没来店里。

章入凡稍稍讶异，她已经习惯了沈明津每天早上都会在咖啡馆里，倒是忘了之前小牧说过的，他来店里的时间不一定。

到公司打了卡，章入凡坐在工位上，盯着桌上的咖啡出神。她拿出手机，点进和沈明津的聊天页面，昨晚她照常道了晚安，他也和往常一样给予了回复。

一切好像都没变，但她心底隐隐觉得不安。

章入凡看着手机，思索了几秒，给他发了个"早安"。

没多久，沈明津回了个"早"字，仅仅只有一个字。他没有像往常那样询问她吃早饭了没，告诉她今天的天气，分享他做的第一杯咖啡。

章入凡心头惴惴，直觉从昨天中午他看到那封信开始，他们之间好像就出了问题，但她怎么想也捉摸不出是哪里出了差错。

她正犹豫要不要给他再发条消息，随便说说话也好，刚点出键盘，袁霜就喊她去会议室开早会了。

章入凡无法，只好收起手机。

这个月"咖啡集市"就要正式举办，章入凡作为主要负责人，工作任务重，她在会上向刘品媛汇报了活动筹办的进展，会后又被带着去见其他部门的负责人。

等工作协商完毕已是中午，袁霜喊章入凡一起去吃饭，她想了想，说自己有事要去趟"津渡"，袁霜以为还是工作上的事，便主动说帮她打包一份饭。

章入凡离开公司直奔"津渡"，却还是扑了个空。小牧见她来，告诉她，沈明津去买咖啡豆了，今天不来店里。

咖啡豆的赏味期很短，咖啡馆用豆子多，更要频频购入新的咖啡豆。沈明津对咖啡豆的质量要求比较高，所以回回都会亲自去相熟的咖啡烘焙商那儿选购咖啡豆。

章入凡听小牧这么解释，知道沈明津不来咖啡馆是常有的事，但心里悬着的那块大石头始终没能落下。

傍晚下班，她又去了趟咖啡馆，仍是没见着人。她想给他发条消息，又怕不合时宜，更怕他其实并不想收到她的信息。

章入凡忧心忡忡地回到京桦花园，等电梯时还低着头盯着手机在犹豫要不要联系沈明津，犹豫不决间，电梯门开了。

她抬头要走，看见电梯里的人时蓦地顿住了脚。

今天这样的天气，路上许多人都穿起了大袄，沈明津却穿得极为清凉，额上戴着止汗发带，身着一套白色篮球服，胳膊和腿都露在外面，显得四肢更为纤长。

章入凡这样不怕冷的人见了他这样的装扮都不由得打了个哆嗦，偏偏他自己浑然不觉，甚至脖颈间还有汗水在往下淌。

沈明津换了只手抱着篮球，按着电梯开门键，抬眼问："不进来吗？"

章入凡回神，忙走进电梯，等门关上后，忍不住问："你去打球了？"

"嗯。"

"你的腿……"

"正常运动没关系。"沈明津语气寻常。

章入凡抬眼，视线甫一接触，沈明津就别开了眼。

章入凡吊着一颗心不上不下的，这感觉有些像上个月他们才重逢的时候，刚开始几回见面她都不知道要怎么和他搭话，更拿不准他的态度。

"你今天没去咖啡馆。"

"噢，买咖啡豆去了。"

和小牧说的一样，但章入凡总觉得还有点自己的原因。她稍作踟蹰，几秒后才下定决心开口问："你是不是在躲——"

话未说完，电梯厢里的灯遽然熄了，轿厢猛地一顿，发出"哐当"一声。

章入凡只觉整个人往下一坠，还未反应过来，就被人拉住了手，推向了角落。

电梯只顿挫了下，并没有往下坠落，沈明津护着章入凡，确认电梯停止运行后才缓缓松开她的手，拿出手机打开手电筒。

他第一时间看向章入凡，她神色还算镇定，但也看得出人有些紧张。

"没事的，电梯已经停下了。"

章入凡缓过来，点了下头。

沈明津转过身按下电梯厢里的紧急呼叫按钮，几秒后，有值班人员接通了求助电话，询问具体情况。他将被困情况进行说明，值班人员了解后说维修人员会马上过去，让他们稍作等候。

电梯厢里一时安静，沈明津回过身，见章入凡微屈着腿倚在角落里，再次宽慰她："维修人员一会儿就来了。"

"好。"章入凡已从慌乱中冷静下来，她知道电梯停住不动就暂时不会有什么大问题。

电梯里的灯熄了，唯一的光源是沈明津手上的手机，他照着她的脚下，因为背光，她看不清他的脸。

章入凡怔怔地看着沈明津，想到刚才千钧一发的时刻，他毫不犹豫地护住了她。

又是绅士的风度？

"沈明津。"章入凡抿了下唇喊道。

"嗯？"

章入凡看着他，问："那封信……你后悔高中给我写那封信了吗？"

沈明津将手机往上移了一寸，将光源停留在自己既能看清章入凡的脸，又不至于让她觉得刺眼的位置上。

"没有。"他先回答了才问，"为什么突然这么问？"

"昨天你看到那封信后，好像有点不高兴？"章入凡试探道。

沈明津没想到章入凡在这方面这么敏锐，他惊了下，立刻说："我只是……"

他也说不清自己到底是个什么心情，只是无端地很心焦，像是过河过到一半，忽然发现脚底下的桥是他幻想出来的。

沈明津看着章入凡，决定踩一踩脚底的桥，探探虚实。

他借着手机的光，问她："你是因为看到了那封信，所以才主动找我的？"

章入凡没否认，那封信的确是一个契机。

沈明津心口微沉，目光不移，又问："如果给你写信的人是杜升，你也会去找他？"

章入凡迟疑了。

就几秒钟的时间，沈明津跌入河中，被冰冷的河水激醒。

他明白了，章入凡只是对那封信感到好奇，即使写信的人不是他，她也会主动地去接近。

她从未明确地对他表示过好感，沈明津想，也许是他错误地引导了她。

电梯里一片岑静，章入凡看不到沈明津的表情，猜不到他在想什么，她隐约觉得气氛有些不对，但千头万绪总是抓不住最重要的线索。

就在这时，电梯外有人拍了拍门，喊道："有人在里面吗？"

沈明津立刻应道："有。"

他转过身和维修人员说了几句话，很快，电梯门开了。

沈明津捡起篮球，示意章入凡："我们走吧。"

电梯外冷空气肆虐，沈明津刚才被困电梯时不觉得冷，出来后被冻得打了个寒噤。

另外几部电梯还能使用，沈明津担心章入凡因为刚才的故障，对搭乘电梯会有心理阴影，因此回过头问："要不要走楼梯？"

章入凡看他衣着单薄，摇了下头，主动按了另外一部电梯。

沈明津也就顺了她的意愿，等电梯到了，跟在她后边进了电梯。

电梯门关上后，轿厢内一时无话，谁也没有再提起刚才的话题。

他们方才被困在了八楼，现在再出发，电梯上行速度快，中间也没停下，没多久就到了二十层。

电梯门打开，沈明津抱着球走出去，章入凡这才从混乱的思绪中抽身，抬眼看向他。

沈明津转身打了个招呼："我走了。"

章入凡蜷了下手，扫了眼他裸露在外的胳膊，点头致意。

沈明津看着电梯门缓缓阖上，往前一步抬手要按开门键，迟疑了一秒又颓然地垂下手，自嘲一笑。

或许经过他刚才那么一问，章入凡已经想明白了，她并不是真心地想追求他。

沈明津回到公寓，先去洗了个澡。

今天他在外跑了一天，傍晚回来又觉心中不畅，正好有好友约他打球，他便换装去了。他打球打得猛，几个好友招架不住，又怕他旧疾复发，主动喊了停，他这才作罢。

沈明津以前但凡遇着些不顺心的事，打一打球出出汗也就过去了，可今天不知怎的，即使出了一身汗，把自己折腾得筋疲力尽，心口还是堵得慌。

沈明津本想给自己点时间冷静下，不承想回来又碰上章入凡，她两句话的工夫就让他如坠深渊，连自我说服的时间都免了。

热水兜头而下，沈明津抹了把脸，忽觉得自己是不是太矫情了，为什么非得去钻那个牛角尖。

就算章入凡只是因为那封信才接近的他，这又怎样？写信的人是他，而不是杜升或者别的人。恋爱又不是做咖啡，要严格区分咖啡豆是水洗还是日晒的，是深烘还是浅烘，只要她愿意靠近他，他何必追究那么多。

沈明津自我催眠，但心里仍是沮丧。

可能人对感情就是贪心的，得一望二，他也不能免俗。

沈明津洗完澡后就把自己抛在了沙发上，他昨晚没休息好，今天奔波一天，傍晚又运动了一番，现在才后知后觉地感到疲倦。

他躺在沙发上，脑子里七七八八的想法很多，就这么瞎想着最后居然睡了过去。

一觉也不知道睡了多久，沈明津再次醒来时，只觉得嗓子眼发干，脑袋发晕，整个人昏昏沉沉的，时冷时热，浑身使不上劲儿。

据说久不生病的人一生起病来会很严重，沈明津已经忘了自己上回生病是什么时候了，他身体向来好，因此没有在家备药的习惯。

他费劲地侧过身，伸手拿过桌上的手机，点亮屏幕看了眼，晚上十点。

没想到一觉睡了这么久。

沈明津仰躺在沙发上，睁着眼睛盯着天花板。楼上静悄悄的，听不到一丁点的动静，也不知道章入凡是不是睡着了。

行随心动，沈明津拿起手机，点开微信，给她发了句：【你那儿有感冒药吗？】

也不知是因为生病所以人会比较脆弱，抑或是他其实是假借生病，给自己一个借口去示弱。

沈明津盯着手机，不一会儿就看到"对方正在输入"几个字，很快他收到章入凡的回复，她问：【你感冒了？】

他回：【好像是。】

那边似乎打了字又删了，几秒后，她发来一句：【喝点儿热水。】

沈明津扯了下嘴角，就这当口他居然还笑得出来。

他想果然是章入凡。

如果是之前，沈明津会引导她，告诉她追一个人，现在应该要怎么做，但此时无论是生理还是心理，他都没有力气了。

沈明津把手机搁在胸膛上，倦怠地阖上眼，又迷迷糊糊地睡了过去，半醒半梦间似乎听到了门铃声。

他皱了下眉，睁开眼时恍如梦中。

门铃还在响，像远古的呼唤听得不太真切，他本能地挣扎起身，手机掉落在地也不知，浑浑噩噩地走到门后，打开门，赫然看见了章入凡焦急的脸。

章入凡久按门铃，迟迟不见沈明津来开门，她担心他的身体状况，正要拿手机给他打个电话时，门开了。

沈明津脑袋胀痛，撑在门边，勉力打起精神，有些意外地问："你怎么来了？"

"我来送药。"章入凡见沈明津脸上泛着不正常的潮红，额间还有汗渍，蹙了下眉问，"你发烧了？"

沈明津抬手抚了下额，摸到一手虚汗，他声音恹恹的，应了句："好像是。"

章入凡见他整个人无精打采的，尽显病态，忍不住问："要不要去医院看看？"

"不用。"沈明津摆了下手，"睡一觉就好了。"

章入凡见他不适，忙说："那你别站着了，快进去休息吧。"

病来如山倒，沈明津确实难受，他没再强撑，转过身往屋子里走，顺手把门往后一带，彻底打开了。

章入凡迟疑了一秒，提着自己的小药箱跟了进去，再把门关上。

沈明津疲惫地瘫坐在沙发上，脑袋往后仰靠在沙发背上，抬手握拳轻轻敲了敲额间。

章入凡走过去，把药箱放在桌上，打开盖子，从里面拿出了一个体温枪，对着沈明津的额头测了下，他的体温已超过了 39℃。

大概是今天傍晚着了凉才高烧的，章入凡有些着急，转过身从药箱里找出一盒退烧药。她往桌上扫了眼，没看到杯子，目光不由得投向小吧台。

此时此刻她也顾不上主客礼仪了，快步走到吧台那儿，拿起沈明津用来泡咖啡的鹅颈手冲壶烧了水，把开水倒进咖啡杯里。

章入凡捧着杯子来到客厅，沈明津背倚着沙发，眉间紧蹙，闭着眼睛像是睡着了。她吹了吹杯中的水，待水温适宜后才轻轻推了推沈明津的肩，唤了几声他的名字。

沈明津皱着眉，勉强睁开了眼。

章入凡拿过退烧药，说："你先把药吃了再休息。"

沈明津头痛欲裂，觉得耳边隔了层膜似的，所有声音都嗡嗡的，听不清晰。他闭上眼睛又睁开，看到章入凡手里的药片才明白她在说什么。

他勉强坐直了身体，拿过章入凡手中的药片直接丢进嘴巴里。章入凡怕他噎着，忙把杯子送到他嘴边，示意他喝水。

就着温水把药片咽下去，沈明津缓慢地呼出一口气。章入凡被他的气息灼烫到，看他拧着眉一副难受的模样，也忍不住蹙眉。

"你要不要去房间里躺着？"

沈明津不愿意动弹，身子一歪就要倒在沙发上，章入凡忙拿过一个抱枕垫在他脑袋下，让他躺得舒服些。

今日降温，屋子里冷森森的，章入凡在客厅里找了找，没找着空调遥控器，她担心沈明津再冻着，犹豫了片刻，转身走进了他的房间。

打开灯，章入凡没有乱看，直奔沈明津的床，把被子抱了出去，严严实实地盖在了他身上。

沈明津吃了药，昏昏沉沉地睡了过去，章入凡把客厅的大灯关了，只留了沙发旁的落地小灯。她搬来一张小凳子，就守在沙发旁，时刻注意着他的情况。

许是退烧药发挥了作用，沈明津的呼吸从一开始的粗重趋于平缓，章入凡见他焐得冒汗，起身去了盥洗室，在盥洗台的柜子里找到了一块干净的毛巾。她把毛巾沾了水，回到客厅，俯身帮沈明津把额际的汗水拭去。

暖黄的灯光下，沈明津的睡颜恬静，与他平日里的明朗截然不同。

章入凡注视着他，微微失神。

今天被困电梯时，沈明津问她，如果当初那封信不是他而是杜升写的，她会不会主动去接近杜升。她当时犹豫了，事后回到住处她仔细地想过这个问题，虽然这个假设没有意义，但她还是得出了一个答案：会。

当初在书里看到那封信时，最先让她感到讶异的是信的内容，其次才是写信者。一直以来，她都觉得以前的自己普通平凡，是芸芸众生里不起眼的一粟，连身边人都说她无趣枯燥。她想象不到这样渺小的她会有人喜欢，所以她好奇，想寻求一个答案。

如果写信者是杜升，她想她仍然会好奇，这种好奇不是针对写信者的，而是想为自己的青春找一个新的注解。然而这封信是沈明津写的，现在回想起来，她已经混淆了，当初主动接近沈明津到底是想要个新注解，还是更想确认这封信到底是不是他写的。

如果写信的人是杜升或是别的人，她在得到答案后只会释然，而当知道自己错过了沈明津的信且误会他的告白后，除却愧疚，她是懊恼后悔的，甚至几度想要弥补过去的遗憾。

章入凡借着不甚明亮的光线描摹着沈明津的脸，他眉间稍稍舒展，呼吸渐渐平稳，眼睫在眼底垂下一小片阴影，看起来是睡熟了。

她的眼神不自觉地柔和，星点的笑意浮出，甚至透着些自己都未曾发觉的依恋。

Chapter 15
绅士的偏爱

　　沈明津动了下身体，似乎觉得热，把双手从被子里抽了出来。

　　章入凡再次拿起毛巾，俯身帮他擦汗，见他双唇失水，又从自己的药箱里拿出棉签，沾了温水往他唇瓣上抹了抹。

　　他双唇紧抿，一颗水珠从他的唇角滑落，章入凡抬手拂了下他的面颊帮他揩去，指间温热，她心头一悸，垂眼看着他，忍不住伸手去触碰他的脸颊。

　　很多假设未曾发生，她无从去想象，也不能给出肯定的答案，但可以确定的是，如果那封信不是沈明津写的，那她和写信者之间不会有更多的交集。

　　她不是因为那封信才对他萌生好感的，在此之前，他就在她心底埋下了一颗种子，那封信不过是一缕阳光，让它发了芽。

　　章入凡抚着沈明津的脸怔怔地出神，没察觉到他睁开了眼，待她回神，视线往上一移，蓦地就和他的目光撞在了一起。

　　她心里一慌，下意识地要收回手，却被沈明津攥住手腕一拉，倏地就失去重心，跌在了他身上。

　　沈明津刚才做了个纷杂的梦，他梦到动员大会那天，章入凡詈言詈语地拒绝了他，又梦到在国外时，医生说以他腿的伤情他要想再当运动员是不可能的，他当时很迷茫，第一时间想到的人竟然是她。他想他现在四肢都不发达了，她更不会喜欢他。

后来又梦见他们被困电梯，她说当初就是因为那封信她才会主动接近他的，不管写信的人是谁，于她都无差别。

梦到这儿，沈明津遽然坠入河中，刺骨的河水从四周涌来，他滚烫的血液刹那间凉透，旋即惊醒。

睁开眼，他却看到了章入凡的脸，一时间庄生梦蝶般分不清现实与梦境。

沈明津想这应该是个梦中梦，否则章入凡怎么会这么深情地望着他。

他松开她的手，转而去抚摸她的脸，就像她方才做的那样。他指尖滚烫，触碰到她的皮肤时有一种介于真实与虚幻之间的触感。

沈明津先是碰了碰章入凡的眼尾，见她眨了下眼却没躲开，手指便顺着她的颊侧缓缓下滑，落到了她的唇边。他忍不住用手摩挲了下她的唇瓣，目光落定在她的唇间，眸光幽深，有几分茫然就有几分渴望。

沈明津确信这是个梦，否则章入凡怎么会躲也不躲，他脑子里有些非分之想，捏着她的下巴要她靠近，想要在梦里以求一逞。

章入凡看着沈明津近在咫尺的脸，心口怦然，连呼吸都不由自主地放轻了。她知道沈明津想做什么，在她观看过的为数不多的爱情电影里，这样的场景时常出现。

她好像也发起了高烧，浑身没有一处不在发烫，而沈明津就是那个热源，越靠近他，身上的灼热感越强，尽管如此，她却丝毫没有躲闪的想法。

灯光幽幽，将他们的身影投射在墙面上，鼻息相交间，沈明津抬起眼睑，在看到章入凡忐忑慌乱又无辜迷蒙的眼睛时，蓦地醒神。

现实中因着私心错误地引导她，到了梦里还要她不做反抗地顺从自己的意愿，未免也太过霸道无耻了。

沈明津自我嘲弄，手一松就要任由手中的幻象消失，可章入凡还在，她双目灼灼地注视着他，分毫未退。

他感觉到他们之间的空气有一瞬间的凝滞，旋即又形成了气流。

章入凡在沈明津还没完全松开手时，低头在他唇上落下一吻。

沈明津只觉唇上有东西掠过，鸿毛点水一般，轻得他以为是错觉，却点破了他的迷思。

章入凡在一瞬间迸发的勇气下，做了生平从未有过的事，等她稍稍挪开身，对上沈明津乌黑发亮的双眼时，涌上来的勇气便如潮水般消退，只剩下狼藉。

她慌忙直起身，往后退一步转身要走，却被攥住了手腕。

沈明津顺势坐起身，他的脑袋尚且发胀发痛，意识却在苏醒。他的目光钉在章入凡身上，眸光沉沉，内里像是有风暴正在形成。

"我好像没教过你……乘人之危？"

沈明津的声音暗哑，隔着不远不近的一段距离，震得章入凡耳朵发麻。

她回过身，与沈明津的视线刚一接触，便慌张地垂下眼，语不成句道："抱歉，我……"

章入凡咬了下唇，不知道该怎么替本能的冲动开解。

沈明津不待她做出解释，脑袋一低，磕在了她的手背上。

"红桃 A，我真是败给你了。"

沈明津还未完全退烧，额间热度仍在，章入凡的手背被一烫，忍不住战栗了下。

"那封信是我写的，不是杜升，也不是别人。"沈明津开口，语气沉沉，像是说给章入凡听，又像是说给自己的。

"就算你只是因为那封信才找上我的也没关系。

"就算我对你来说不是特别的也没关系。

"就算你不是真的想追求我也没关系。"

沈明津轻呼一口气，喃喃道："我都可以接受，都可以……你不能把我教你的用到别人身上。"

章入凡怔忪。

沈明津双手握着她的手，脑袋抵在她的手背上，是虔诚又脆弱的姿态。

他似是自言自语，又仿佛在请求，语气可怜又委屈。

章入凡之前总觉得她和沈明津缺点儿缘分，五年前他喜欢她，她不知道，五年后她明白了他的心意，可他好像已经不喜欢她了。

他们之间有着五年的时差，这段时间，她一直想着要怎么把这个时差倒过来，可现在她发现——时差似乎并不存在。

她把那封夹在书里的信当作是穿越光阴的最后一缕阳光，唤醒了她心底深埋着的种子，此后的日子，要换她去追寻太阳。

可原来，光源体一直都没有陨灭，是她过于拙讷才不知道，发光的恒星也需要回应。

章入凡眼眶微湿，她往前一步，抬手轻轻碰了下沈明津，待他抬头，才笃定地告诉他："沈明津，就算没有那封信，我还是会喜欢你。"

她不再犹豫，直视着他的双眼，坚定地问："你愿意和我交往吗？"

章入凡今晨起来，去盥洗室洗漱时，看着镜子里的自己出神。昨晚再次失眠，她的眼底有淡淡的两抹乌青，虽然睡眠不足，眼睛却不显疲态，反而亮得出奇。

洗漱完毕，她打开衣柜想要拿出套常服换上，目光在柜子里扫视一番，最后落在了小姨给她寄来的新衣上——一套鹅黄色的小香风套裙。

这套衣服她前天洗好烘干后就挂在了衣柜的角落里。小姨的审美显然和她不同，鹅黄色虽然不算特别亮丽的颜色，但对她来说还是太扎眼了，在衣着上她向来倾向于低调，但今天，她再看这套衣服，却觉得顺眼极了。

章入凡换上套裙，站在落地镜前端看自己，好像没想象中的别扭，甚至觉得很合适。

她以前并不相信心情会影响审美这种说法，但现在她信了。

换完装，章入凡化了个淡妆，看了眼时间，忙穿上外套出门。

进了电梯，按楼层时章入凡迟疑了下，她在犹豫要不要去看看沈明津，又担心这么早他还在休息，她贸然上门反而会打搅了他。

章入凡想还是晚些再给他发消息问问他的情况，思及此也就按下"1"的按键，却不想电梯在二十层就停下了。

电梯门打开，章入凡意外地看到了沈明津，她讶异："你怎么……"

沈明津径自走进电梯，很自然地打招呼："你今天出门迟了些。"

章入凡听他这话，像是等了她有一会儿了。

"你……"章入凡有几个问题要问，她抬头看向他，问了紧要的询问，"感觉好些了吗？"

"嗯。"

沈明津昨晚吃了退烧药，睡了一晚，发了汗后烧就退了。今早起来他疑心昨晚做了个美梦，到客厅一看，桌上还放着退烧药，这才确信昨晚章入凡真的下来找过他。

他顿时神清气爽，脸色容光焕发，一点也看不出是才发过高烧的病人。

章入凡见他气色的确好转，还是不大放心，遂问："今天还要去店里，不在家休息吗？"

"多亏了你的药，已经好了。"沈明津回过头，眼底浮着一层笑意，反问她，"你呢，没被我传染吧？"

章入凡耳郭一热，垂下眼说："发烧是不传染的。"

沈明津看着她耳尖上的一点红，勾了勾唇。

电梯下行，期间又进来了些人，章入凡往角落里站，沈明津站在她身前，替她格挡开人群。

到了一楼，很多人往外走，沈明津也举步往前，察觉到章入凡没跟上，回头问："不走吗？"

"你今天不开车？"章入凡回过神来，跟上去。

沈明津摇了下头，说："陪你搭地铁。"

今天的气温比昨日更低，从公寓里出来，阴冷的寒风拂面而来，天空混混沌沌的，看着好似没有云朵，却又好像乌云密布，厚墩墩的，仿佛随时都会砸下来。

章入凡下了台阶，眼睫上被什么东西沾到，她眨了眨眼，伸手接到了几片白花花的东西，定睛一看讶然道："下雪了？"

"好像是。"沈明津抬眼，漫天轻飘飘的雪花纷纷落下，他说，"是初雪。"

他回过身看向章入凡，朝她伸出手，说："走吧。"

章入凡看了看他的手，又抬眼看了看他的脸。

沈明津见她犹豫不决的模样，眉峰一挑，立刻讨伐似的说："红桃 A，我昨天晚上说了，我愿意。

"你不会亲了人就不想负责了吧？"

章入凡面颊一热，忙应道："我没有。"

"那你还愣着做什么？"沈明津把手抬了抬，主动说道，"我已经被你追到手了。"

章入凡看着他，慢慢地露出了笑意。现在她确定了，昨晚他的情感流露并不是因为生病，他不是一时脆弱才接受她的，他没有后悔。

她往前两步，抬手牵住他。

章入凡触碰到沈明津身上真实的温度，这才切身体会到电影里对爱情的描述，原来真的会有一个人，会让你只要靠近他，就觉得无限温暖。

沈明津牢牢握住她的手，见她脸上有笑，扬起唇角笑得比她还开朗。他挑了下眉，说："追到我这么开心吗？"

章入凡没有否认，轻点了下头。沈明津了解她的性格，知道这已经是极大的肯定了。

他握起她的手，和她十指交扣，举到眼前示意道："我们说好了，谁都不能轻易松手。"

章入凡回扣住他的手，郑重承诺道："好。"

沈明津握住章入凡的手放进自己的口袋里，牵着她迎着落雪往前走，心

里忽生感慨：要知道生病这么管用，自己早该感个冒。

清早的雪下得不大，洋洋洒洒的，随风飞舞，这是上京今年的第一场雪。

沈明津很享受这种感觉，只要一伸手就能牵到章入凡的手，他陪她搭乘地铁上班，一路上两人的手就没分开超过一分钟。

今天出门迟了点，章入凡来不及去"津渡"，下了车出了车站，沈明津把她送到了办公大楼前，这才不舍地松开她的手。

章入凡回头问："你今天中午会在咖啡馆吗？"

"在。"

"我去找你？"

"好啊。"沈明津朗笑道，"老板你都追到了，咖啡馆你想来就来。"

章入凡抿出一抹笑："那……我进去了。"

"嗯。"沈明津颔首。

章入凡最后看他一眼，转身往办公楼走。

"小凡？"

章入凡脚步一滞，转过身。

沈明津见这个称呼能唤她回头，不由得咧嘴笑了。他看着她，拔高音调说："你今天很漂亮。"

说完他朝她挥了下手："进去吧。"

章入凡一直以为自己是个情绪很稳定的人，但是今天这一早上，她的心情已经荡漾了好几回了，并且不停歇地在高涨。

在工位上坐下，章入凡的嘴角还悬着笑意，袁霜见了，十分稀奇，盯着她的脸瞧了瞧，说："你今天怎么这么高兴？"

章入凡摸了下自己脸，问："很明显吗？"

"嗯，脸上都开花了。"袁霜难得不好奇章入凡心情大好的原因，因为她有个更大的八卦要分享，她凑过去，低声说，"刚才员工群里有人说了个瓜。"

"瓜？"

"就是八卦。"袁霜神秘兮兮地说，"沈老板好像有女朋友了，还是咱们公司的。"

"啊？"

章入凡这只是下意识的反应，袁霜却以为她是在惊讶，遂说道："意外吧？"

"群里有人说早上看见他和一姑娘牵着手，但是离太远了，没看见脸。"袁霜悄声说，"我们公司前前后后追求过沈老板的姑娘不少，好想知道是哪一个拿下了他。你和他是同学，有听说过吗？"

章入凡抿唇，才要开口和袁霜说明实情，刘品媛就喊她去办公室了。

"咖啡集市"的项目这个月就要正式启动，活动已经开始在各个媒体平台上推广宣传了，热度不低，因此有些咖啡相关产品的广告商找上 OW，想要合作。

章入凡上午跟着刘品媛一起去见客户，中午没能回来，她只好和沈明津说了声。

在外奔波了一天，谈下了一个大合作，刘品媛很高兴，回到公司就说晚上部门聚会，她请客。听到聚餐，所有员工都很兴奋，未下班前就在商量晚上吃什么了。章入凡作为项目负责人，自然不好缺席扫兴。

聚餐最后定下来吃火锅，就在自家商城的火锅店，一行人包了一间包厢，坐满了一个大桌。

凡是聚餐少不了喝酒，刘品媛定下规矩说不许劝酒，所以所有人都喝得很斯文。

"这次活动推进得这么顺利，最辛苦的是入凡。"

席上，刘品媛致辞时提了句，一时间所有人的目光都投向了章入凡，有人朝她举了酒杯，接连道了几句"辛苦"。

章入凡很少喝酒，为数几次摄入酒精的经历还是过年期间陪外婆喝了点自家酿的家酒。她没有喝醉过，因为向来点到为止，所以也不清楚自己的酒量到底好不好。

她很少参加聚餐，在外为了安全起见，也为了避免失态，她基本不沾酒，但此时此刻，面对同事善意的敬酒，她也不好意思回绝。

章入凡给自己倒了点酒，举杯示意了下，有一就有二，一顿饭下来章入凡满打满算也饮了一小瓶的酒。

吃完火锅，有人提议去KTV，章入凡还没来得及抽身，就被袁霜拉着走了。

一起吃了饭喝了酒，所有人都热情高涨，到了KTV里，大家都放开了玩，一伙人凑在一起唱歌，一伙人玩游戏，还有些扎堆在聊天。

章入凡去了洗手间回来，袁霜和几个女同事正好聊完沈明津的八卦，开始说起情侣间的那些事儿。

袁霜听得正起劲时，回头看到章入凡安静地坐在边上，表情发怔，像是在听，又像是在出神。

"小凡，你有没有……"袁霜凑过去，欲言又止。

章入凡结合语境，明白她在问什么，抿着唇摇了下头。

袁霜倒不意外，又问："那你听我们说这个会不好意思吗？"

章入凡稍稍有些窘迫，缄默片刻后说："我是成年人了。"

她是成年人了，沈明津也是成年人了。

这次部门聚餐很尽兴，所有人的革命友谊又登上了一个台阶，章入凡也觉得和同事之间熟稔了不少，因此不得不感叹酒精的力量。她今天晚上没有喝很多，但还是上了头，由此也得出了自己酒量不行的论断。

从KTV里出来，章入凡觉得脑袋晕乎乎的，走路都在打飘。几个同事见她这样，先是笑着打趣她三杯倒，接着又商量着要怎么把她送回去。

"入凡有没有男朋友啊？"刘品媛问了句。

这个问题袁霜早在章入凡进公司的头一天就打听过了，她张嘴正要回答时，边上的章入凡点了点头，说："有。"

"啊？"袁霜吃惊。

"那你打电话让他来接。"刘品媛说。

章入凡没有犹豫，傍晚她和沈明津说部门要聚餐时，他就说了，结束给他打电话。

她拿出手机拨了个电话，再把手机贴在耳边，几秒后说："你能来接下我吗？"

一行人出了商城，道了别，袁霜对章入凡这个从天而降的男友非常好奇，再者也不放心她喝醉了一个人待着，因此陪在她身边一起等着。

"小凡，你什么时候有男朋友的？"袁霜问。

章入凡慢半拍才回道："昨天晚上。"

"啊？"袁霜讶然，"才确定关系啊？"

章入凡脑袋一点。

"你才回上京，那你和你男朋友肯定很早之前就认识了。"

"我们是……同学。"

"难怪啊。"

袁霜没有追问下去，她和章入凡不是校友，章入凡的同学她肯定不认识。

结果，来接章入凡的同学恰好是袁霜认识的。

袁霜看见沈明津时目瞪口呆，半晌才惊诧道："沈老板，是你啊！"

沈明津朝她打了个招呼，随后看向章入凡。章入凡看到他，先是冲他笑了笑，才软着声道了句："你来啦。"

章入凡笑颜明媚，语气娇憨，沈明津还没受到过这种待遇，一时受宠若惊。他见她的眼睛蒙着一层雾似的，显然微醺，不由得问："喝酒了？"

章入凡应声："喝了一点儿。"

"醉了？"

"没有。"章入凡摇头。

她说着走向沈明津，两步路的距离还跟跄了下。

沈明津手疾眼快，反应迅速地扶住她，笑了下无奈道："喝了不少啊？"

章入凡冲他比了个"1"，澄清道："一瓶啤酒。"

沈明津见她醉后全然没了平日里待人时若有似无的疏离，不由得失笑。

他虚揽着章入凡的腰，抬头对袁霜说："人我带走了。"

袁霜还处于震惊中，机械地点头："……噢，好。"

沈明津今天没开车，看章入凡这状态搭地铁也不方便，思索了下，便把人带到了咖啡馆。

他把她扶到角落的位置上坐好，转身去吧台里泡了一杯蜂蜜水，再端过来递给她，示意道："喝点儿，解酒的。"

章入凡捧起杯子抿了一口，沈明津看她脸色酡红，摇了下头，轻笑着说："一瓶啤酒就醉了，看来以后不能让你在外面喝酒。"

"虽然还挺可爱的。"沈明津自言自语了句。

章入凡放下杯子，抬头看着沈明津，神情忽然十分严肃，她喊他："沈明津。"

沈明津被她肃然的语气吓到，以为她要说什么正事，不由得挺直腰板，问："怎么了？"

"你是不是觉得我很保守？"

沈明津着实一愣，虽然不知道章入凡为什么会有此一问，但她问得认真，他也就端正态度回答道："可能……会有点吧。"

章入凡轻摇了下头，说："你错了，我不保守。"

她一本正经的模样十分有趣，沈明津刚要笑，就听她掷地有声地说："从性到爱我也可以接受，如果你想的话。"

语不惊人死不休，沈明津险些被自己的口水呛到，他这么善辩的人，一时间居然说不出话来，耳朵还可疑地红了。

他想，他可能是误会章入凡了。

如果一段关系是一部电影，沈明津本以为他和章入凡之间，他是进度条缓冲得较多的那个，他一开始觉得无论她想把进度条拉到哪儿他都能配合，谁能想到，她上来就把进度条往高潮上拉。

昨晚乘人之危，今晚就想一举拿下他，沈明津张了张嘴，哑然失声，最后只低头扶额，不知是无奈还是无措地道上一句："红桃 A，你真的醉了。"

沈明津看着章入凡将蜂蜜水饮尽，又见她神色困顿，思忖片刻，还是决定将她先送回去休息。他本打算叫一辆车，但下雪天叫车的人多，等了约莫二十分钟还没司机接单后，他作罢。

沈明津将咖啡馆打点好后，牵了章入凡的手出门往地铁站去。

今天白天下了场小雪，断断续续的，雪积得不厚，但因为气温低，落雪也没有融化，整个世界蒙上了一层白色遮尘布似的。

从咖啡馆到地铁站要走一段路，路上铺满了雪屑，人踩在上面容易打滑。章入凡喝了酒后迷糊，沈明津怕她走不稳摔了，忖了下，便松开她的手，在前边蹲下，示意她："上来。"

章入凡反应了几秒才知道沈明津要做什么，便说："你的腿……"

沈明津轻叹一口气，他发现自从上回把出车祸做手术的事告诉章入凡后，她就格外注意他的腿，好像他已经到了不能自理的地步。

"我没关系，你上来吧。"沈明津把手朝后招了下，说，"这是女朋友的专属权利，你花了那么大的力气才追到我，不用不就亏了？"

章入凡喝了酒脑子不灵光，两三句话就被沈明津忽悠了。她点了下头，往前走了步，趴在他背上时还不忘礼貌地道一句："麻烦你了。"

"不客气。"沈明津笑着附和她，他一把背起她，掂了掂说，"太轻了。"

"五十三。"章入凡搂着沈明津的脖子，很实诚地补了个单位，"公斤。"

沈明津笑了，背着她稳步往前，边走边说："怎么和高中的时候差不多，这几年都没长肉。"

"你知道我高中多重？"

"知道啊。"沈明津微微扭头说，"你忘了？高中每学期都要体测。"

章入凡这才记起来，沈明津是体育委员，每回体测老师都让他帮忙做记录。

"我的身高呢？"

"高二的时候一米六五，要毕业的时候一米六七，这几年你好像又长个儿了，现在应该差不多一米七了。"

章入凡感慨道："你记性真好。"

"你不会以为我记得班上所有人的身高体重吧？"

章入凡迟钝道："不记得吗？"

"我只记得你的。"

沈明津说得很坦荡，现在他不需要担心自己的感情会是负担，既然已经确定了关系，他就无所隐瞒。他恨不能大白于众，告诉所有人，告诉章入凡，她对他来说是独一无二的存在。

"我之前告诉过你，初三之后我就一直在关注你，总想找机会和你说上话，不过你那时候独来独往的，能和你接触的机会不多，所以我偶尔会制造些机会。"

红灯亮，他在红绿灯路口站定，偏转过头问："你还记得'红桃A'这个昵称怎么来的吗？"

"记得。"章入凡回忆道，"高二班级办跨年晚会，你表演魔术，抽到了我来配合你。"

沈明津表情怀想，像是回忆起了当时的情景，笑着说："其实那天我真正想表演的魔术早在你上来之前就结束了。"

"啊？"章入凡不解。

"梅花10。"沈明津提醒道。

章入凡记起来了，沈明津当时就是抽中了"梅花10"，她才上台去配合他的。

"怎么精准地从一副扑克牌里抽中这张牌，我练了好久。"沈明津还自我调侃了句，"还好晚会之前没换组，不然我就白练了。"

章入凡愣住，她看着沈明津带笑的侧颜，脑子里倏地闪过吉光片羽。她突然间明白了，曾经那些她以为是绅士品格的瞬间，其实都是绅士的偏爱。

Chapter 16
很早之前就喜欢

章入凡心坎温热，微微收紧胳膊，问沈明津："你以前真的那么关注我？"

"不只是以前。"

沈明津丝毫不觉得承认自己是先喜欢、喜欢更多的那个人是件丢脸的事，在感情上他无所谓处于下风，或者说他甘愿处于下风。

章入凡霎时间想到了昨晚沈明津拉着她的手时说的那些话，心头一动，忍不住说："高中毕业后，我们就没见过了。"

"你没见过我，但是我见过你啊。"

"嗯？"

"在程怡的朋友圈里，还有……你的直播。"

"啊……啊？"章入凡先是惊讶，"你看过我直播？"

沈明津点头："程怡转发了你直播的链接。"

章入凡想起那个每天进直播间观看的不具名的固定观众，她怎么也没想到，居然是沈明津。

"不过你怎么才播了一个星期？之后就没见你露过面。"沈明津问。

讶异的情绪过后就是窘迫，章入凡想起自己在直播间的表现，有些难为情："……我不太适合做主播。"

绿灯亮起，沈明津背着章入凡过马路，听到她的解释，忍不住低笑，说："你在直播间里是有点傻乎乎的，和你高中迟到在班上打了一套军体拳的时候一个样儿，认真得可爱。"

在章入凡的印象中，从小到大就没有人夸过她可爱，她也自知自己和可爱这个气质一点都不沾边，但沈明津却用这个词来形容她，那些在她身上曾被视作缺点的东西在他眼里却变成了吸引人的特质。

昨天晚上那种酸楚的感觉又漫上心头，章入凡无比动容，他无所保留，她亦愿意坦诚相对。

她喊他名字，问："你还记得我昨晚说的话吗？"

"当然，刻在脑子里了。"沈明津下巴一抬，骄矜道，"你说即使我不给你写那封信，你也会喜欢我。"

他满足地喟叹一声，说："红桃 A，没想到你还挺会说情话的。你早用这个策略，我不就早被你追到了。"

"这不是策略。"章入凡很认真地澄清道。

"也是，你也想不出这种撩拨人的方法。"沈明津嘿然一笑，微挑了下眉，语气稍有嗫嚅，"那就是说的真心话。"

他话里狭笑："是不是这段时间和我相处之后，觉得我很好，就算没有那封信，重新认识，你还是会喜欢我？"

章入凡思索了下，严谨道："不全是。"

"嗯？"

"沈明津，我喜欢你，不只是现在。"

昨天晚上沈明津发着高烧，章入凡担心他的身体状态，仅仅只是表了个态，并没有说太多，但现在，即使迟到了许久，她还是想给恒星曾经向她发出的光一个回应。

"我很早之前就喜欢上你了，只是我自己没有察觉到。"章入凡诚挚道。

沈明津停下脚步。

218

章入凡见他站定不动，也没给出回应，心头惴惴，不安地问："你不信？"

沈明津低着头，片刻后才出声说："你再说一遍。"

章入凡知道自己说的话有些离谱，任谁听了都会觉得她是在说蹩脚的花言巧语，谁会喜欢上一个人而不自知呢？

她看不到沈明津的正脸，因此无从知晓他此刻的表情，只能遵照他的话，低声重复了一遍刚才的话。

沈明津这才抬起头，双眼泛着粼粼的笑意，满足地感叹一句："红桃A，你的反射弧真的太长了，不过还好，到底是反应过来了，也不算特别迟。"

"你相信我说的话？"

沈明津毫不犹豫地点头，感慨似的说："你可是章入凡啊。"

他举步继续往前，眼底笑意始终未退，甚至更灿烂了。

章入凡从侧面可以看到沈明津翘起的嘴角，受他感染，她也忍不住笑了。

虽然他说不算太迟，但章入凡还是觉得后怕又庆幸，因此由衷地说了句："还好我回上京了。"

沈明津脚步轻快，他和她有同样的庆幸。

本以为她会喜欢上现在的他已属幸事，现在她给了他一个更大的惊喜，得偿所愿莫过于此。

"很早之前就喜欢我……"他忍不住咕哝了句，笑了下，又再次自言自语地低声重复了遍。

把心里话说完，章入凡的精神更加松懈，她把脑袋搁在沈明津的肩上，一副困倦的模样。

沈明津余光见她犯困，放慢了脚步，神情不由得柔和。

昨晚他糊涂，今晚她糊涂，他们就这样糊里糊涂地互述了衷肠。

晚风起，拂落了行道树枝丫上的积雪，初雪的夜温情脉脉。

沈明津在马路边拦到了一辆出租车，他扶着章入凡上了车，两人一齐回了京桦花园。下车后，他又背着她走了一段路，到了公寓楼，进了电梯，他直接按了"21"。

到了公寓门口，章入凡验了指纹开了门，她一手握着门把，抿了下唇，转过身，抬眼无声地看着沈明津。

沈明津喉头一滚，往前走一步，抬手捂住她的眼睛，哑着声隐忍道："你不要这么看着我，我真的受不了。"

"我说了，我不——"

沈明津又抬起另一只手，竖起食指抵在她的唇上，制止她往下说。

"你现在喝醉了，喝醉的人说的话不作数。"他眸色微黯，接着极有魄力道，"你不保守，我也不是柳下惠，该行动的时候我会行动的。"

沈明津垂下手，低头看着章入凡，眼底隐有暗流。他眸光一动，最终只是俯身在她额间落下一个吻，说："今天晚上早点休息，晚安。"

章入凡眨了眨眼。对男女之情，她刚入门，现在才学会在口头上真实地表达自我感情，行动上的表达尚且不会，更遑论主动"勾引"。

沈明津克制，她便更加有礼有节，有一学一地踮起脚有来有往地在他颊边亲了下。

"晚安。"

章入凡后退一步，转身进了公寓，关门前又看了沈明津一眼。

沈明津朝她挥了下手，说："我下楼了。"

门缓缓掩上，他等她关上门，这才转过身脱力般地靠在墙上，长长地吐了一口气，抬手摸了摸心脏，一副劫后余生的模样。

"好险好险，差一点儿。"

沈明津平复了下情绪，抬手摸了下颊侧。想起今晚的事，他摇了下头，不禁失笑，暗道一声：被拿捏了。

托酒精的福，章入凡一夜好眠，第二天醒来时完全没有酒后后遗症，因为没到喝断片的地步，所以昨晚的记忆依然清晰。

她还记得和沈明津之间的对话，以及自己的大胆发言，现在想起来稍感窘迫，但也因为喝了酒，没了心理负担，她才能顺畅地把心里话倾吐出来。

现在，他们印证了彼此的心意，此后再无隔阂。

晨起收拾完毕，章入凡出了门，进入电梯后按下"1"，但当电梯开始下行时，她心里又隐有期待。

二十层有人按了电梯，章入凡看到沈明津的那刻并不意外，但仍有惊喜。

"你今天还要陪我搭地铁？"她问。

"响应国家号召，节能减排，绿色出行。"沈明津进入电梯后说。

章入凡抿唇轻笑，说："其实你不用这样，咖啡馆那边……"

"小牧他们会看着办的。"

"可是——"

"才第二天你就烦我了？"沈明津打断她，故意问。

章入凡马上否认："我没有。"

沈明津哂笑，说："你就安心吧，不要阻止我履行男友的职责。"

"陪我上班是男友的职责？"

"嗯哼。"

"那女友的职责是什么？"章入凡虚心求教，希望沈明津能像之前教她如何追求他时一样，教她当一个合格的女朋友。

她问："我应该做什么？"

"你应该——"沈明津拖长音，低头对上章入凡求知的眼神，眸光微闪，笑着说，"负责喜欢我就好。"

"啊？"

沈明津问她："你还记得昨晚和我说什么了吗？"

"我不保守。"章入凡一板一眼地回道。

"……"

沈明津被噎了下，轻咳一声才说："不是这句。"

章入凡回想了下，试探道："我很早之前就喜欢你了？"

沈明津达到目的，再次从她嘴里听到这句话，如听仙乐，嘴角都要咧到耳根来。他神采飞扬，笑着说："你不需要特地做什么，只要继续喜欢我就够了。"

章入凡不是个轻易会被撩拨情绪的人，但就这几天，每当面对沈明津时，他说的话、做的事总能叫她的心情随之起伏。

她动容道："那当你女朋友不是太轻松了？"

沈明津耸了下肩，非常善解人意地说："你都那么'辛苦'地追到我了，现在是时候享受成果了。"

说话间，一楼到了，电梯门打开，沈明津伸出手，语气昂扬道："走吧，护送你上班。"

章入凡施施然一笑，抬起手放入他的掌心。

今天出门早，章入凡不急着去公司打卡，就随着沈明津去了"津渡"。进了店，她看到点单区排着队，便自觉地站到了队伍后边。

沈明津走进吧台里，转身见章入凡排在队伍的末尾，忍不住笑了，抬手朝她招了招。

章入凡觉得插队不好，便摇了下头。沈明津没强求，待排到她点单时，问："今天想喝什么？"

章入凡点了杯拿铁，她拿出手机点开支付码对着扫码机，试了几次都没反应，不由得抬起头。

沈明津笑着解释："我没打单。"

章入凡后面排着的似乎是一位老顾客，听他这么说，笑着打趣了句："沈老板，工作疏忽啊。"

"我故意的。"沈明津大方地回应。

"哦？"那位顾客闻言看向章入凡，一脸的玩味，"这位是……VIP客户？"

"何止。"沈明津卖了个关子，"是VVIP。"

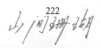

"噢——"那位顾客了然。

章入凡双颊微热，仍执着手机说："你打下单吧。"

"你现在有不买单的权利。"

章入凡做不来占便宜这种事，她抿了下唇，较真道："之前不是说好了，友情价。"

"那是之前，我们只是校友。"沈明津朝她眨了下眼，明朗道，"以后你来买咖啡都是爱情价，免费。"

后头几位顾客立刻起哄，就连小牧也被自家老板的恋爱宣言麻到了，忍不住摸了摸胳膊上冒出来的鸡皮疙瘩。

沈明津明目张胆的偏爱，章入凡难为情，但还是给了积极的回应，她忖了下，说："那中午我来找你，一起吃饭？"

"好啊。"沈明津应得很爽快，他亲手做了杯拿铁，打包好后递给章入凡，说，"休息了给我发消息。"

"好。"

从咖啡馆出来，章入凡去了公司，打完卡才坐到工位上不久，迟一步来上班的袁霜还没放下包就凑到了她身边。

"你和沈老板官宣啦？"

"嗯？"

"刚才有别的部门的同事向我问你来着，说早上去买咖啡碰上你了，还说沈老板直接介绍你是他女朋友。"

章入凡想到刚才沈明津说的话，这跟当众宣布他们的关系没两样，她没想过要对别人隐瞒这段感情，因此被同事知道了也不觉困扰。

"沈老板下手挺快啊，你才回来一个月，他就把你搞定了。"袁霜感慨了句，"看来他不仅泡咖啡厉害，泡姑娘也有一手啊。"

章入凡从纸袋里拿出咖啡，听袁霜这么说，转头澄清道："是我追的他。"

"啊？"袁霜着实惊讶，"你追的他？"

"嗯。"

袁霜眨了眨眼，似乎不是很相信："小凡你……会追人？"

章入凡的表情一本正经的，认识了一段时间，袁霜也知道她不是会开玩笑的人，因此更加震惊。

袁霜讶异又好奇地问："你怎么追他的？"

章入凡回想了下，如实答道："找他聊天，约他吃饭看电影。"

"就这样？"

章入凡颔首。

袁霜一脸不可置信的表情，要知道沈明津是这里商圈出了名的单身汉，人长得帅，性格又好，附近写字楼里对他倾心的姑娘不少，追求他的人可谓是费尽心思，光是她听说的就包括但不限于送花、堵人、包咖啡馆。

尽管追求他的人花样频出，但没有一个人成功将他拿下，私下里袁霜听很多人说过沈明津难追，不管对方多殷勤，他都拒绝得很干脆，一点机会都不给。

但就是公认难追的沈明津，被章入凡轻松拿下了。

袁霜想到上回沈明津送咖啡来公司，说是章入凡请所有同事喝的，当时她就觉得这不像是章入凡会做的事，现在倒回去再想想，破案了。

原来难不难追，得看人啊。

中午，章入凡去找沈明津，他们一起去了附近的餐厅吃饭，因为离工作地方近，还碰上了好些认识的人。当然，沈明津的熟人更多，他们询问起章入凡，他都大大方方地介绍说是自己的女朋友。

章入凡落座后，还能时不时地察觉到四面八方投来的目光。

沈明津担心她不自在，出声问："要不要换家店？"

章入凡摇头："不用了，一会儿他们就不看了。"

沈明津给她倒了一杯茶，低笑道："'津渡'突然有了老板娘，他们对你很好奇。"

章入凡接过茶杯，想起上午袁霜说很多姑娘追沈明津的事，抿了抿唇，迟疑片刻后问："和我交往……会影响咖啡馆的生意吗？"

沈明津纳罕："为什么这么问？"

"你不是单身了。"

沈明津这才明白她的意思，顿时啼笑皆非。他故意敛起笑，一脸严肃地问："你的意思是'津渡'的咖啡不好喝，都是靠我牺牲色相才有生意的？"

"不是。"章入凡慌了，忙否认道，"我不是这个意思。"

沈明津只是逗她一下，立刻展颜笑了，说："店里又没有一款咖啡叫'单身咖啡'，为什么老板不是单身了，生意就会变差？

"咖啡馆的咖啡好喝，喜欢喝咖啡的人自然会来光顾，不喜欢喝咖啡的人，就算因为其他原因买了几次，也不会长久的。"

章入凡仔细想了下，觉得沈明津言之有理。她放下杯子，身子微微往前倾，看着他极其恳切真挚地说："等'咖啡集市'举办，我会帮你好好宣传'津渡'的，咖啡馆的生意之后一定会更好。"

沈明津双肩耸动，抬手撑着额头失笑。章入凡这种认真过了头的示爱方式很讨他欢心，他也十分受用。

他笑罢，再抬头时双眼明亮，附和着笃定道："肯定会更好的，所以你不需要担心我脱单后咖啡馆的生意会受影响，我这是丢了芝麻捡了西瓜。"

沈明津说完，再次回味了下章入凡刚才说的话以及说话时的神情，她那样认真，好像在向他保证，和她交往不会吃亏的。

他轻摇了下头，兀自笑了。

这样的章入凡即使不会花言巧语，不会撒娇讨好，也是他喜欢的样子。

点了单，店员上了餐。沈明津帮章入凡舀了碗汤，就在这时，他的手机响了。他把汤碗搁在章入凡手边，这才拿起手机接通了电话。

章入凡听他喊了声"姥姥"，不由得抬了下眼。

不知道那头的人说了什么，沈明津突然看了章入凡一眼，很正经地说："姥姥，我有女朋友了。"

"就是上回和您提过的。"沈明津顿了下，随即眼底浮出一丝笑意，"嗯，我被追到手了。"

章入凡一直没出声，直到沈明津挂断电话，才开口问："你姥姥打来的电话？"

"嗯。"沈明津放下手机，抬头说，"喊我相亲呢。"

"相亲？"

"噢，想把她以前同事的孙女介绍给我认识。"沈明津给章入凡撅了一箸菜，无奈道，"老人家就喜欢瞎撮合。"

章入凡垂眼，筷子无意识地戳了两下米饭，几秒后再次抬起头，喊了声沈明津的名字。

"嗯？"

"你之前说，等我追到了你，你就带我去见你的姥姥姥爷。"

沈明津怔了下，旋即笑开了。他问："你想见他们？"

章入凡点头。

"行啊。"沈明津想了下，说，"这周五晚上我去姥姥家吃饭，带你一起去？"

章入凡露出笑，点了下头，应了声"好"。

沈明津见她答应，挑了下眉，笑问："你是担心我姥姥以为我在忽悠她，之后又会给我介绍对象，所以想去老人家跟前刷个脸？"

章入凡没有否认，顺着他的话往下说："她见到我就会相信你了。"

沈明津飘飘然。

章入凡虽然在感情方面有些稚嫩，毫无心机可言，但正因如此，她没有那么多迂回的想法，相处时丝毫不扭怩，也不惮于表现自己对他的在意。

沈明津发现，之前她都是跟随着他的引导在追求他，而现在，她已经开始主动推动他们的关系了。

交往不到两天的时间，她就要跟着他回去见家长了。

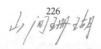

周五，章入凡到点打卡下班，因记着和沈明津有约，本想去"津渡"找他，没想到出了办公楼就看到他站在喷水池旁。

"你怎么在这儿？"章入凡走过去。

沈明津朝她伸出手："奉命来接你去吃饭。"

"嗯？"

"我姥姥刚才还打电话问我们什么时候到，她包好饺子，就等着下锅了。"

章入凡牵上沈明津的手，听他这么说，神色一凛，忙迈开腿，同时说："那我们赶紧走吧。"

"慢点。"沈明津拉了她一下，无奈道，"车在那边。"

坐上车后，沈明津往槐安区开，虽然他说过不需要，但章入凡还是买了些水果带过去。

路上堵车，走走停停，沈明津费了些时间才把车从京华区开到槐安区。

"前面就到了。"

章入凡朝窗外看，发现沈明津姥姥姥爷的家离她以前住的小区不远。

沈明津把车开进小区，在车库里停好车，这才转过头看向章入凡。她已经解开了安全带，看她表情，不见紧张，还挺镇定的。他本来准备了一肚子安慰的话，看她不慌不乱的，都派不上用场。

下了车，章入凡一手提着果篮，沈明津要帮她提她还不愿意。他无法，只好牵起她的手，这一牵，才发现她掌心微微濡湿。

刚才在车上，他没把暖气开很高，照理说不会热到出汗。沈明津脑子一转，忽地明白了，不由得施然一笑。

"你别紧张。"他说。

来见长辈虽是章入凡提的，但她心里其实很忐忑，又不好过于显露，此时听沈明津这么说，神色间才露出一丝慌张。

她想起家里那些亲戚长辈以前总说她一点都没有小姑娘该有的灵气，活脱脱是个小大人，在同辈的孩子里她是最不讨喜的那个。

"我之前不是和你说过了，姥姥、姥爷很好相处，他们不会为难你的。"沈明津轻轻拍了拍章入凡的手背，总算有机会把早就打好腹稿的贴心话说出来。

"有我在呢。"

沈明津这句话就像是定海神针，章入凡深吸一口气，平复心情后，朝他点了下头。

搭了电梯上楼，沈明津拉着章入凡到了自家姥姥姥爷家门前，按了门铃后不久，就有人来开了门。

周慈从门后探出头。沈明津见到她有些意外，问："你怎么在这儿？"

"这是我爸妈家，我怎么不能在这儿？"

"姥姥姥爷今天是请我们吃饭的，你怎么不请自来，蹭饭呢？"

"臭小子，我回自己家吃饭不算蹭。"

周慈和沈明津互呛了几句，这才把目光投向他身后的章入凡，表情瞬间慈爱了起来，好像章入凡才是她肚子里掉下的一块肉。

"是明津的女朋友吧。"周慈把沈明津推到一旁，主动把章入凡迎进门。

章入凡看着眼前保养得宜的年轻妇人，一时局促。从刚才沈明津和她的对话中，她已经判断出对方是谁了，因此更是紧张。

"您好。"章入凡拘谨地打了声招呼。

周慈抬手比了比章入凡的个头儿，一点也没端着长辈的架子，直夸她个儿高。

周慈笑着说："我还以为要再过段时间才能见着你呢，没想到……"

周慈说着瞥了沈明津一眼，显然是在嘲笑自己儿子。

"人到了是不是？"客厅里有人走过来问。

章入凡抬眼，看到了两位年纪稍长的长辈，不由得站直了身。

"我姥姥、姥爷，我妈。"沈明津给章入凡介绍完，又正式地把她介绍给自己的家人，"章入凡，我女朋友。"

"入凡?"周慈听到这名字明显一愣,迟疑片刻转过头询问章入凡,"你高中是在槐安中学读的?"

章入凡颔首。

"和明津一个年级?"

章入凡如实回复:"我们高二、高三在一个班。"

周慈想起了曾经收拾儿子房间时,在垃圾桶里不小心看到的好几封写废的信,顿时恍然大悟。

"原来啊……"周慈把目光投向沈明津,发现了什么秘密一样窃喜。

沈明津莫名:"你笑什么?"

"没什么。"周慈神秘兮兮地说,"就是突然发现了你身上的又一个优点。"

沈明津因为突如其来的母爱打了个寒战。

"行了,你们母子俩别见面就不对付,像什么样子。"老太太开了口,她和蔼地朝章入凡招了下手,说,"饿了吧,先吃饭。"

姥姥姥爷待人友善,跟沈明津说的一样,很好相处,章入凡和他们说上几句话,就没了一开始的紧张。

"明津说你不吃辣,这些菜我都没放辣椒,还吃得惯吗?"老太太问。

章入凡点头:"您的厨艺很好。"

姥爷搭腔,说:"吃得惯就好,明津也很喜欢吃他姥姥做的饭菜,高中的时候经常来这儿吃饭。"

周慈听到这话,忽然福至心灵,问章入凡:"入凡,你在槐安中学读书,是不是家也在槐安区?"

"以前是,住在××小区,高中毕业后搬到了滨湖区。"

老太太接话:"那不远啊,就在我们小区附近。"

周慈又问:"你应该经常碰见我们家明津吧?"

章入凡以前放学搭公交车,的确常碰见沈明津,之前问他,他也解释说是去姥姥家吃饭，便点了下头。

"我就说嘛。"周慈瞟向沈明津，意味深长地一笑，说，"我的厨艺也没那么差。"

沈明津装作听不懂的样子，回她："跟姥姥比起来差多了。"

前后这么一合计，周慈就把自家儿子的情路历程猜出了个大概。她没想到自己居然生了个情种，也难怪之前说有人追他时那样嘚瑟，原来是落花有意流水有情了。

周慈看了眼沈明津，心里一时有所触动。

当年她和沈明津他爸离了婚，独自把他带回了上京，之后她忙于事业，对他缺少关心，但他从来没有抱怨过，还好好地长大成人了，作为母亲，她对他多有亏欠。

周慈想到这儿，不由得看向章入凡，几不可察地叹一声，说："入凡啊，我家这小子人还是不错的，虽然有时候有些幼稚，不着调了点儿，但是关键时候还是很靠得住的。你和他在一起，他一定会对你好的。"

沈明津对周慈半褒半贬的话有些意见，他直接表示不满，说："我什么时候幼稚了？"

"奥特曼是不存在的。"周慈头也不回地抛出这么一句。

章入凡亲眼看着沈明津呆住，双眼倏地没了光彩，好像受到了什么巨大的打击。

"你、你……"沈明津一副心碎的模样，对着周慈咬牙切齿道，"马上收回这句话！"

"我收回。"周慈很干脆。

周慈无视沈明津指责的眼神，耸了下肩，对章入凡无奈地摇了摇头，望着她恳切道："辛苦你多包容他了。"

章入凡对沈明津母子的相处方式有些愕然，见他们一言一语地斗嘴，脑子里想的是：之前沈明津不是说，他家教很严吗？

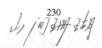

Chapter 17
一颗心荡啊荡

一顿饭吃得很融洽，沈明津的家人都很亲切，加上有他从中调和气氛，章入凡全然不觉尴尬，反而很喜欢这样的家庭氛围。

吃完饭，移步到了客厅，姥姥姥爷询问了下章入凡的家庭和工作，章入凡做了简要的回答。两位长辈并不深问，周慈岔开话题，又问了些她和沈明津高中时候的事。

聊了会儿天，沈明津估摸着今天的社交强度已到了章入凡能承受的最大程度，就主动提出送她回家。

道了别，章入凡随着沈明津离开。

出了门，等电梯时，沈明津笑着问："怎么样，姥姥姥爷很好相处吧？"

"嗯。"

见长辈的过程比预想的还要顺利，章入凡悬在心头好几天的石头算是落了地。她仰头看向沈明津，由衷道："你和他们的关系很好。"

沈明津从章入凡的话里听出了歆羡，忍不住抬手摸了下她的脑袋，说："之前听你提起在清城的外婆，你们的关系一定也很好。"

章入凡听到外婆就不自觉地笑了："嗯。"

"等你什么时候休假了，我陪你一起去趟清城，看看她？"

回上京这段日子，章入凡也的确想念外婆了，听到沈明津的建议，她很难不心动，因此没有多做考虑就点头应了好，也没想过才交往没多久就带男友见长辈合不合时宜，就像沈明津亦毫不犹豫地带她来见他的姥姥姥爷一样。

搭乘电梯到了负一层的车库，坐上车后，沈明津问："送你回滨湖区？"

"嗯。"

沈明津启动车子，把车开出去后，想起什么，说："你帮我和小不点说一声，就说我在下雪之前完成任务了。"

"嗯？什么任务？"

沈明津勾勾唇："这是我和她的秘密。"

章入凡转头看向他，忍不住问："你告诉她，你会魔法，经常拯救世界？"

之前哄小孩儿的话被章入凡这么一本正经地说出来，沈明津觉得有些"中二"，他轻咳了下，解释道："小孩子的童心很美好，是需要被呵护的，小不点相信我会魔法，我就满足她的想象，等她再大点儿，自然就会知道我不会魔法。

"不过，拯救世界的故事我没有瞎编，那是奥特曼干的。"

章入凡心头隐有所触，看着沈明津有些失神。

她想，他的童心一定被呵护得很好，所以才能成为现在这样美好的人。

沈明津将章入凡送至滨湖区她家的小区入口。因为有了之前的经验，章入凡知道这个地段不能停太久的车，因此她动作迅速地解开安全带，要下车前想到这几日做的恋爱笔记，便主动往驾驶座那儿凑近。

沈明津余光见她靠近，立刻就明白了她的意图，便转过了头，原本应该落在颊侧的吻就落在了他的唇上。

亲了一下，沈明津尚嫌不够，抬手捧着她的脸，用更重的力度，在她唇上再亲了下。

章入凡的脸上攀上了热度，她眨了下眼，说："我回去了。"

"嗯。"沈明津亲昵地摩挲了下她的脸，"好好休息。"

章入凡拿上包下车，目送沈明津将车掉了头，这才转过身往小区里走，才至门口保安亭，意外地看到章胜义站在那儿。

"爸。"章入凡走过去。

章胜义抬头，看到她，很寻常地道了声："回来了。"

"嗯。"章入凡默了下，问他，"您怎么在这儿？"

"出来散散步。"章胜义没多解释，脚一抬说，"回去吧。"

章入凡跟上，在离他一步远的距离走着。

沉默了一段时间，章入凡先开了口，问："下星期是不是就要去医院复查了？"

"嗯。"

"已经约好医生了吗？"

"嗯。"

"是周几，我请假和您一起去。"

"不用。"章胜义很快回绝，"你好好上班。"

章入凡蹙眉，坚持道："我等下去问惠姨。"

"你——"章胜义刚张嘴要说什么，转过头看到章入凡执拗的眼神，要说的话就消弭在喉间，最后化作一声叹息。

晚风习习，又是一阵沉默，晚星在寂静中闪烁。

"谈男朋友了？"半晌，章胜义问。

章入凡没有回避这个问题，点了下头。

"他人怎么样？"

"很好。"

章胜义便没再说话，不知道是想知道的已了解，抑或是不知道还要怎么问。

对话又断了。他们不是那种可以毫无顾忌，相谈甚欢的父女，多年的相处早已形成了模式，即使任何一方想改变都不是轻易的事。

"章梓橦睡着了？"章入凡再次开口。

"我出门的时候还没。"章胜义说，"还问你为什么周五晚上没回来。"

章入凡垂下眼，说："要是她还没睡，我想去和她道个歉。"

章胜义转头看女儿，章入凡缄默片刻才接着说："小时候您告诉我，这个世界是没有魔法的，没有蓝精灵，也没有哆啦A梦。

"但是我今天发现，好像是有的，只是我不是被它们选中的孩子。"章入凡了无意义地笑了下，声音轻之又轻。

章胜义心口一震，登时百感交集，他的眼神里各种情绪轮番浮现，懊悔、自责、愧疚、痛心，最终都化作了嘴边一声长长的叹息。

"咖啡集市"的举办日期越来越近，章入凡也越来越忙，"行百里者半九十"，最后一阶段是最为关键紧要的，稍有差错就会前功尽弃。

活动举办的前一周，加班成了常态，章入凡每天早出晚归，她不想让沈明津迁就她的上下班时间，就没再让他陪她搭乘地铁。

这段时间，她白日里忙于"咖啡集市"的筹备，晚上下班晚了，她会提上自己的笔记本电脑去"津渡"，在店里接着工作，等咖啡馆打烊了再和沈明津一起回京桦花园。

"咖啡集市"定在周六开集。周五那天，章入凡忙着布置场地，虽然这项工作是营运部的同事负责的，但她不放心，还是去了现场。

章入凡忙到很晚，等和所有人员对接完毕，把所有环节都检查了遍后，她才下班。

初雪过后，这阵子上京就没再下过雪，但气温也没升高，路边树上薄薄的积雪融化了，落到地面上又冻成了冰。

从办公楼里出来时夜色深沉，章入凡裹了裹外套，走到了"津渡"。这个点咖啡馆即将打烊，店里只余下三两个散客，她进店时没听到人声，只有纯音乐在流淌。

沈明津正在收拾吧台，听到风铃声响起，抬头看见章入凡走近，马上露出了一个笑。

"忙完了？"

"嗯。"

"累吗？"

"还好。"章入凡左右看了看，没看到别的人，不由得出声问，"小牧他们呢？"

"明天我带小牧参加你们商城的活动，店里估计也会很忙，今天晚上我就让他们早点回去休息了。"

章入凡颔首，她看着沈明津，由衷地道上一句："谢谢你。"

这段时间，沈明津为她分担了很多，忙时给她送饭，每晚送她回去，还帮她联络了参加活动的各家咖啡馆的负责人来现场配合活动前的演练。要是没有他，她一定没办法这么顺利地策划好这次活动。

沈明津心安理得地接受她的谢意，挑了下眉说："只是口头上谢谢？没别的奖励？"

章入凡迟疑了下，问："你想要什么奖励？"

"我想要……"沈明津故意停顿了下，才开口说，"约会！"

"啊？"

"你不能追到我就不约我了。"沈明津以一种幽怨的语气说，"这阵子你太忙了，等活动结束，一定要约我。"

约会是情侣间的日常，算不得什么奖励，更不是什么过分的要求，章入凡这段时间忙工作，和沈明津相处的时间的确不多。看他委屈的模样，她不自觉地笑了，点了下头，承诺道："好，我一定约你。"

沈明津目的达成，立即眉开眼笑，朗声道："说好了啊，你约我，我带你去放松下。"

章入凡的眉眼更弯了。

咖啡馆要打烊，为数不多的几位顾客离开后，章入凡走过去收拾桌子。

她把用过的咖啡杯收进吧台里，顺手洗了，放在沥干架上。

之前因为怕影响店里员工的工作，章入凡从没进过吧台，今晚是她第一回进去，近距离观看里头摆放着的像科学仪器一样的咖啡机，她觉得新奇。

"想不想亲手做一杯咖啡？"沈明津清点完咖啡豆回来时，见章入凡在观察咖啡机，便问了句。

章入凡回头，摆了下手，说："我不会。"

"我教你啊。"沈明津说完没等章入凡再拒绝，就拍板决定了，"就教你做你常喝的拿铁吧。"

他转身去咖啡豆存放架上拿了包豆子下来，回到吧台，递给章入凡。

章入凡很少做无把握之事，但对上沈明津鼓励的眼神，她心里蠢蠢欲动，潜意识里她知道就算失败了，在他面前也并无妨碍。

"那……我试试？"

章入凡接过咖啡豆，在沈明津的指导下往自动磨豆机里倒了适量的豆子。

"意式浓缩需要把咖啡豆磨得稍微细一点。"沈明津耐心地教章入凡怎么用磨豆机，"往右转是磨细，往左转咖啡粉颗粒状会明显些。"

章入凡听从他的指导，顺利地把咖啡豆磨成了粉。

沈明津低头观察了下粉状，拿手指捻起一些，点头道："可以了。"

他转过身从咖啡机上卸下手柄，示意章入凡将咖啡粉装进手柄的粉碗中，再轻轻拍了拍手柄，让咖啡粉均匀地分布，最后教她用压粉器将粉末压平压实。

"现在就可以开始用机器萃取了。"

沈明津教章入凡如何把手柄装上，又拿来一个咖啡杯放在手柄下方，按了下萃取键。

不一会儿，章入凡就看到棕红色的咖啡液顺着手柄下方的管道往下淌，待咖啡液变成浅棕色，沈明津关掉机器，拿起杯子看了眼。

"萃取得挺好的。"

沈明津把萃取好的咖啡液放一边，拿过拉花缸，倒入鲜奶，再次一对一地教章入凡怎么用机器打发奶泡。

章入凡学得认真，很快就把一杯奶打好了。

"做得很好。"沈明津适时地夸赞了句，他拿起咖啡杯，示意章入凡用一只手捧着，说，"现在可以开始拉花了。"

他大致讲了下拉花的动作要领，垂眼见章入凡神色紧张，像是临考的学生，不由得笑了，安抚她道："你就随便试试，拉得不好看也没关系，我都会喝了。"

章入凡看过沈明津拉花，他的动作又稳又快，外人看起来似乎很简单，但其实并不容易。拉花是意式咖啡的重头戏，手上没点功夫可拉不出好看的图案来。

她一手拿着拉花缸，一手捧着咖啡杯，因为没有经验，虽听了理论，仍是无从下手，便将求助的目光投向沈明津。

沈明津难得看她无助，低笑一声，走到她背后，一手捧着她捧着咖啡杯的手，一手握住她握住拉花缸的手。

章入凡感受到身后贴着的热度，不由得分了神。

"咖啡杯倾斜 45°，拉花缸打斜，先沿着中心点画圈……"沈明津手把手地教学，在章入凡耳边说，"拉花的时候把拉花缸放低，将奶泡往前推。"

沈明津握着章入凡的手缓缓地把奶泡注入萃好的浓缩咖啡中，章入凡看到棕色的咖啡液上浮出一个大白点，随后沈明津把她握着拉花缸的手往上一抬，再往前拉了下，一颗桃心拉花就完成了。

"好了。"沈明津松手，将章入凡手中的拉花缸拿走，放到一旁。

章入凡双手捧着咖啡杯，看着杯中完完整整的一颗心，不由自主地就露出了笑。虽然有沈明津的帮忙，但她心底还是油然生出了成就感。

"这么高兴？"

"嗯，这是我第一次亲手做一杯咖啡。"

章入凡难掩欣然，忍不住回过头，蓦地就撞上了沈明津灼灼的目光，她这才发现他一直在看她。

沈明津发现这段时间，章入凡变得爱笑了，她笑起来时从嘴角到眼底都透着盈盈的笑意，水光一样晃人眼目。

就如此刻。

他被她盎然的笑意晃了眼睛，忍不住低下头。

章入凡没有躲闪，在他低头的那刻就自然地闭上了眼睛。

咖啡杯中，一颗心荡啊荡。

"咖啡集市"的活动主场在 OW 商城前的广场上，当日天公作美，上京的天气不错。因为前期宣传到位，当天上午就有很多人参与活动，加上周末，现场除了咖啡爱好者，不少出门逛街的人都被吸引了过来。

活动现场分为几个主区域，有科普咖啡知识的文化区、品尝咖啡的赏味区，亲手做咖啡的体验区以及购买咖啡相关周边产品的品牌区。

来参加"咖啡集市"的人大多数都被赏味区醇厚的咖啡香吸引了过去，OW 邀请了上京知名度较高的咖啡馆来参与活动，并给咖啡师们提供了咖啡车和可移动的地摊货架。咖啡师可在咖啡车上制作贩卖咖啡，货架主要供咖啡馆放置展示各式不同产区的咖啡豆以及咖啡馆的宣传册还有商城与咖啡馆联合制作的赠品。

各家咖啡馆事前协商好负责制作的咖啡款式，这样既能避免冲突，也能提高制作效率，让参与活动的人品尝到各式的咖啡。

活动举办的第一天上午，OW 会有优惠活动，但凡关注商城公众号并注册账号的人都能得到一张免费的咖啡兑换券，用这张券可任意选一家咖啡馆换一杯咖啡。因为这个活动，上午 OW 广场上每辆咖啡车前都排了长队，其中队伍最长的当属周慷的土耳其咖啡车和沈明津的手冲咖啡车。

土耳其咖啡制作手法古老，很多人都没见过，对咖啡口感更是好奇，加之占卜这一附加功能，吸引了很多猎奇的人。手冲咖啡能够很好地展现不同产区的咖啡豆的丰富口感，深受咖啡爱好者的喜爱，且沈明津那张脸在咖啡车窗口上一露，还不需要展示什么技术，就吸引了很多姑娘。

"老板，我多买几杯咖啡能不能加上你的微信号啊？"

小牧瞄了眼沈明津，这已经不知道是上午第几位女顾客这么问了。

沈明津倒是一点没不耐烦，笑着指了指货架，说："咖啡馆公众号二维码在那儿，有什么想了解的可以关注。"

"关注公众号可以了解你吗？"

沈明津从容回应："可以了解我的咖啡馆。"

"我就想了解你本人，能加你的私人微信吗？"

沈明津手上还在磨着咖啡豆，抬眼往广场上扫了眼，瞥到章入凡的身影，立刻拿手一指，说："看到那边那个穿白色外套，正在打电话的高个儿姑娘了吗？"

女顾客顺着他手指的方向，踮起脚望了望，应道："看到了……怎么了吗？"

"她是咖啡馆的老板娘，也是这次'咖啡集市'的主要负责人。"沈明津正色道，"我要是背着她加别的姑娘为好友，下午就不能在这儿摆摊了，到时候我的爱情事业都会完蛋。"

沈明津说完接过小牧递来的咖啡送出窗口，大方一笑，说："感谢光临。"

送走女顾客，沈明津轻呼一口气，正要接着磨咖啡豆，就听有熟悉的声音喊他："大哥哥。"

沈明津循着声儿看过去，果然看到了章梓橦，视线再一抬就见着了牵着她的男人。

他不是第一回见到章入凡的父亲，高中家长会他就见过对方几回，回回对方都是一脸不苟言笑的模样，和此时如出一辙。

"你打个电话，从店里再叫一个人来帮忙。"沈明津对小牧说。

小牧见他放下手中的手摇磨豆机，忙问："哥，你干吗去啊？"

"忙人生大事去了。"

沈明津从咖啡车上下来，径自往章梓橦他们那儿走去，他抬手和小丫头致意，到了跟前大大方方地和章胜义打了个招呼。

"叔叔。"

他又看向章胜义身旁的女人，李惠淑立刻笑着说："我是梓橦的妈妈。"

"您好。"

李惠淑打量了他一眼，和善道："你是小凡的男朋友吧？"

沈明津点头，顺便说了下自己的名字。

"之前听小凡和橦橦提起过你，原来是个帅小伙啊。"李惠淑往他身后的咖啡车看了眼，问，"'津渡'是你的店？"

"嗯。"沈明津说，"店就在商城后面，你们要是有时间的话，可以去店里坐坐。"

"不了。"章胜义这才开口，语气不冷也不热，"你去忙吧。"

"对啊，别因为我们耽误了你工作。"李惠淑接话。

沈明津看了眼时间，说："快中午了，现在人少了很多，店员轮班，忙得过来。"

他转头往章入凡刚才站的地方看了眼，她人已经走了。他忖了下说："今天小凡会很忙，可能没时间陪你们，不如我陪你们逛逛？"

李惠淑看向章胜义，他没有拒绝，看样子是默认了，她也就笑着说："那就麻烦你了。"

他们在广场上逛了逛，之后章梓橦说想进商城里买玩具，李惠淑拗不过就带着她去了。章胜义没跟着进商场，就站在外面等着。

章胜义没进去，沈明津也就陪他等在外面，他的直觉告诉他，章入凡的父亲应该有话要说。

沈明津咳了下说："前几天小凡才陪您去医院复查，您才做完手术不久。"

章胜义闻言缄默。

"入凡说，是她追的你？"

几秒后，章胜义再次出声。他这话虽问得寻常，但沈明津还是从他下沉的音调中听出了一丝丝的不悦。

沈明津神经绷紧，他见章胜义在审视自己，罕见地有些紧张，但还是认真回道："是她追的我，但是我更早喜欢上她的。"

"我初三的时候就关注她。"

沈明津见章胜义微微蹙眉，立刻补充道："您放心，我们没早恋，一直到高中毕业都是我在单相思。

"所以你不用觉得是小凡追的我，她就会在感情上落下风。"沈明津很郑重地说，"我比她喜欢我更喜欢她。"

章胜义双目鹰隼一般，盯住沈明津，见他不卑不亢的，便收回了视线。

章胜义抬头看着远处，章入凡不知何时又出现在了广场上，正在和人沟通着什么。他已经很久没有好好地注视过她了，自从她上大学后，每回来去匆匆，在家的时候很少。今年她回上京工作，即使周末回家，他们也很少独处。

现在仔细一瞧，她已经在他视线之外的地方，蜕变成了一个漂亮的大姑娘。

章胜义蓦地忆起了很久以前。

章入凡出生时，他在外执行任务，没能及时赶回，等他结束任务到了医院，看到的是保温箱里瘦小的她，因为早产，所以体质很差。

后来她母亲意外去世，章胜嫔提过把孩子送回老家，让他父母帮忙抚养，但他拒绝了。她太小了，他不放心她一个人，于是毅然退伍转业。

她小的时候身体不好，他总担心她生病，就带着她不停地锻炼，想要她拥有一个好体格。她大了些后，他又担心她在学校受人欺负，便总告诉她为人要坚强刚硬。后来他的身体出了问题，他又担心她以后自己一个人难以承受生活带来的压力，就不断地磨炼她的意志，希望有朝一日她能独当一面。

她的外婆曾经打电话痛斥他，说他养孩子像带兵，把她教成了和他一样的人。他以前觉得像他没什么不好，至少她足够坚强独立，直到不久前，她说她不是被选中的孩子。

他此前尚且以为自己只是过于严苛，那天晚上才幡然醒悟到他剥夺了她作为孩子的权利，他害怕她的枝丫会旁逸斜出，便在还未出墙之前将她生长的树杈剪断了，他把她修理得太工整了。

"小凡过来了。"

章胜义因沈明津的这一声回过了神，他看着章入凡朝他们走来，脸上漾着微笑。

他转头看向沈明津，沈明津正冲着她挥手，脸上露着同样的笑。

被修剪过度的小树重新焕发生机，长出了新的枝叶，章胜义心中既慨叹又庆幸，这一回，他打算任其自由地生长。

在章入凡走近之前，他开口沉声说："入凡不会做饭，还有……我以前当过兵。"

沈明津闻弦音知雅意，回过头看着章胜义，掷地有声地承诺道："叔叔您放心，我会好好照顾她，对她好的。

"我发誓。"

"咖啡集市"的活动异常火爆，章入凡一整天都忙得脚不着地，除了广场外，商场内也有活动，她两头顾起来分身乏术。

周末晚上商场尚要营业，"咖啡集市"的活动也在进行，晚上 OW 请了乐队来演出，广场的人流量再次迎来了一个小高峰。

一直到晚上九点钟，集市才收摊，章入凡留下来和同事们一起收场。第一天的活动异常火爆，OW 所有参与这个项目的员工都为之振奋，章入凡也不外如是。

做完收尾工作，她回办公楼拿上自己的东西，打算去"津渡"找沈明津，结果一下楼就在门口看到了他。

"你怎么在这儿等我？"章入凡走过去问。

"你今天应该很累了，我接你回去。"沈明津拎过她手里的电脑包。

"咖啡馆呢？"

"今天大家都忙了一天，我提早打烊，放他们回去休息了。"

"辛苦你们了。"章入凡见沈明津伸出手，自觉地将自己的手搭上，同时说，"等活动结束，我请小牧他们吃个饭？"

沈明津觉得章入凡近来在人际交往上更加自如了，他没打击她的热情，笑了下问："我呢，能蹭饭吗？"

"当然，你是我最感谢的人，我还要单独请你吃饭。"章入凡贴近他，轻声说，"今天人这么多，你也很累吧？"

沈明津毫不谦虚地点头，转了下脖子说："'津渡'开业做活动都没做过这么多咖啡，磨咖啡豆磨得手都要起茧子了。"

章入凡牵起他的手揉了揉，沈明津抓住她的手和她十指紧扣，一脸虽然累但乐在其中的表情，笑着说："你累我也累，'津渡'的知名度更高了，你策划的活动也成功了，我们这也算是同甘共苦了。"

章入凡回扣住他的手，笑着重重地点了下头。

月朗星稀，浮云浅浅，广场的风里似乎还夹带着未散去的咖啡浓香，明天又是个好天气。

Chapter 18
没关系，我愿意

　　沈明津和章入凡一起回了京桦花园，他们这段时间总是一起回来，大门的保安本来就认得沈明津，因此理所当然地认为章入凡是他的同居女友，每回见到他们都热情地打招呼说小情侣回来了。

　　他们交往，但住在同一栋楼不同的公寓，听起来的确是挺浪费房租的，但谁也没提搬上去或搬下来的话。章入凡还没开窍到这个地步，沈明津则秉持着循序渐进的原则，顺其自然。

　　沈明津每天把章入凡送到公寓门口，互道晚安后再下楼，今晚因为工作回来迟了，他不想耽误她休息，没多腻歪就让她回去了。

　　章入凡回到公寓，拿出笔记本写了点这次活动的总结。把今天的工作收了尾后，她起身做了个拉伸。像她这样长期锻炼的人都觉得累，可见这次活动的强度之大。

　　今天跑上跑下，出了汗又吹了风，章入凡担心自己会感冒，转身去了厨房，打算煮一杯红糖姜茶去去寒。

　　她拿出之前买来尚未使用过的养生壶洗干净，装了水后放在底座上，才插上电，公寓就毫无预兆地黑了下来。

　　章入凡吓了一跳，慌忙之中一个转身，不小心就把手边的一个杯子打碎了。她愣了几秒，这才迈大步子，摸黑回到客厅，找到自己的手机，打开手电筒。

按了两下客厅的电灯开关，灯都没亮，章入凡正要去窗边看看，身子才动门就被敲响了，与此同时，手中的手机也振动了起来。

章入凡接通电话，沈明津立刻急切地问："你没事吧？"

章入凡听到了重音，怔了下，几步走到门后，开了门。

沈明津看到她，飞快地上下打量她一眼，见她无事，这才松一口气，把电话挂断，说："我听到楼上有东西摔了的声音，以为你怎么了。"

他抬眼往屋子里看，见里面一片漆黑，皱了下眉，问："怎么不开灯？"

章入凡解释："好像跳闸了。"

她把刚才在厨房用养生壶烧水的事说了，沈明津听了后，走到楼道的电表箱前看了眼，确认过后又走回去。

"电表没有跳闸。"他说，"可能是电器短路，把保险丝烧断了。"

章入凡没想到新买来的电器也会出故障，不由得蹙了下眉头。

沈明津打开手电筒，走进公寓内看了眼。厨房的地面上都是玻璃碎片，他不放心章入凡晚上再住这儿，忖了下便回头说："晚上别住这儿了，断电太危险了。"

他低咳了声，尽量保持语气自然道："明天再叫电工师傅上门检查电路，今天晚上你可以住楼下。"

沈明津说完，室内悄声一片。其实章入凡也不过是沉默了几秒，但他看不清她的表情，以为她在为难，又马上说："你不想住我那儿也可以，我给你订酒店，送你过去。"

章入凡思索了几秒，开口道："你等我一会儿。"

她转身进了房间，收拾了几件衣物装袋，又拿了之前为预防出差而备好的洗漱用品旅行装和护肤品小样出来。

"走吧。"

他们一起从公寓出来，进了电梯。沈明津看到章入凡按了"20"，他心口怦然一跳，竟然无端紧张。刚才他提出让她今晚住楼下时，心里是忐忑的，既担心她会不自在，又怕她觉得他有什么企图。

虽然也不能说完全没有。

章入凡跟着沈明津去了他的公寓，这不是她第一回来，但今晚的感觉显然不同。

"你先洗澡？"沈明津站在客厅里，明明是在自己的地盘，却莫名局促。

"好。"

章入凡换了鞋，提着自己的衣物往浴室走。沈明津跟了过去，见她回头，不大自然地摸了下后脑勺，说："柜子里有干净的浴巾和毛巾，你洗澡的时候记得把暖气打开，别着凉了。"

"嗯。"

沈明津止步门前，等浴室门关上后，他才好似回过神，抬手搓了搓脸，做了个深呼吸，赶忙去房间把床单被褥换了。

章入凡洗好澡，换好睡衣，低头打量了下自己，冬天的珊瑚绒睡衣比较厚，长袖长裤裹得严实。她走到盥洗台前，抬眼看向镜中，不知道是不是被水汽熏的，她的脸红红的，打了腮红似的。

她把换下来的衣物叠好装进袋子里，临出门前再次看了眼镜子，确认浑身上下并无错处后，才打开浴室的门，走了出去。

沈明津就在客厅坐着，听到动静回过头，说了句无意义的话："洗好啦。"

"嗯。"

沈明津不敢细打量，指了指房间说："你累的话先睡。"

"那你……"

"我去洗澡。"

章入凡抿唇点头："那我进去了。"

"嗯。"

章入凡走进沈明津的房间。因为是陌生空间，她有些拘谨，走路都小心翼翼的。她把手中的袋子放在床头桌上，站在床边踟蹰片刻才掀开被子坐进去，背靠床头，目光看着对面墙上的球星海报发呆。

她回想起最近看过的几部爱情电影，一到男女主角独处一室的时候，镜头就转开了，或拍窗帘或拍台灯，不然就是天亮了。就是十七八岁的小孩儿都知道电影里省略了什么片段，何况她一个成年人。

她正出神时，听到了敲门声，回过神就看到沈明津站在门外。

"有点晚了，明天还要上班，你早点睡。"

章入凡见他不进屋，就问："你不睡吗？"

沈明津的眼神飘了下，说："晚上我睡客厅，你有事喊我。"

章入凡稍稍一想就知道沈明津的用意，他大概是怕她不习惯，或者是抗拒，但她既然都跟他下来了，就做好了同床共枕的心理准备。何况上京下周才供暖，这么冷的天，他睡在客厅，很有可能又会着凉。

"你进来睡吧，我不介意。"章入凡往边上拍了拍说。

沈明津难得迟疑。

"客厅太冷了，你要是感冒了，我明天也没办法安心工作。"

沈明津立刻就被拿捏了，章入凡就是会用格外认真的语气说一些让他心动的话，偏偏还不自知。

他去把客厅灯关了，再回到房间时，章入凡已经躺下了。

沈明津关上房门，走到床边掀开被子躺进去，又低声问："我把灯关了？"

"嗯。"

灯光熄灭，室内霎时陷入黑暗，暗夜似乎把声音都吞噬了。

沈明津躺在床的边缘一动也不敢动，察觉到章入凡翻身面向他时，他倏地坐起身，掀开被子要走。

"不习惯是不是？我还是睡客厅吧。"

章入凡伸手拉住他："你睡得太过去了，都盖不到被子。"

沈明津听她这么说也不知该提一口气还是松一口气。

"你睡过来点。"

沈明津觉得自己一颗心被攥着，紧一下松一下的，连呼吸都好像被控制了，想他处世二十多年，什么时候这么逊过。

他叹了口气，无奈道："你真是上天派来克我的。"

"什么？"章入凡没听清。

沈明津抬手扶了下额头，暗自深吸一口气，往床中间躺下，说："没什么，快睡吧。"

室内又恢复一片岑静。

"沈明津……"

"红桃 A，你再说话，我们俩今晚就都别睡了。"

章入凡这才从他的声音里听出隐忍来，她用手抓了抓被面，片刻后才侧过身，轻声说："你不是说你不是柳下惠吗？"

沈明津抬手，拿胳膊盖住眼睛，长长地叹一口气，像是妥协了："你今天忙一天，很累了，别再撩拨我，不然——

"我就真去客厅睡了。"

章入凡心口一软，轻笑一声，看着黑暗中不甚明晰的轮廓，道了句："晚安。"

深夜没有太阳作为参照物，时间似乎走得格外慢，一分一秒都像是煎熬。

沈明津好不容易挨到耳边有均匀的呼吸声响起，这才把绷着的神经松了下来。他小心翼翼地动了下四肢，缓缓侧过身，尽管看不清章入凡的脸，他还是全神贯注地注视着她。

还未入睡，但他总觉得此时的一切都不太真实，似梦一样。他十六岁遇上章入凡时没想过有一天她会躺在他身旁，安然入睡，现在即使就这样静静地看着她，倾听她的呼吸声，他都有种人生圆满的感觉。

"真好。"沈明津轻声道了句。

周日，"咖啡集市"的活动仍然热度不减，即使没有了兑换咖啡的活动，但在集市上买咖啡仍然有优惠。这是个难得的机会，除了咖啡爱好者会来探店，还有很多人慕名前来打卡，体验和学习做咖啡。

因为周一是工作日，周日的活动就没有持续到很晚，傍晚六点钟左右，"咖啡集市"的主题活动就正式收官了。这次活动办得很圆满，吸引了上京许多家媒体的报道，也为商城引来了很多的客流量。

OW 每个月办完主题活动都会有一个宴会，算是犒劳员工的。这次活动大获成功，除了公司员工外，参与活动的各家咖啡馆的工作人员都出了力，为了以示感谢，这次宴会也邀请了他们。

傍晚活动结束，在整理完现场后，所有人都去了公司包下的宴会厅。当天参加晚宴的人数比以往都多，因为活动圆满完成，所有人很高兴，玩得也更尽兴了。

章入凡作为活动的主要负责人，在宴会上自然成了被夸赞的对象，很多人前来敬酒。这种场合不好推辞，但她也没有喝很多，因为沈明津一直跟在她身边，替她喝酒。就这么一晚下来，几乎全场的人都知道了，沈明津是她的男朋友。

晚宴一时半会儿结束不了，章入凡见沈明津双眼微亮，似是酒意上头，想了下便拉住他的手，说："我们走吧。"

沈明津低头看她："庆功宴，你是主角，能走吗？"

章入凡扫了眼会场，台上一群人在唱歌，台下的人都把这儿当迪厅在蹦，所有人都在兴头上。

"我们偷偷溜走，不会有人知道的。"

章入凡拉着沈明津的手，避开人群，迅速离开了会场。等到了外面，呼吸到了新鲜的空气，她才放慢了脚步，松一口气。

沈明津看着她笑，说："没想到你还有叛逆的时候。"

章入凡抬头见他耳朵都红了，忍不住问："你是不是喝醉了？"

"没有。"沈明津说，"我酒量没那么差。"

章入凡还是不放心，拉着他走到路边拦车，说："我们回去吧，我给你泡一杯蜂蜜水。"

沈明津看了眼章入凡，低咳了下说："楼上的电路还没修好。"

章入凡今天在忙，压根儿腾不出时间约师傅上门检修，因此公寓还是断电的状态。

她回头问："我再在你那儿住一晚行吗？"

"当然，这也是没有办法的事。"沈明津耸了下肩，明明说的是无奈的话，语气和嘴角却在上扬。

打了车回到京桦花园，到了楼下，章入凡忽然记起前两天程怡说给她买了礼物，今天快递员打来电话说东西到了，就寄存在公寓楼的快递柜里，她想起来就顺便取了。

上了楼，章入凡和沈明津一起回了他的公寓，才进门，她就去了厨房，不一会儿就端出一杯蜂蜜水来。

"喝了吧，醒酒的。"

"我没喝醉。"沈明津嘴上这么说，还是老实地接过杯子。

章入凡在他身边坐下，目光落到桌上的快递盒上，盒子小小的，也不知道里边装的是什么。她拿过快递盒晃了晃，转头问沈明津有没有小刀。

沈明津俯身从桌子的抽屉里拿出一把刻刀，递给章入凡时问："买的什么？"

"不知道，程怡送的。"章入凡回道，"她说是庆祝我脱单的礼物，要我好好享受。"

沈明津正喝着蜂蜜水，闻言呛到了。

章入凡抬眼见他剧烈地咳嗽，忍不住说："你喝慢点。"

她说完低头要拆快递，还没把刻刀推出来，就在快递盒上看到了沈明津的手。

他按着盒子，阻止她："我觉得还是别拆了。"

"为什么？"章入凡不解地看向他。

沈明津的表情有些不自然，他清了清嗓，绞尽脑汁地找理由，最后生硬道："这是程怡送你的礼物，你还是带回去看吧。"

"没关系，既然是脱单礼物，你也可以看的。"

章入凡说完推开沈明津的手，麻利地用刻刀划开胶带，打开盒子。快递盒里放着防震的塑料泡泡纸，她收起刀放下，打开泡泡纸就看到了一个个小盒子，像是烟盒。

章入凡正疑惑程怡为什么送烟给她，定睛一看，认清了包装盒上的字，顿时僵住。

沈明津刚才就隐约猜到了程怡送了什么，此时扫了一眼，既无奈又想笑，暗道她真是有够周到的，什么型号的都有。

他把盒子从章入凡手中拿过来，从容地丢到一旁，再回过头看着她，若无其事地说："我们看电影吧？"

"啊……噢，好。"

"悬疑片？"

"嗯。"

章入凡几乎没听清沈明津说的话，只是下意识地点头，她脑子里还在想快递盒里的东西。

难怪程怡说要送她礼物时神秘兮兮的，还说等到了她就知道了。

沈明津找了部经典的悬疑片放映。为营造观影氛围，他关了灯，之后又走到冰箱前，打开冷藏室的门吹了吹冷气，待冷静后才回头问："喝橙汁可以吗？"

章入凡这时候什么意见都没有，只会机械地点头。

沈明津倒了杯橙汁，又拿了罐冰可乐，这才回到沙发，把橙汁递给她。

电影是经典的警匪悬疑片，剧情跌宕起伏，章入凡和沈明津一直没有交谈，都盯着屏幕像是看得入神，其实心思全不在电影上。

章入凡借着屏幕的暗光看向沈明津，他单手拿着可乐，时不时喝上一口，目不斜视，像是沉浸在了剧情中。

刚才看到程怡送的那些东西后，他的反应很淡定，轻飘飘地就把这件事揭了过去，让她不至于陷入窘境，这肯定是他绅士的风度，但她心里居然隐隐有些失落。

在她记的恋爱笔记里，相互喜欢的男女之间是有性吸引力的，但沈明津好像对她无动于衷，无论是昨晚还是今天。

章入凡不由得想起了以前，她留着短头发皮肤晒得黝黑，很多人都觉得她不像个姑娘，一点儿魅力都没有，现在她又再次落入了这种自我怀疑中。

沈明津竭力将自己的注意力集中在投影屏幕上，摈弃脑子里一些有的没的的想法，可侧面投来的目光实在存在感太强，他忽视不了。

在章入凡再次看过来时，沈明津转过头，迟疑了下，举起手中的易拉罐问："你想喝可乐？"

章入凡有种被抓包的感觉，忙点了点头。

"你不是不喝汽水？"

饶是慌张，章入凡还是很认真地回答了他这个问题："你喜欢喝的，我也想试一试。"

电影里，警察开了一枪，沈明津觉得这一枪不是打在匪徒身上，而是打在他的心口上。

他把可乐递给章入凡，她接过后放嘴边，仰头去喝，就在这时，音响里传出"砰"的一声，电影里有炸弹爆炸了。

章入凡没注意剧情，不提防被吓了一跳，手一抖就把可乐倒了出来。

液体沿着她的嘴角下滑，又顺着她的脖颈往下，在屏幕微弱的光线下还隐隐发亮。沈明津耳边响起"啪"的一声，那颗炸弹把他绷着的神经炸断了。

他倏地探过身，捏着章入凡的下巴吻下去，她整个人受不住地往后倒，他拿过她手中的可乐，边亲边把易拉罐放在了桌上，然后加深了这个吻。

这次的亲吻比以往来得猛烈，像是配合着电影枪林弹雨的节奏，不断诱敌深入。

唇齿相交间，喘息阵阵。

在章入凡要透不过气时，沈明津松开了她的下巴，他微微抬起身，双眼黯沉，在夜里黑得发亮。

"红桃A，我好像没办法慢慢来了。"

章入凡看着上方的人，脑海中倏地闪过很多画面，如果说高中的时候她对他只是好感，那现在她是真的很喜欢、很喜欢他。

她眼眶微热，抬起手主动圈住他，说："没关系，我愿意。"

转眼临近新年年底，上京一连下了好几场大雪，整座城市银装素裹，道上积了一层厚厚的白雪，像是盖了一层被打发的奶泡。

十一月，章入凡策划了"咖啡集市"的主题活动，活动结束后就马不停蹄地投入了新的策划项目中。商城向来年底最忙，圣诞加元旦，还有不久后的春节，每一个节日都是重头戏，马虎不得。

十二月，公司企划部所有人都忙个不停，"双旦"加上跨年夜，光是活动策划就累得够呛，更别说还要布置商城，和各家商铺对接等各种琐碎的工作。

圣诞将至，这个西洋节日在国内很受欢迎，虽然近两年网上很多人在呼吁要重视本土节日，降低外来节日的影响力，但圣诞节在年轻人中仍是热度很高。说不上是崇洋媚外，只不过节日给予了人们一个聚会庆祝的契机，为生活增添了仪式感。

章入凡最近都在忙圣诞的策划，这种每年都过的节日，虽然有前人的经验可供参考，但策划实施起来还是困难重重，光是广场上摆放的圣诞树的规格和样式就耗费了她许多的心思。

圣诞前几天，她跟着刘品媛去了外地出差考察，回来那天正好是周五。

今年圣诞是在周日，章入凡出差回来后在商城巡视一圈，确认活动现场都布置完毕，没什么问题后才下班离开。

前两天，谢易韦在高中的班级群里喊了话，说这周五晚上要搞个同学聚会，让在上京的人都来参加。这种聚会章入凡一般是不去的，但程怡喜欢热闹，就央着她一起去，加上谢易韦和沈明津关系好，沈明津答应了会去聚会，她想了想，也就应了程怡。

沈明津今天去采购咖啡豆，没在店里，章入凡也就没去"津渡"，下了班后直接打车去找程怡，和她碰头。

聚会地点在上京一家大型的 KTV，谢易韦订了间大包厢，章入凡和程怡到时，包厢里已经来了不少人，吃的喝的摆满了桌面。

谢易韦看见她们，立刻热情地打招呼。章入凡还是不大适应这种场合，露了个面后就坐在了角落里。

国庆谢易韦举办婚礼，很多同学那回就聚过了，今天再聚，没了经年未见的生疏尴尬，见面就热聊了起来。

谢易韦作为班长，本着谁也不能冷落的原则，很快把话头对准了章入凡。

"入凡，你别干坐着，吃东西啊。"他倒了杯酒放在章入凡面前，倒是没劝酒，就只是说，"都是同学，你随意点哈。"

章入凡拘谨地应好。

谢易韦没有立刻走开，好像身上还肩负着班长的使命，要关爱每一位同学。他笑着和章入凡搭话，问："你现在是在上京哪家公司工作呢？"

章入凡不得不打起精神来交际："OW。"

"做商场啊，是哪个部门的？"

"企划。"

谢易韦稍感意外："你是做企划的啊，厉害了。

"你们上个月是不是办了个'咖啡集市'的活动？是你们部门策划的

吗？"

"是啊。"一旁的程怡一手揽过章入凡，骄傲地一抬下巴，说，"我们小凡就是这个活动的主负责人。"

"是吗？"谢易韦惊讶，冲章入凡竖起大拇指，说，"这个活动挺出圈的，我老婆当时去参加了，可惜我那时候在出差，没在上京。"

这时候有几个女同学插话，说她们去了，还在现场看到了沈明津。

谢易韦恍然道："是哦，我差点忘了，沈明津的店就在 OW 附近。"

"沈明津"这个名字一出来，包厢里的话题瞬间就变了，所有同学都知道他以前是练体育的，但是很少人知道他现在开了家咖啡馆，当起了咖啡师。

"你和明津工作的地方那么近，会不会经常碰见？"谢易韦问。

程怡扑哧一笑，瞄了眼章入凡，接下这话，说："他们啊，天天见面。"

"啊，入凡喜欢喝咖啡啊？"谢易韦片面理解程怡的话，还夸了沈明津一句，"那小子虽然以前练的体育，但是别说，泡咖啡还是有一手的。"

"他一开始说要开咖啡馆，我还觉得用不了一个月店就会倒闭，没想到一年过去了，他的店生意越来越好了。"谢易韦摇了下头，似贬实褒道，"不过也是，他一张嘴皮子利索得很，脑子也灵光，机灵得很。"

谢易韦突然想起什么，问章入凡："以前读书的时候，他是不是喊你'红桃 A'来着，就因为你配合他完成了一个魔术表演？"

章入凡点头。

"也不知道他那时候是不是玩扑克魔术玩魔怔了，那次晚会之后，又给班上其他同学取了代号，我那时候是'方块 7'。"

谢易韦这话说完，就有别的同学接话了，有人说他是"梅花 5"，有人说他是"黑桃 10"。

"我一开始还以为这些代号有什么特殊的意义呢，后来看他好像就是喊着玩玩。"

程怡以前不懂沈明津给班上同学取代号的目的，现在却恍然大悟，她转头看向章入凡，"啧"了一声，看破不说破。

风云人物即使离开了校园也仍是备受关注，就在包厢里的人在议论沈明津时，话题中心人物推门而入。

沈明津一登场就把所有人的注意力吸引了过去，他也不怯场，落落大方地朝包厢里的人打招呼："抱歉啊，各位同学，我来迟了。"

"呵，就你大牌，居然敢迟到，必须罚酒。"谢易韦呛他。

"行。"沈明津爽快认罚。

他的目光迅速扫视了包厢一圈，而后落定在一点上。

程怡识趣地往边上挪了个位置，沈明津毫不犹豫地走到章入凡身边坐下，抬手指了指她面前装满酒的杯子，回头问："这杯是你的？"

那杯酒是谢易韦倒的，章入凡才点头，就见沈明津拿起杯子，仰头把酒喝了。

谢易韦急了："欸，我说你这人，又不是没别的杯子，怎么还喝人家姑娘的酒呢，唐突佳人了啊。"

沈明津放下杯子，抬起眼看向谢易韦，挑了下眉，开口时语气自如又带了些嘚瑟："我喝我女朋友的酒有问题吗？"

"女……"谢易韦瞅了眼章入凡，正色道，"这玩笑可不能随便开啊。"

"没开玩笑。"

包厢里暖气很足，沈明津起身把身上的羽绒服脱了，一旁的章入凡见他无处放置外套，想也不想就伸手接了过来，把他的衣服抱在怀里。

这下不只是谢易韦，在场的除了程怡外全都傻眼了。

沈明津内里穿了件白色卫衣，谢易韦瞧见他左胸口上的红桃 A，讶异片刻，顿悟了。

他抬手指了指沈明津，气笑了："必须再罚一杯。"

沈明津耸了下肩，一副随意的模样。

谢易韦来了劲，指了指他心脏处的红桃 A，问："你别不是高中的时候就另有所谋了吧？"

沈明津眉峰微挑，但笑不语。

"真的啊？"谢易韦一拍大腿，语气稍微激动，"我说嘛，你没事给人取代号，合着我们都是掩护啊。"

沈明津竖起一根手指，摇了摇，笑着说："你们的是代号，她的是昵称。"

包厢里很多人立刻起哄，沈明津大大方方地公开和章入凡的关系，章入凡倒有些不好意思了。

谢易韦见沈明津春风得意，啧啧摇头，问章入凡："你们交往多久了？"

章入凡想了下，回："快两个月了。"

谢易韦诧异道："从我婚礼到现在三个月不到啊，他就追了你一个月？"

章入凡把沈明津的衣服叠好放在腿上，听谢易韦这么说，知道他是误会了，这样的误会她不是第一回碰到。

一般人知道她和沈明津在交往后，都会倾向于认为是沈明津追的她，这并非是说她多有魅力，而是他们之间，沈明津的性格才像是会主动的那个人。

但事实却相反，章入凡认真澄清道："是我追的他。"

"啊？"谢易韦愣了下，询问的目光投向沈明津，"她追的你？"

沈明津唇角上扬，神色明朗，笑着说："我先告的白。"

他顿了下，补充道："动员大会。"

谢易韦吃惊，回想了下动员大会那天的事，试探道："那天你一整天都心不在焉的，傍晚的时候更是丧着一张脸，我以为你是被班主任骂了，原来是……被拒绝了？"

沈明津坦然点头。

在场很多人听到这儿面面相觑，要知道高中时的沈明津和章入凡完全不像是一个世界的人，通俗版本的故事应该是平凡的女孩暗恋闪亮的男孩才对，可他们却是反过来的。

谢易韦咂舌："我就说你前阵子为什么突然给我发一个红包，说我婚礼办得及时，原来是这个意思啊。"

沈明津不置可否。

"兜兜转转，有缘人终成眷属。"谢易韦感叹了一句，又掉转火力，故意奚落沈明津，"一个月就被搞定了，你小子看来是真喜欢惨了。"

沈明津没否认，也不觉丢脸，反而很自得。

别人不知道，但他自己很清楚，就是一个月，他都觉得漫长，这一个月背后，是好几个四季。

同学聚会一直持续到深夜，酒足饭饱尽兴后，所有人同毕业时那样，再次奔向了不同的前程。

沈明津喝了酒，不能开车，章入凡晚上滴酒未沾，开车回去的任务就落在了她身上。她高中毕业就拿了驾照，但大学几年都没摸过方向盘，车技早已生疏，最近才在章胜义的督促下开了几回车。

因为上路经验少，章入凡开车非常小心谨慎，行车慢悠悠的，变道打转向灯一定要数上五秒才去看倒车镜，打方向盘，到红绿灯路口，即使绿灯还有十几秒的时间，她也不踩油门。

沈明津看她开车像路考，每一项操作都非常符合考试规定，不由得笑了。

章入凡听到笑声，飞快地扫了眼后视镜，问："怎么了？"

"没什么。"沈明津将手肘撑在车窗上，托着脑袋看着她，轻笑着说，"觉得很有安全感。"

章入凡自然听懂了他的意思，不好意思地说："等我熟练了，再开快点。"

沈明津很享受旁观她开车时紧张专注的模样，在他眼里，她的板正严谨是一种可爱。

他轻摇了下头，说："没关系，我们还有很多时间，和我在一起，你可以慢一点。"

章入凡动容，忽然觉得即使这条路没有尽头，她也愿意和他一起走下去。

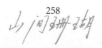

Chapter 19
去见你想见的人

沿路积雪皑皑，章入凡顺利地把车开回京桦花园，在车库停好车后，她和沈明津下了车。

进入电梯后，章入凡自然地就按了"20"，沈明津忖了下，问："你明天要去商城？"

章入凡点头，说："平安夜有活动。"

沈明津颔首了然，便抬起手把"20"按灭了，再按亮了"21"。

章入凡抬头看他。沈明津轻咳一声，说："明天要忙，今天晚上就好好休息吧。"

他言下之意就是去了他那儿就没办法好好休息了，章入凡耳尖泛热，又想起她出差了好些天，今天晚上同学聚会也没能独处，他们已经好久没有好好说说话了。

"平安夜的活动是在晚上，我下午去商城就行。"

这话似是邀约，沈明津喉头一滚，立刻抬起手又把"20"按亮。

到了公寓，章入凡先去洗澡。这段时间她常常留宿在沈明津的公寓，为了方便，她就在他这儿放了些日用品和替换衣物，因此不需要费事再上楼去拿东西。

章入凡洗好澡后沈明津进了浴室，等他出来回到房间一看，她已经躺在床上睡着了。他走近,低头看着她恬然的睡颜哑然失笑,而后帮她把被子盖好。

出差在外的这几天,章入凡累极,晚上躺在床上,不小心就睡了过去。她意识深处始终记得要等沈明津,夜里她蓦地一个激灵醒了,本以为自己是眯着了,应该没睡太久,睁眼却是一片漆黑。

"做噩梦了?"沈明津没睡沉,察觉到身旁的动静,立刻睁眼,转过身问。

"没有。"因为是惦记着事才醒的,章入凡的意识很清晰,她问,"现在几点了?"

沈明津伸手摸过手机,点亮屏幕看了眼,回她:"两点。"

"这么晚了?"章入凡有些懊恼。

沈明津伸手揽过她,问:"怎么了?要踩零点和我说平安夜快乐?"

章入凡依进他怀里,因为才睡醒,声音带些鼻音,听起来像是在撒娇。

"我本来想和你说会儿话的。"

沈明津低笑:"你现在说也行。"

"你不困吗?"

"不困。"

章入凡睡了一觉醒来,现在很精神,听沈明津说不困,便把这几日出差途中的趣闻说给他听。她原本不是个有分享欲的人,但是和沈明津在一起后,每每碰到什么新鲜事,脑子里第一时间就会想到他,也因为如此,她现在会开始注意生活中的一些美好的小事。

明明是和以前一样的生活,却因为有了他的参与,变得有所不同。

"听起来的确挺好玩的,什么时候你休息,我们可以一起去一趟。"沈明津抚了下章入凡的脑袋,"正好我们还没一起旅行过。"

章入凡光听他这么说就很憧憬了,她想了下说:"我元旦有假,加上之前没休的能有一周的时间。"

"节日你不需要加班?"

"跨年夜那晚去商城帮忙就行。"

"行。"沈明津立刻应下，"我把元旦后的那几天空出来，我们出去玩，还可以去一趟清城，看看你外婆。"

"好啊。"章入凡笃定道，"外婆一定会喜欢你的。"

"当然，我很有信心。"

章入凡听他自矜，忍不住笑了。

沈明津听到她的笑声，喉间一动，忍不住将她揽近了些，低声问："困了吗？"

章入凡已经不是感情上的白丁了，此时听他声音微哑，气息沉沉，便知道他动了情。

她被他的体温灼烫到，整个人似乎也烧了起来。片刻后，她咬了下唇说："不困。"

沈明津像是收到了信号，伸手抚上她的腰肢，在黑暗中觅到她的嘴唇亲了亲，低声询问："可以吗？"

章入凡没有出声，头一抬主动吻上他，用行动来回答。

雪夜晓静，这是属于有情人的时光。

当室内恢复岑静，时针已独自走过了漫漫征途。

沈明津搂着章入凡，贴在她身后，亲昵地吻了吻她的后颈，在她耳边轻声说："我搬楼上去吧。"

章入凡缄默片刻后说："不行。"

就在沈明津觉得自己急于求成时，又听她缓道："楼上的公寓问题有点多，还是我搬下来吧。"

平安夜当天下午，章入凡去了OW，晚上商城有活动，她必须在现场盯着。

商城圣诞节的氛围浓厚，围栏处挂着雪花灯，一楼空地上立着一棵几米高的圣诞树，树尖能到商城的三楼，树上挂满了彩灯，树底下堆满了精美的礼物盒，商城内几乎所有店铺的玻璃上都贴了圣诞彩贴，门口摆着小型的圣诞树。

商城外的广场上立着一棵十米高的铁艺圣诞树，树周围还摆放着大型的圣诞老人和雪人的立体玩偶，这处景观颇有圣诞特色，吸引了很多人前来打卡拍照。

平安夜商城也做了活动，今天晚上凡是在场内任意一家店消费的人，都可以凭借小票到任一出口处找"圣诞老人"换取不同的礼品，并且身高在一米四以下的小朋友还可以免费领取一个平安果。

章入凡傍晚和袁霜一起吃了饭后就回了办公楼，晚上是商城人流量的高峰期，会很需要人手，她们要时刻待命。

坐在工位上时，沈明津发来消息问她晚上有什么工作安排，章入凡回说还不知道，他又说晚点过来找她，给她和同事们送咖啡。

现在公司里所有人都知道沈明津是她的男朋友，他要过来，章入凡也没阻止。

章入凡给沈明津回复了个消息，就在这时她听到孙璐生气地嘟囔道："怎么有这么不讲信用的人，都约好了，说不来就不来。"

袁霜忙问："璐姐，怎么了？"

"就商城门口派送礼物的'圣诞老人'，每年都是找的学生来兼职的，现在有几个学生说不来了。"孙璐皱着眉在发愁，"不来也不早点说，活动都要开始了，我就是现在再找人也来不及了啊。"

章入凡闻言也不由得蹙起了眉，兼职爽约了，但商城不能失信于顾客，否则一个虚假宣传的帽子扣上来，公司的信誉必然受损。

她冷静地思索了几秒，对孙璐说："璐姐，我替上吧。"

袁霜愣了下，随即就明白了章入凡的意思，也说道："对啊，璐姐，我们先顶上，你再联系人来。"

扮人偶不是企划部的工作内容，但现在时间紧急，也没别的办法了。

"只能先这样了。"

孙璐联系后勤部的人把服装送上来，分发给企划部的同事，要他们换上。

章入凡去洗手间把衣服换上，出来时在洗手台前碰上已经穿好衣服戴好帽子，正在捯饬"胡子"的袁霜。

"我现在有点梦回幼儿园时期了，以前文艺会演学校老师就老让我们扮各种卡通人物。"袁霜梳理了下自己的"胡子"，看镜子里章入凡低头在摆弄自己的衣服，一副无所适从的模样，忍不住笑了，"你个儿高，这衣服你穿着是有点不合身。"

她转过身帮她扯了扯身上的大红衣服，又帮她把腰带系上，抬眼端详了几秒说："不过别说，你皮肤白，红色衬你。"

章入凡从来没穿过这种衣服，站在镜子前打量自己，只觉哪哪儿都别扭。

她不太确定地问袁霜："我会不会不太像圣诞老人啊？"

"戴上帽子，挂上胡子就像了。"袁霜帮她戴好帽子，再挂上蓬松的大白胡子，一边说，"璐姐已经叫人去了，我们只要顶一段时间就好。"

装扮完毕，企划部的几个员工就出发了。因为晚上有活动，商城事先就备好了礼品摆放在各个出入口，"圣诞老人"的工作就是有人来兑换礼品时，核对小票，按照不同的消费数额把礼品赠送出去。

晚上来商城的人很多，也有不少消费者前来兑换礼品，章入凡第一回做这样的工作，比做本职工作还紧张，还好这项工作不是很难，唯一让她觉得棘手的就是应付小朋友。

平安夜免费赠送小朋友平安果，很多家长知道这个活动，会特地带自己孩子来领取，而小孩对圣诞老人又非常好奇，时常围着她打量，还要合影。

圣诞老人当然不会拒绝小孩子的要求，章入凡尽职尽责，只好配合。商场不是迪士尼，对人偶扮演者没什么要求，但为了不破坏孩子们的想象，她一直没有出声，始终用肢体语言尽力地和他们交流。和小孩儿互动让她略感吃力，但看到他们高高兴兴地离开，她心底又隐隐觉得满足。

这是她的自发之举，虽然很早之前她就被驱逐出了童话世界，但现在即使站在门外，她也愿意守护那个世界。

章入凡站在商场出入口迎来送往，没多久就要将礼品送罄，就在她准备联系同事时，余光瞥到了一抹熟悉的身影。

沈明津提着咖啡走进商城，目光掠过入口处的"圣诞老人"，他们的目光有一瞬间的相交，他往前走了几步，忽觉不对劲，又转过身往回走。

圣诞老人的胡子浓密茂盛，挂上后几乎把大半的脸遮住了，只露出一双眼睛，尽管如此，沈明津还是认出了章入凡，一时又惊又喜。

"这就是你今天晚上的工作安排？"他上下打量了下章入凡，忍不住笑了。

章入凡这副装扮在陌生人面前还好，在沈明津面前就觉难为情了。这时又有家长带着小朋友来领平安果，她没时间和他解释，先把包装好的苹果送出去，又在小朋友的请求下，和他拍了张合照。

沈明津在一旁看得津津有味，等人走了，他狭着笑意问："这位圣诞老人，我没有礼物吗？"

章入凡认真地解释："身高一米四的小朋友才有，你的身高……超出太多了。"

沈明津低头失笑，片刻后又抬起头说："那拍张合影吧。"

章入凡还未来得及拒绝，沈明津就走到了她身旁，拿出手机，转成自拍模式，把脑袋凑到了她的脑袋旁，迅速拍了一张合照。

他看着照片，很是心满意足，笑着说了句："真可爱。"

章入凡见他高兴，也没有让他把照片删了。

沈明津不耽误章入凡的工作，他把咖啡放在放置礼品的桌上，叮嘱她记得分给同事，离开前又摸摸外套口袋，从兜里拿出一个小盒子递给她。

"这是什么？"章入凡疑惑。

"礼物。"

"送我的？"

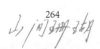

"嗯。"沈明津把盒子塞到她手上，笑着说，"圣诞老人在圣诞节这天也可以有礼物收。"

章入凡心头一动，蓦然觉得孩童时期曾对她关闭的大门，再次敞开了。

圣诞过后，公司的员工都没能休息，又忙起了跨年夜的策划，这是商城一年一度最重要最盛大的活动之一。广场上有一块超大的屏幕，平时就播放一些商城宣传和合作广告，每年跨年夜时，屏幕上会进行跨年倒计时，到时很多人会聚在广场上一起跨年。

年前是商城最忙的时候，章入凡又开始了早出晚归的生活，这阵子她搬到了沈明津的公寓，"津渡"晚上的营业时间便和她加班的时间同步了，不管多晚，沈明津都会等着她，接她一起回去。

OW 在筹办圣诞活动的同时，就着手在准备跨年的活动，今年商城准备办一个跨年音乐会，拟邀请乐队来参加，以吸引更多人来商城广场共同跨年。

圣诞后章入凡一直在和乐队公司对接，经过几番沟通商洽，总算是定下了一支新锐乐队。

元旦前两天，商城就在广场上搭了舞台，所有人员进行了初次彩排。31号当天下午，把所有设备都安装好后，乐队又进行了排练。

OW 邀请的这支乐队是新起之秀，因为在比赛中一举夺魁而备受关注，乐队主唱更是因为出众的外形而人气暴涨。音乐会未开始，只是彩排就有很多人前来围观，为了安全起见，商城不得不调了更多的安保人员来现场维持秩序。

章入凡和企划部的同事一下午都在室外忙活，因为舞台是露天的，他们之前一直担心天气，所幸那几天并未下雪，舞台搭建工作得以顺利进行。

傍晚彩排结束已经过了饭点，章入凡结束工作马上去了"津渡"。年底咖啡馆的生意很好，这个点，她进店时看到店内几乎每张桌子都坐满了人还有些意外。

她看到沈明津在吧台冲她招手，便走了过去，说："今天人好多。"

"嗯，托你们商城的福。"

"嗯？"

"音乐会还没开始，很多人来店里休息。"

章入凡点头。

"走吧，带你去吃饭。"沈明津和小牧打了声招呼，从吧台里走出来，牵起章入凡的手往外走，边走边问，"晚上是不是要忙到很晚？"

"嗯。"章入凡回道，"要到跨年结束。"

"明天休息？"

"嗯，休假一周。"

沈明津低头说："票我已经买好了，明天我们就出发，先去清城见你外婆。"

"好。"

章入凡不由自主地笑了。搁以前她根本不期待休假，以往她的生活单调，就算休息也无事可做，但这段时间，她一直在数日子，盼望放假的心情比当学生的时候还殷切。

沈明津带章入凡去附近的餐厅吃饭，才坐下，就有人给他发消息。章入凡看到他亮起的手机屏幕，壁纸是他们圣诞那天的合照。

沈明津回复完消息，把手机放下，抬眼说："是我爸发来的消息。"

章入凡知道沈明津父母离了婚，这还是她第一回听他提起他爸爸。

"他从国外回来了，约我吃饭。"

章入凡闻言忙说："那你快去吧。"

"没事儿。"沈明津晒笑，"我和他说我在约会，让他等着。"

章入凡抿了下唇，有点担心："他不生气吗？"

"不会，到时候陪他喝两杯就是了。"

章入凡见他神色轻松，不由得道："你和你爸爸的关系也很好。"

"还不错。"沈明津说，"我在国外复健那段时间都是他在照顾我，你今天忙，等有机会我带你见见他。"

"好。"章入凡垂下眼。

沈明津见她失神，就知道她是想起自己的爸爸了。

交往这段时间，章入凡和他说过自己的家庭，母亲去世，父亲严苛，她是被约束规范着长大的。

沈明津忖了下说："其实我以前挺讨厌我爸妈的。"

"嗯？"章入凡抬头。

"他们没离婚的时候隔三岔五吵架，每回都把家里搞得鸡飞狗跳的，两个人都没怎么管过我，但他们离婚我也不是很开心。"沈明津耸了下肩，接着说，"我之前不是和你说过，初三刚转学那阵子，因为他们离婚我还挺浑的，后来还是听了你在办公室说的话才清醒过来。

"之后我就想通了，父母虽然生养了我们，但人生是自己的，没必要拿他们的错误来惩罚自己。"

章入凡心里若有所触，不由得怔了怔。

吃完饭，因为还有工作，章入凡就回了商城。

晚上八点，OW广场的音乐会准时开始，即使露天，晚上气温下降，广场大屏幕前仍是挤满了人，用人山人海来形容一点也不为过。

音乐会进行得如火如荼，乐队在台上表演得很卖力，将底下的观众带动了起来，彻底将场子炒热了。

章入凡一直在后台帮忙，袁霜从外面进来喊了她一声，随后说："我刚在外面看见你男朋友了，他好像在找你，我就把他带过来了。"

"啊？"章入凡这才拿出手机看了眼，因为外面的音乐声太大，她都没听到自己的铃声。

她把手中的流程图递给袁霜，走出后台，果然看见了沈明津。

他们吃完饭才分开没多久，章入凡不知道沈明津怎么又倒回来了，不由得走向他，问："怎么了？"

沈明津提起手中的袋子递到她面前，勾勾唇笑着说："给你送喝的。"

章入凡扫了眼袋子上的logo，并不是"津渡"的样式，不由得感到疑惑。她从沈明津手中接过袋子，低头看了眼杯上贴着的标签，更是诧异。

"奶茶？"

"嗯。"沈明津笑，"你之前不是说高中那一杯没喝到吗，我现在重新补一杯给你。"

他说完看了眼四周，长吁一口气，微微弯腰，看着章入凡说："还好你现在是我女朋友，我可以光明正大地给你送奶茶，不然这回现场的人数可比班上的同学多多了。"

章入凡心口一震，看着沈明津，眼底泛起了潮意。

她自然懂得这杯奶茶的用意，那年未喝上的奶茶又以这样的形式到了她的手里，他是想告诉她，无论她曾经失去过什么，他都愿意替她找回来。

沈明津见章入凡眼眶泛红，抬手抚了抚她的眼尾，叹一口气，颇为遗憾道："虽然我挺想看你被我感动哭的，但是你还要工作，现在哭鼻子可不行。"

章入凡眨了眨眼，竭力压下眼底的湿意，手中的奶茶透着温度，将她心里那些因为家庭而起的褶皱熨烫平整。

她感觉到，曾经那些被切断的认识世界的途径被重新勾连了起来。

沈明津是她重新认识这个世界的契机。

广场人烟凑集，音乐会现场热闹非凡，台上酣唱，台下欢呼，声浪几乎能把行道树上的积雪震落下来。

章入凡一晚上都在后台盯流程，生怕哪个环节出了差错，耽误演出，直到将近凌晨，音乐会即将结束，她才稍稍松口气。

刘品媛见他们忙了一晚上，就发挥了领导的慈悲心，让他们出去透口气，也感受下现场热烈的氛围，好好地跨个年。

章入凡没去过演唱会，也没听过音乐节，因此一出后台就被广场上的人海震慑住了。在她印象里，上一回参加这种人数众多的大型活动，还是大学毕业典礼。

袁霜好热闹，拉着章入凡的手就往舞台方向去，随后和现场的人一起摇晃双手，呐喊着释放压力。她们一开始站在人群的外围，没多久就被新来的观众包围住了，越接近零点，现场的人越多。

离零点还有三分钟的时候，串场人上台了，他拿着话筒朝底下的观众说："快乐的时光总是易逝的，转眼跨年音乐会就要到了尾声，在今年的最后几分钟，你有什么想见的人吗？有什么想说的话吗？不要犹豫了，趁现在，去见你想见的人，把未说出口的话都说出口，不要把遗憾带向新的一年。"

他说到这时，天上飘下了雪花，洋洋洒洒，晶莹剔透。

"哇，下雪了，这应该是今年的最后一场雪，也是明年的第一场雪，是洁白的祝福。"串场人反应迅速，笑着说，"音乐会的最后，乐队将带来一首未发表过的新歌——《山间珊瑚》。"

"此时此刻，离零点还有两分钟，我们将在歌声中，告别旧年、迎来新年，当新年的钟声响起时，希望陪在你身边的是你最爱的人。"

章入凡心头一动，抬手摸了摸颈间的项链，这是圣诞那天沈明津送她的，是红桃 A。行随心动，她不再犹豫，立即转身。

大屏幕上已经显示了倒计时，她一边从人群中挤出，一边拿出手机，正要给沈明津打电话时，手机屏幕上就显示了他的来电。

"你在哪里？"

"你在哪里？"

"广场上。"

"广场上。"

电话才接通，他们就不约而同地问了同样的话，随后又给了一样的回答。

"我去找你。"

"我去找你。"

倒计时还有一分钟，人潮开始涌动，章入凡艰难地逆流，同时踮着脚四下搜寻，茫茫人海，却始终没看到她属意的人。

倒计时三十秒，章入凡从人海中挤出，开始沿着广场用尽全力地奔跑。本以为这辈子她都不会有急切渴求的东西，但此时此刻，她有了。

倒计时十秒，全场齐声倒数。

"十……"

"九……"

"八……"

章入凡停下脚步，张皇四顾，就在她要放弃希望时，一直贴在耳边的手机里传出了沈明津的声音。

他说："回头。"

章入凡迟疑地转过身，入目的便是心中的人。

"五……"

"四……"

"三……"

沈明津的脸上挂着明朗的笑，张开双臂，章入凡才要抬脚，他就朝她飞奔而来，主动拥她入怀。

沈明津一把抱起章入凡，在原地旋转了一圈。

"一！"

新年的钟声响起，全场高声欢呼。

"红桃A，新年快乐。"沈明津紧紧拥着章入凡，在她耳边热烈道，"我爱你。"

章入凡双眸微热。

她倏然想起了那些自以为平庸的时光，却因他的存在而发亮。恒星始终发着光告诉她，她不是一颗黯淡星。

章入凡伸出双手环抱住沈明津，哽咽道："沈明津，新年快乐。"

"我也爱你。"

这是新的一年，天上雪花飘洒，人间歌声袅袅，在唱道：

人们说，珊瑚只生长在海底，

山上只有花枝。

但我相信，会有这么一个人，

愿倾其所有，

为我觅得一株山间珊瑚。[1]

---

[1]灵感来自戴望舒诗歌《林下的小语》。

番外一

瞬间

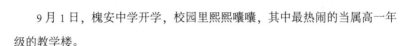

9月1日，槐安中学开学，校园里熙熙囔囔，其中最热闹的当属高一年级的教学楼。

高一年级的学生都是才从初中升上来的新生，很多家长担心孩子不熟悉校园，开学这天都会亲自陪着来学校报到，顺便和老师打个招呼。

在一众"携家带口"的学生中，形单影只的章入凡显得有些突兀。她背着书包，站在教学楼的公告栏前，在分班表上找自己的名字，确认好班级后就去了教室报到。

班主任是个年轻的女老师，她在讲台上站着，时不时有家长带着孩子找她攀谈。章入凡独自一人去报到时她还有些惊讶，为了了解学生的家庭情况，还委婉地多问了两句。

上午报到后就算是正式入学，新的班级新的同学，大家彼此都不熟悉。班级座位是按照身高排的，章入凡个儿高，座位在教室靠后的位置，在她身后，基本上坐的都是男生。

安排好座位，班主任叫了几个同学去搬书，又让剩下的人自习。因为是新班级，所有人既拘谨又兴奋，年轻人熟得快，不多时教室里就响起了喁喁私语声。

章入凡没和周边人说话，而是安静地望着窗外出神，直到身后的男人喊了一声"沈明津"。

"你在几班啊?"章入凡的后桌问。

"十五班。"

"嗬,在三楼啊……你们班都完事了啊?"

"还没,等下还要开个班会。"

"那你怎么来我班上了,找谁啊?"

"找你不行啊。"

章入凡听着声音由远及近,不由得回神。

"唷,稀奇啊,什么风把你刮来我这儿的?"

章入凡听到后面有椅子挪动的动静,随后就听到沈明津说:"一会儿打球去吗?"

"嘿,你现在倒是不嫌弃我的球技了,你们班凑不出一支球队了啊?"

"这不是和你比较有默契。"

"成。"

过了会儿,章入凡又听见后桌问:"你在看什么呢?"

"没什么……你们班的窗户好像和楼上的不一样。"

"是吗?"

"嗯……我先上去了,班会结束再来找你。"

章入凡对沈明津的第一印象就是他的声音很清亮,同她这般年纪的男生这个时期正处于变声期,声音大多沙哑,颗粒感很强,但他却不会,或许是他说话时上扬的语调会莫名给人一种轻快的感觉。

开学那天之后,读书日章入凡几乎天天都能在班上看到沈明津,他不是出现在课间,就是出现在午休时间。他的交际能力很强,没花多少时间就和她班上的同学混熟了,回回下楼他都能自如地和人打招呼,自然得好像他就是她班上的一分子。

与之相对的,章入凡却始终没有融入新班级,她独来独往,和同桌也没能亲近起来，久而久之，班上就有人说她古怪、孤僻，进而疏远她。

章入凡对周围人的态度并不在意，或者说是早已习惯，甚至于从这样孤独的状态中获得安全感。

因为皮肤黑，头发短，班上就有人抓取章入凡外貌上的特征给她取外号。喊她外号的其实也就几个不着调的同学，但班上其他人听久了也就产生了一个共识，只要听到那些个外号，就知道叫的是她。

章入凡自小在章胜义的教导下筑起了心防，因而对外界的敏感度很低，别人对她的善意打动不了她，恶意也伤害不了她。她以为自己可以做到无动于衷，但每每有人用外号喊她时，她还是会愣一下。

事情发生变化是在第一次月考过后，有一回课间，章入凡在座位上看书，沈明津下楼来到她班上，和往常一样找她的后桌说话，就在这时班上有个男同学喊她"男人婆"，说班主任找她。

章入凡愣了下，其实几回被叫外号她都置之不理，那时也想无视，但班主任有事找她，她又不能不去，因此陷入纠结当中。

在她还没有想好到底要不要起身的时候，身后的沈明津倒是先有了行动，章入凡抬起头就见他大踏步走向那个男同学，抬手把他的脑袋箍在肋下，任由他怎么挣扎都没用。

"别给女孩取这种外号，下作。"沈明津虽是笑着说的，语气却不友好。

本来吵闹的教室有几秒钟的安静，大家似乎都看出来了，一向友善待人的沈明津发了脾气。

那天之后，章入凡再也没在学校里听到有人叫她的外号。

这件事后，沈明津仍是经常下楼串班，章入凡和他没说过话，但每回听到身后响起他的声音，她都会分神。

后来和沈明津在一起后，章入凡回想起这件事，才后知后觉地发现，那时候短暂的分神是她卸下心防的瞬间。

番外二
靠近

高二分科后重新分班，沈明津总算如愿，得以和章入凡分到了一个班。

正式上课的那天，他一大早起来，神清气爽地去了学校，一进教室就热情地朝认识的不认识的同学打招呼。

"早啊。"沈明津在和一众人打完招呼后，最后自然而然地来到章入凡的面前，自如地问好。

章入凡显然愣了下，看着他露出莫名的表情，意外又奇怪。

沈明津脸上始终悬着笑，又对她说了句："以后就是同学了，请多指教。"

章入凡在他的目光下有些不自在，眼神飘忽了下才生疏地回应他："早。"

单单一个字，沈明津就满足了。

经过一个学年的观察，沈明津对章入凡有了些了解，他知道她不擅与人交流，常会让人觉得难以接近，但其实她并非故意让人下不来台，只不过不知道怎么处理人际关系才比较妥善，这才显得生硬。

沈明津问过高一坐章入凡后桌的好友，他对她的评价是积极的，他说她表面上看上去不近人情的，但回回小组作业或者分组打扫卫生时，她不仅会把自己分内工作做好，还会默默地帮同组其他人的忙。

沈明津听了后联想到初中时章入凡义愤填膺地帮他说话，心里不免动容，觉得她就是武侠书上那种路见不平仗义执言的侠女，正气凛然。

沈明津是体育特长生进的槐安中学，高一时他就被招入了校队，每天清晨，教练都会让队员进行晨练，他也是在那时候发现，只要天气不恶劣，章入凡每天都会去操场晨跑，比校队的人还准时。

训练比赛有时候会很累，沈明津纵使喜欢跑步，偶尔也会感到疲惫，但想到章入凡，再苦再累他也咬牙坚持了下来，她好像在不知不觉中成了他的精神动力。

高二他主动申请担任班上的体育委员，秋季运动会报名期间，他算是有了正当的理由去找章入凡。

沈明津第一次拿着报名表找上章入凡时，她很诧异，并以从来没参加过运动会为由拒绝了他的请求。

沈明津并不气馁，如果章入凡只是单纯地不喜欢运动，他是不会再追着她强迫她报名的，但他看得出来，她是害怕参加集体活动。

第一回不成，他就找她第二回、第三回……他想方设法地央她报名参加项目，为了让她点头，他可以说是见缝插针地出现在她身边，在班上其他人看来，沈明津是撞了南墙，但只有他自己清楚，他甘之如饴。

皇天不负有心人，在他的软磨硬泡下，章入凡终于点了头，报了两个长跑项目，800 米和 1500 米。

运动会举行三天，800 米预赛和决赛分别在第一天和第二天，1500 米安排在了运动会最后一天的下午，没有预赛，跑一回直接决出名次。

沈明津知道章入凡没参加过运动会，他担心她初次参赛，不熟悉流程会紧张，因此在她比赛时特地去给她加油打气。

800 米预赛开始前，老师让参赛的选手集合，进行点名。沈明津在起点处搜寻到章入凡的身影，看到她后立刻抬起手大幅度地挥了挥。

"章入凡。"沈明津喊她，见她看过来，立刻跟上一句，"加油！"

在场所有加油声里就数沈明津的声音最响亮，平地惊雷一般，加上他是学校里的红人，很多人就不由自主地顺着他的目光投向章入凡。

章入凡比赛时，沈明津一直跟着，在内道给她加油。比赛结束后，他第一时间跑到她身边，拧开一瓶水递给她，问："还好吧，有没有哪里不舒服？"

章入凡摇头。

"800米才两圈，我就知道你能行，你是这组的第一，一定可以进决赛。"沈明津笑着把水往前再递了下，说，"先喝点水。"

章入凡犹豫了下才接过水，抿了一口后抬起头，语气生硬地说："你明天不要来给我加油了。"

沈明津愣了下，问："怎么了？"

"太招摇了。"

沈明津抬手摸了下脑袋，随后说："那我明天喊小声点儿？"

"……老师说了，不让陪跑。"

"行，那我不陪跑了。"

"……"

沈明津见她失语，笑了。

他一点儿也不觉章入凡的话让自己下不来台，反而觉得觉得她刻意推开他的方式实在是缺乏新意。

第二天的800米决赛和第三天的1500米比赛，沈明津都准时到场给章入凡加油，只不过这回他收敛了些，声音放低了，也没有全程陪跑，唯一不变的就是他始终会在终点处接应她，第一时间上前询问她的身体状况。

1500米比赛结束，沈明津在章入凡冲过终点后立刻跑到她身旁，扶了她一把，问："还好吧，难受吗？"

竞赛到底和平时跑步不一样，沈明津见她有些喘，立刻说："才跑完不能蹲下，我陪你走走。"

章入凡还没来得及说话，就被沈明津扶着绕着操场走，她缓过神后，马上抽回自己的手，拉开和他的距离。

沈明津手上落了空，脸上却有了笑意，低下头说："你两项都拿了很好的名次，给班级积了不少分。"

章入凡看他："是吗？"

"嗯，我们班肯定能在年级里排前，你这次是大功臣啊。"

沈明津说完，忽然看到章入凡的嘴角微微扬起，这还是他第一回见她笑，虽然笑意很淡，却弥足珍贵。

他心潮一荡，莫名就想要让这样的笑容在她脸上长驻。

后来，他做到了。

番外三
约会

章入凡的生物钟向来准时，清晨时间一到，她就自然地醒了。

昨晚庆功宴她没喝多少酒，但睁眼的那刻还是有些回不过神来，她微微侧过身，看到边上还在沉睡的沈明津时，不由得一愣，随即记忆苏醒。

她抬手摸了摸颈侧，那种被啮咬的感觉似乎还残留在皮肤上，她蓦地意识到了昨晚和沈明津做了什么。

一场由程怡送的脱单礼物而引发的意外，所有的一切突如其来，却又顺理成章。

章入凡侧着身，目光描摹着沈明津的脸庞，最后忍不住抬手去触摸。

沈明津被脸上的触感唤醒，他没有受到惊吓，因为知道身边躺着的人是谁，故而尚未完全清醒就露出了笑。

他捉住章入凡的手，这才睁开眼，笑着含糊道："醒啦？"

"嗯。"

窗帘紧阖，室内一片昏黑，辨不清时间。

沈明津摩挲了下章入凡的手，醒了醒神说："是不是到点了？"

他作势要起身，说："我送你去商城。"

章入凡按住他，轻摇了下头说："我今天不用去上班。"

沈明津看她，章入凡解释："'咖啡集市'办得很顺利，经理给我放了

279

一天的假。"

"算你们公司还有点良心。"沈明津抬起手摸了摸章入凡的眼尾，说，"这段时间你太累了，是要好好休息。"

他们相视着，默然无语，似乎都在享受这一刻难得的温存。

看着看着，沈明津突然抬手盖住章入凡的眼睛，她的视线猝然一片漆黑，便下意识喊他："沈明津？"

"你不能再这样看着我了。"沈明津的气息一时低沉，声音变得暗哑，"大早上的，我吃不消。"

章入凡沉默了片刻，拉下他的手，双眼温润，似是无声的邀请。

沈明津喉头一滚，眼神就变了。

事实证明，章入凡的确不保守，沈明津也不是柳下惠。

章入凡破天荒地睡了一个回笼觉，再醒来时床上只有她一个人，她没有赖床，换上衣服从房间里出来，就看到沈明津在客厅的小吧台后面泡咖啡。

"起啦。"沈明津执着鹅颈手冲壶，听到动静抬起头，看到章入凡立刻绽出笑，"来杯咖啡？"

"好。"

章入凡洗漱完毕，沈明津已经在餐桌上摆上了早餐，她坐下后往桌上看了眼，咖啡配三明治，很美式。

沈明津往章入凡的咖啡里加了一块方糖，说："三明治是我之前在国外学的，很久没做过了，不知道味道怎么样，你尝尝。"

章入凡拿起三明治咬了一口，给予肯定的评价："挺好吃的。"

沈明津满足地笑了。

时间在静静地流淌，章入凡习惯了按部就班，所有事都按照计划来进行，但和沈明津在一起时，她却非常享受现在这样无所事事的状态。

她端起咖啡抿了一口，抬眼看向沈明津，问："你今天不去咖啡馆吗？"

"今天歇业，小牧他们这两天也累了，我给他们放了一天假。"

章入凡忙了下，放下杯子，认真地问："那你要和我一起出去吗？"

"去哪儿？"

"约会。"章入凡说，"之前不是说好了，等'咖啡集市'结束，我就约你出去。"

沈明津双眼露出喜色："要给我兑现奖励了？"

章入凡笑着点头。

沈明津忙不迭地答应，迫不及待地说："你等着，我换套衣服。"

收拾妥当，章入凡和沈明津一同出了门。虽说是她约的他，但约会的项目都是沈明津安排的。他早就做好了准备，带着她去逛了游乐园，吃遍了小吃街，还带她去体大见了他的老师。

说起来，这算是他们第一次正经约会，章入凡以前从来没这么尽兴地玩过，不必考虑去的地方得不得宜，入口的食物健不健康，只需遵从本心，快乐就好。

傍晚，章入凡和沈明津一起去逛了超市，天冷，他们打算买点食材回去吃火锅。

超市里，沈明津推着车，章入凡负责挑选食材，偶尔她会回过头来询问他的意见。沈明津看着她，觉得此时此刻他们就像是一对夫妻，在人间烟火里过着生活，心里不由得一阵满足。

回到公寓，章入凡去厨房料理食材，沈明津则准备起了火锅汤底，他们分工合作，不多时一张餐桌就摆满了。

沈明津调了一份不辣的蘸料给章入凡，给自己那份加了辣酱，章入凡见他又往小碟里加了辣椒，不由得问："不辣吗？"

沈明津见她好奇，用筷子沾了点自己的蘸料递到她嘴边，示意她："尝尝。"

章入凡看他一眼，没忍住舔了下筷子，不过几秒，刺激性的辣味就侵占了她的口腔。她的舌尖发烫，脸倏地红了，眼睛也变得湿润。

沈明津忙递了杯水过去，章入凡一口气喝完一杯水，这才勉强把辣味压下去。

"有这么辣吗？"

章入凡点头。

沈明津看她被辣得双颊通红，忍不住笑着说："你真的一点辣都吃不了，看来我们家以后不能有辣椒了。"

他这话是自然而然说出口的，说完才反应过来，自己好像把话说早了。

不过才交往，怎么就成一家人了？

章入凡听了他的话怔怔了下，沈明津正想要说几句话找补的时候，就听见她说："我没有那么霸道。"

沈明津闻言失笑，轻摇了下头说："是我……我自愿的。"

章入凡被他的笑意感染，眉目一弯，也笑了。

她在蒸腾的热气中看着他的脸，忽然有种圆满的感觉。

"沈明津。"

"嗯？"

"我今天真的很高兴。"章入凡由衷道。

沈明津心头一软，觉得此刻章入凡的样子就是幸福的模样。

"以后我们还会有很多这样的日日夜夜。"

他许诺道。

(全书完)

本书如有印装质量问题